大城无小事

—— 城市真英雄 ——

上海广播电视台
上海市公安局　编

中国出版集团东方出版中心

图书在版编目（ＣＩＰ）数据

大城无小事. 城市真英雄 / 上海广播电视台，上海
市公安局编. — 上海 ： 东方出版中心，2023.1
ISBN 978-7-5473-2085-3

Ⅰ．①大… Ⅱ．①上… ②上… Ⅲ．①报告文学—作
品集—中国—当代 Ⅳ．①I25

中国版本图书馆CIP数据核字（2022）第194628号

大城无小事：城市真英雄

编　　者　上海广播电视台　上海市公安局
策划编辑　张芝佳
责任编辑　邓　伟
装帧设计　今亮後聲 HOPESOUND 2580590616@qq.com

出版发行　东方出版中心
地　　址　上海市仙霞路 345 号
邮政编码　200336
电　　话　021-62417400
印 刷 者　上海丽佳制版印刷有限公司

开　　本　710mm×1000mm　1/16
印　　张　16
字　　数　186 千字
版　　次　2023 年 1 月第 1 版
印　　次　2023 年 1 月第 1 次印刷
定　　价　79.00 元

序

少年壮志不言愁

为什么不继续拍《大城无小事——派出所的故事》？

这可能是在警务纪录片《大城无小事——城市真英雄2021》筹备、拍摄、制作和播出过程中，我被问得最多的一个问题。从SMG上海广播电视台的同事、公安系统的兄弟姐妹，到团队的成员、采访的媒体同仁，甚至我身边的朋友，多多少少都有这样的疑问：《巡逻现场实录2018》《大城无小事——派出所的故事2019》明明各方反响都不错，团队也都积累了经验，按部就班往下拍，简单又安全，何乐而不为？

"因为我们还是想拍一点自己想做的题材。"

"因为天时地利人和，拍刑事案件的时机成熟了。"

"因为打击犯罪，才是警察这个职业对人民群众最好的服务。如果这是核心价值，怎么能不拍？"

在我的心里，这些回答反复出现，交织在一起。其实，在从事社会和法治新闻工作多年之后，我的内心深处一直质朴地认为，老百姓常说的"抓坏人"是人民警察最重要也是最不容忽视的天职。想要在镜头前呈现这一点，我们就不能仅仅停留在充满烟火气的派出所，而要走进我也同样熟悉的、略带神秘感的上海市公安局"803大院"，走进守护上海城市安全的"刑侦经侦双子塔"，跟随重案、刑事科学、反侵财、反诈、便衣、缉毒等民警，前往调查、抓捕的第一线。那里是严肃冷峻的，也是自带吸引力的。那么这一季，我们就迎难而上，直击刑事案件侦查侦破的核心，用行进的纪录片镜头，还原案件背后的人性善恶。

这，就是我们拍摄《大城无小事——城市真英雄 2021》电视纪录片的源起。

决定下得并不轻松，系统地拍摄行进中的刑事案件多少带有点"前无古人"的意味。在《东方 110》《案件聚焦》《检察风云》等专题节目中，观众更多看到的是已经侦破完成的案件，镜头更多的也是以回溯的方式进行展现的。

而《大城无小事——城市真英雄 2021》要做的，是刑事案件侦查过程的实时记录。这意味着更大的未知、更多的难题：调查的方向对不对？不知道。证据能不能找得到？不知道。对嫌疑人的抓捕会不会成功？还是不知道。换句话说，很有可能摄像机跟踪了全程，到最后却是一无所获。

拍摄刑事案件的难度也较拍摄派出所的日常事务高了好几个级别：刑事科学鉴定往往是对着电脑、显微镜的重复操作，怎么拍？刑事现场有许多与新闻和纪录片伦理相悖的画面，怎么处理？不开玩笑地说，在后期剪辑时，我们甚至配备了一名"马赛克专员"，全程负责处理那些"电视不宜"的画面和镜头。

更重要的还有，更深层次能否获得警队的信任。感谢多年法治新闻和专题节目的积累，也得益于前两季节目的口碑，上海市公安局再一次以开放和自信的态度打开了大门。而我们，也对自己的拍摄有了更严格的要求，比如未经允许绝不进入现场，绝不破坏现场，绝不因为拍摄而干预、影响到破案节奏——坚持破案第一，拍摄第二的原则。

2020 年 9 月，主创导演开始了在上海市刑侦总队、经侦总队和个别分局的采风，并由此策划制定了周详的前期拍摄计划。

2020 年 11 月底到 2021 年 5 月，摄制团队在上海市几十个警队扎根蹲点长达半年，全程随警作战，跟踪拍摄。虽然有过前两季节目"说走就走"的经验，但在最初的日子里，我们也经历过跟不上没拍到，或是跟上了也没拍成的尴尬。有一回，听说刚接报了一起凶杀案，编导还在路上呢，嫌犯就已被抓获。还有一回，办案民警临时去外地抓捕，被落下的年轻编导因为追不到镜头，急得直掉眼泪。

擦干了眼泪，拍摄还是得继续，还是得绞尽脑汁地追上去。从拍摄第一个镜头的那一刻开始，我们就踏上了一次"开弓没有回头箭"的创作历程。在生活中爱好文艺、喜欢讲点风花雪月的同事们，愣是用 24 小时开机不静音、出差行李箱随时装备的态度，一次次奔赴第一线，一步步赢得了警队上下的信任。我们深知，配合摄像机和镜头并不是办案警察的义务，他们最关切的永远是找到真相、抓住嫌疑人，而我们则要更加主动、忠诚地记录下这一切。

那一年，我们曾在大年三十的喜庆气氛里跟随刑警队出发，侦查一起发生在出租屋内的凶杀案；曾在危险的火灾现场还有零星火花的时候，跟着法医冒着浓烟爬上电梯停运的高层建筑，拍摄他们为遇难者鉴定死因的过程；也曾为了一起 24 年前的凶杀积案，跟着刑警们多次出差外地，通宵达旦抓捕审讯……最终，《大城无小事——城市真英雄 2021》收集 300 余起案件素材，整体筹备和拍摄周期比前两季长了 1/3，素材时长和最后正片时长比也达到了惊人的比例。

半年多的拍摄结束后，不少侦查员和编导们成了朋友，欢笑着在"803 大院"门口留下了收镜"托举"的大合照。有的民警在办案结束后意犹未尽地和跟拍编导直抒胸臆，哽咽着道出压在心头的压力。还有一位曾经在出任务时有意无意将编导落下的侦查员，在节目播出后主动发来消息："很感谢你们记录下了非常珍贵的全过程。"

当然，我们和上海公安的密切合作也延续到了后期剪辑和制作的全过程。如何把握好刑事侦查和经济侦查报道的分寸，如何理顺复杂的法理和专业技术……我们学习、探讨、请教、研究，在符合法理和新闻伦理的基础上，结合我们的专业能力，力求让观众更大程度地理解办案侦查背后的故事。

"少年壮志不言愁，公平公正法治魂。"这是《大城无小事——城市真英雄2021》播出海报上的宣传语。作为团队中唯一的"70后"，在我青少年时代看过的文艺作品中，在诗意描写警察群体的语句中，还有比"少年壮志不言愁"更贴切、更生动和更准确的表达吗？传达给"80后""90后"，也是一说即合。简单的七个字，勾勒出人民警察历经艰难险阻，探求真相、追寻公平正义，"归来仍是少年"的真诚与初心。

我更高兴的是，这份属于人民警察的少年意气，也在《大城无小事——城市真英雄2021》播出期间，被很多的观众和网友看见。比如，第七集《法医图鉴》播出时，有许多人和我谈起坚持从事一线勘查工作的女法医吴瑕。其实几年前我就曾在朋友圈里看过有关她的讨论，但当编导团队跟踪拍摄到她和同事，用两天一夜的时间，手算确认实验数据，最终为一名无人认领、过世多年的女子找回身份，使其魂归故里的过程时，我仍有一种肃然起敬、百感交集的感觉。节目播出后，我们得知，死者家属特别给办案民警发来消息，说他们看了纪录片，真是没有想过，家人的"落叶归根"背后原来有这么多曲折的付出与努力。

还有第六集《插翅难逃》中那起历经13年的悬案，很多朋友告诉我，他们从这个案子里读到了人性的复杂。2008年，一名与12名室友分间合租的24岁女孩，失踪10天后被发现死亡。由于案发后下过雨，很多生物物证痕迹都消失了，受当时的技术条件限制，警方没能从唯一的物证上提取到更多信息，案件一度陷入死局，也成了"破案三人组"的一块心病。直到2021年，在高科技的加持下，民警们靠一枚微小的生物物证，最终锁定了嫌疑人——他们正是女孩的室友。后来的审讯表明，他们还曾在13年前的调查中互作伪证。在B站（哔哩哔哩）上，观众围绕案情展开了大量讨论，甚至受害者、嫌疑人的亲友都纷纷发声。我想，我们要做的，就是既让观众看见人性的复杂，也让他们相信，什么叫天网恢恢，疏而不漏，始终有一群人在执着地寻找真相，守护光明，还城市以安全感。

"反诈"阵线上有勇有谋的"90后"民警金鹏云、吴悠悠、李旻灏、周杰，也在节目播出后成为年轻人当之无愧的"偶像"，一条"'90后'反诈民警兄弟式审讯99年（1999年出生的）嫌疑人"的短视频播放量更是超过了上亿次。在网友们的弹幕和评论中，我发现，这份热捧真的不仅仅是因为"颜值"，而是因为年轻民警执法的专业与严肃、细致与耐心被真正地看到了。

当然，这份少年意气，也贯穿了我们的创作过程。警务题材有其严肃的一面，但我们依然带着"年轻的脑子"跟着"正确的三观"走，用年轻态的、快节奏的方式与观众互动。我至今依然记得，第一集《法治尖兵》播出前，我们收到过疑问：怎么第一集选了个"炒鞋"的案例？上海经侦处理过那么多数额惊人的案件，为什么不先选那些？

还是因为我们想和年轻人有共鸣啊！作为全球金融中心之一，上海的经济地位毋庸置疑，在拍摄过程中我们也记录了很多大案、要案的侦破。但我们依然想从"小事"见"大城"，想透过纪录片看到不同的个体、多样的生活、城市的发展以及时代的变迁——一双鞋子也能变成"金融产品"，甚至演变出犯罪行为，这何尝不是值得反思和探讨的呢？

果然，播出当晚，"炒鞋"相关话题就上了各大平台的热搜榜。而在后续的播出过程中，我也一次次在B站的弹幕里，在网友的评论中，在"自来水"的分析里，感受到了观众对我们的理解和共情。无论是密密麻麻的"前方高能"，还是"在上海你做这样的事逃不掉的"，又或是"我未必见过你们，但谢谢你们"的致敬，观众以这种最直观的反应告诉我们，在刑事案件的专业性与普通观众的观看需求之间，我们用不懈的努力找到了分寸和平衡。

更难忘的，则是曾有高校将《大城无小事》警务系列纪录片当成了课堂作业。我们欣喜地看到，大学生们各抒己见，从一档法治节目里读出了城市管理的点点滴滴。上海这座城市的安全感，不仅依赖于众多与时间赛跑、从蛛丝马迹中将罪恶遏制在萌芽之际的人民警察，更在于上海在平安建设上不断提升的科学化、社会化、法治化和智能化水平。

"公平正义是司法的灵魂和生命"，在这本书里，我们选择了《大城无小

事——城市真英雄2021》各集中最让人印象深刻、最典型的案件进行再次讲述，并带来了更多幕后的故事。

或许，在打开这本书时，你还带着一颗好奇的、八卦的心，但没关系，通过这一个个真实的故事，我相信你收获的不仅仅是悬念和刺激，细读之下，还能从那些未被镜头收录的、精彩的故事里，感受到人性善恶，体会到人民警察守护公平正义的心路历程。

《大城无小事——城市真英雄2021》是《大城无小事》警务系列纪录片三部曲的最后一部，也是我们作为媒体人，留给城市的治安影像。警务治理作为城市的一张名片，体现着城市文化很重要的一部分。治安的触角延伸到人们生活的细枝末节。展现城市的精细化治理，也是《大城无小事——城市真英雄2021》拍摄的初衷所在。我希望，它作为一种历史资料，保有质量和重量。

我也希望，50年甚至100年后的人们，在回溯当下上海城市进程、探寻2020年前后社会管理的状况时，我们的片子能够提供一定的参考，这也是我和我的团队，作为纪录片人的价值。

城市生活日新月异，有人的地方就永远有善恶的碰撞。我们所能记录的只是沧海一粟，但我们愿以这点点滴滴与读者诸君共同保有"少年壮志不言愁"的初心，筑起"公平正义司法魂"不灭的信念。

　　开卷快乐！

上海广播电视台东方卫视中心副总监
《大城无小事》警务系列纪录片总导演
蔡征
2022 年 7 月

引
语

上海，一座拥有近 2500 万常住人口的社会主义现代化国际大都市，恢宏且繁华，它是经济中心，也是文化之都。在这里，人们安居乐业，追寻梦想，努力实现自己的人生目标。这里又是全世界最令人放心的安全城市之一，它的建筑者和守护者就是我们的公安民警。

为无数普通人营造安全感，是这个国家、这座城市的传统，更是公安民警们全力以赴的使命。2021 年，上海公安 5 万民警喜迎建党百年华诞，以"动态隐患清零"助推更高水平平安建设，全面提升平安建设的科学化、社会化、法治化和智能化水平，不断增强人民群众的获得感、幸福感、安全感。

为了守护这座城市的光明和未来，公安民警们永远奔波在最危险的前沿。每当罪案发生，他们总会在第一时间挺身而出，以最快的速度行动，与犯罪分子斗智斗勇，为受害人提供安全保障，给世人以相信法律、信仰法治的力量。而当岁月静好时，他们和你我一样普通，你甚至无法在人群中辨认出他们的身影。

他们，就是这座城市里最平凡的英雄。

目录 | CONTENTS

第一集

法治尖兵

并肩守『沪』

20 世纪 90 年代，一部家喻户晓的广播剧让"803"成了上海刑警的代名词，因为上海市公安局刑侦总队的门牌号码正是中山北一路 803 号。

　　2008 年，上海市公安局经侦总队迁入 803 号大院，刑侦总队和经侦总队双剑合璧，"双子星"闪烁，共同担负起守护上海这座社会主义现代化国际大都市的重任。

　　更大的改变来自科技的发展。与广播剧的年代相比，新时代的技术无疑有了飞跃式的发展，各种高新科技被有效地应用到了公安民警们的日常工作中，帮助他们与罪犯斗智斗勇，守护着上海市民的安全。

网上招人"捞偏门"？
斩断即将伸出的魔爪

现代警务机制中有着极为重要而又特殊的一环：预防犯罪。这需要民警们敏锐地察觉隐患，细致地展开调查，准确地进行判断，才能及时制止萌芽中的罪行，让犯罪嫌疑人的魔爪还未伸出就被斩断。

2021年4月中旬，某知名网络论坛上的一个帖子引起了上海警方的注意。在这个标题为《偏门有人做吗？》的帖子中，发帖人声称"缺个人"，另一个人则回复"求指路"。从两人毫不避讳的对话中可以看到关于"控制人""拿钱"等话题的讨论，还透露出有第三人参与的信息："3个人完全够了""我边上还有个兄弟"，更有甚者，对话的最后竟然出现了"搞死""轻松解决"等词语。

浦东公安分局的民警们敏锐地发现了这些可疑信息，并且依据经验判断，这很有可能是犯罪嫌疑人在计划实施绑架、侵财等犯罪行为。经过缜密调查，警方很快锁定了三名犯罪嫌疑人叶某、雷某和张某。

凡走过必留下痕迹，犯罪嫌疑人当然也不例外。民警们首先想到的就是调取公共视频查看嫌疑人的行动轨迹。视频显示，4月9日早上6点

民警在网上发现可疑线索

民警通过公共视频调查可疑人员动向

42 分，这三名嫌疑人便出现在市中心某小区外。他们戴着帽子和口罩，先是从不同方向仔细观察小区周边的环境，然后一次次地经过小区门口，一会儿装作闲逛的样子，一会儿又假扮打着电话急匆匆走过的"路人"。尽管故作随意，但其总往小区内投去的目光说明这里一定有什么东西吸引着他们的注意。

4 月 12 日，雨天，三人也仍是一大早便在小区附近游荡。与前几次不同的是，过了一会儿，他们又进入小区内，看起来像是在寻找什么。民警们注意到，当一辆白色丰田埃尔法商务车驶出小区后，三名嫌疑人也随即离开了。

4 月 13 日，三名嫌疑人仍然是在同一时间出现在小区门口继续观望，但因为白色商务车迟迟没有出现，不久三人便离去了。据此，民警们判断，这辆白色丰田商务车很可能就是他们的目标。

浦东分局刑侦支队三队大队长姜述飞在调查这三名嫌疑人的详细信息时发现，发布可疑信息的嫌疑人和他招募的同伙，一人有两次抢劫前科，还有一人有两次吸毒前科，结合他们在网络上的聊天内容，他推测一起绑架案很可能即将发生。

为了及时遏制可能出现的恶性案件，4 月 14 日，民警们迅速锁定了其中两名嫌疑人的居住地，并决定当晚分别实施抓捕。

当天晚上，民警们在浦东某小区的车棚内将前来取电动车的犯罪嫌疑人雷某按倒在地；另一路民警则赶往嘉定某小区，通过地下车库内的车辆确认犯罪嫌疑人张某正在家中，随即进行了抓捕。

面对从天而降的民警，两名嫌疑人仍然心存侥幸，有着截然不同的表现。

"你是什么时候认识姓叶的？""做一件事情肯定有个点子，这个点子是谁出的？"对于警方的连续发问，雷某先是打了一个大大的嗝，然后又一副不耐烦的样子，"我可以不回答吗？"听到民警"这与案件有关，不回答就是抗拒交代"的回复后，雷某开始有些焦虑了，不断绞着手指，还时不时小幅度地来回调整坐姿，但仍然坚持不开口回答问题。警方的问讯一时间难有进展。

外表文质彬彬、脸上一直挂着微笑的张某则与雷某恰恰相反，看上去态度非常配合，有问必答，实际上明显避重就轻，总是试图回避问题。

"做什么工作的？"

"接送机的。"

"前天在干什么？"

"昨天在家里睡觉。"

"问你前天。"

…………

"就是那两个人。"

"哪两个？"

"我不知道名字。"

张某声称自己只是在网上认识了两个人，笑嘻嘻地轻描淡写，"带我赚点钱"。虽然在民警的追问下他松口承认赚钱的方法是"绑人"，但仍然口口声声称自己只是帮另外两个人开车而已，并嬉皮笑脸地摆出一副无辜的样子，"我啥也不知道啊。"民警一眼拆穿了他的小把戏："觉得自己开车，责任小点是吧？做都是他们做的，对吧？"

其实，张某自以为掩饰得很好，但他内心的惶恐在民警眼里早已无所遁形。对于网友们"他竟然还笑得出来"的疑问，浦东分局刑侦支队民警冯昊在后采中告诉节目组："他看起来好像是满不在乎、嘻嘻哈哈的，而且面露笑容，实际上这是他掩饰自己内心慌张的一种表现。"

随后，刑科所技术员张晨旭在张某卧室中有了新发现，车牌、白色面具、绳子、手套、喷射催泪器等作案工具，都显示出张某的犯罪意图。而张某手机中的大量搜索记录更加直截了当地证明他是"有备而来"：

"绑架付完钱可以报警吗"

"高智商绑架细节"

"为什么绑架案那么难破"

"上海初中几点到校，几点放学"

"埃尔法后排开门按钮在哪"

…………

坐在询问室里的张某终于无法淡定了，他收敛起脸上的笑容，一五一十地交代了三人抢车、绑架、"搞钱"的计划和分工。原来，三名犯罪嫌疑人在网上结识后，萌发了绑架有钱人"搞个大几十万"的念头。张某认识目标人，知道其家中富裕，三人就计划趁司机接送孩子的时候，拿着刀和喷雾等作案工具，分头控制住司机和孩子，开走目标车辆后再向孩子的家人进行勒索。实际上，他们已经尝试过将计划付诸实施，只是因为互相之间配合出现了差错，没能达成犯罪目的。

根据他交代的信息，民警们立刻驱车赶往最后一名犯罪嫌疑人叶某所在地。

然而，对叶某的抓捕没有预期的那么顺利。当晚赶到叶某暂住地后，民警们发现屋内黑漆漆的，叶某显然不在家中。为了不影响其他居民的正常生活，民警们决定还是从公共视频入手。在当地警方的协助下，冯昊和同伴们查看了公共视频，并从中发现了叶某的活动规律——每天半夜 1 点到 3 点，叶某都会开车到某超市附近。

民警们立刻赶往某超市，果然在停车场里发现了叶某的车，可车内空无一人。此时已是 4 月 16 日凌晨 1 点 20 分，冯昊判断，叶某应该快回来了，便决定在停车场伺机抓捕。他故意把车停在能够阻挡叶某车辆的位置上，耐心地等待着。

时间一分一秒过去，蹲守在嫌疑人车辆附近的民警们却一直等不到叶某现身。冯昊说："按照嫌疑人的行动规律，应该是快来了，但就是一直不来。"

疲倦的冯昊决定回到车上稍事休息，然而他刚回到车里，就听到旁边有开车门的声音。戏剧性的一幕出现了——叶某来取车了，但因为受到阻挡无法直接驱车离开，于是他又下车走到冯昊的车旁敲了几下车窗，要求挪车。面对自投罗网的嫌疑人，等待已久的民警们迅速上前将其控制住。神色有些茫然的叶某可能也意识到了什么，问出一句："公安局的？"在得到肯定答复后，他垂头丧气地被押上了车。

至此，从 4 月 14 日傍晚到 16 日凌晨，浦东刑侦队民警们在 36 个小时之内将三名嫌疑人全部抓捕归案，而此时他们的绑架对象甚至还不知道自己曾经成为犯罪嫌疑人的目标。

叶某到案后的供述与张某如出一辙，他们原本计划一边与司机纠缠，一边控制住车上的孩子，对上海比较熟悉的张某负责把车开到偏僻处，再向孩子家长勒索钱财。可想而知，如果警方没有预判这一线索，没有及时出击，就很有可能发生一起重大恶性案件，给受害人带去巨大的人身伤害和财产损失。

节目播出前，张某、叶某、雷某三名嫌疑人已经被上海市浦东新区人民检察院以绑架罪批准逮捕。

浦东分局刑侦支队三队大队长姜述飞说："我总觉得，把这些犯罪嫌疑人尽快地抓捕归案，或者是把他们打击掉、处理掉，就会减少老百姓生命或财产受到侵害的机会。"这，就是公安民警们内心最朴素最真切的想法，也是他们全力以赴的目标。

此案还有一个多少有些让人啼笑皆非的彩蛋：节目播出后，网友们对犯罪嫌疑人公然在网络上招募人手的做法既意外又好笑，纷纷前往网络论坛寻找原帖"打卡"，直到原帖被删除才止住了"观光团"的热情。

内鬼泄露商业机密？
隐藏在小程序里的经济犯罪

　　刑侦民警们为了维护人民群众的生命和财产安全日夜奋战，而守护企业的合法权益，维护上海公平竞争的营商环境，则一直都是经侦民警们的重要使命。

　　2020 年，几段热搜视频在社交媒体上广为流传。视频中，某运动品牌门店外排着上百名身强力壮的年轻人，店门一开，他们便蜂拥而入，直奔当天售卖的特定优惠鞋款。不一会儿，店内就人头攒动，热闹非凡。

　　在普通人看来，这些人要么是某品牌的狂热爱好者，要么是把高端运动鞋当成金融产品来"炒"的投机者，这几段视频无非是"炒鞋热"的体现。但对品牌方而言，这却给他们带来了极大困扰——这些年轻人是如何提前得到优惠信息，从而跑来门店抢购的呢？

　　或许有人会说，反正折扣是商家自己定的，不管谁买都是一样的价格，商家并没有亏钱，又有什么关系呢？其实不然。商家的优惠促销是为了推广自己的品牌，同时也是给消费者的一种回馈，而这样的抢购会导致折扣鞋款集中在少部分人手上，他们往往不是自用而是进行加价倒卖，形成区域性的垄断高价。商家制定的优惠价并没有给消费者带来实惠，反而让这些贩鞋者赚了钱，这往往会给企业的品牌形象带来负面影响。

　　2020 年 11 月 23 日，杨浦经侦民警接待了该运动品牌企业的委托律师。她带来的商业秘密鉴定报告显示，引起疯抢的运动鞋，其价格和库存等信息都是该公司"不为公众所知悉的经营信息"，也就是商业机密。但是该企业发现，有两个微信小程序，一个叫"老实搬砖"，一个叫"折扣店扫货"，都事先披露了这些核心信息，任何人只要付费成为这两个小程序的会员，商家的相关资讯就能了解得一清二楚，这也直接成了门店遭遇疯抢的导火索。

　　杨浦分局经侦支队食药环侦大队指导员张文良在梳理报案企业提供的信

息后发现，该企业相关工作流程是：首先由信息技术部门上传相关信息，之后涉及两个关键部门——计划部和买手部。计划部在每周一确定鞋子数量，买手部则在两天后，也就是每周三确定打折幅度。两个部门汇总好的数据表被上传到公司内部的共享日志上。但是，该企业全国所有门店的主要经营负责人，包括店长、副店长等都有查看共享日志的权限，也就是说他们都有泄露这些信息的可能。想要在如此大的范围内查找泄密人员，无异于大海捞针。

于是，杨浦经侦民警们决定调整破案方向，改从小程序方入手。他们发现，两个小程序目前仍在不定期地发布相关信息，这证明他们还没有意识到自己已经暴露，也一定还在跟经侦要寻找的"内鬼"有着联系。调查发现，两个小程序的实际控制人分别是蔡某和韩某，他们就是这起案件的源头。民警们讨论后决定，在没有明确目标的情况下，先从蔡某、韩某的邮箱信息和资金往来两条线进行大范围的排摸。杨浦分局经侦支队支队长谢律向队员们强调，这样由案到人的案子，排摸的时候范围宁愿先尽可能地大，"要保证这条鱼在我的池子里面"。

相对于居住在厦门的韩某，蔡某的居住地和仓储地都在上海嘉定区，便于调查。探长阚祥、民警刘宗昊立即驱车前往嘉定区某仓库二号库，也就是蔡某的仓储所在地。

抵达二号库后，他们发现仓库大门紧闭，但旁边的墙上贴着一张"共鞋云仓发货区"的告示，提示"收货区送件请走仓库对门"。两位民警开始绕着仓库细致地观察，时不时地拿出手机，隔着窗户进行拍摄。大约是陌生人的到来引起了对方的注意，很快，仓库里出来一名女员工，询问两位民警："你们是干什么的？"身着便装的阚祥和刘宗昊灵机一动，跟这名女员工搭起了话。

"（我们）过来看一看。这里面没人吗？你就是这里面的？"

"对，所以我问你们是干什么的？"

"你们这边仓库贵吗？我们也想租个仓库，我可以看一下里面有多大吗？了解一下。"

阚祥假装成打算租仓库的人，一边打听价钱，一边试图进入仓库。女

排摸可疑人员仓库

员工赶紧关上门，"我们老板不让进的"。

虽然没能进入仓库进行调查，但刘宗昊已经趁机看到了想要了解的内容——仓库里右边是一排放着电脑的工位，左边都是鞋架，放满了鞋。从窗外拍摄的照片上可以看出，这个仓库内至少有几千双鞋。

根据现场调查和对网络交易的排摸，可以确认蔡某和韩某经营着鞋帽生意，他们开发小程序是为了销售。经侦民警判断，蔡某和韩某一方面向会员贩卖优惠信息以赚取会员费，另一方面组织人员参与抢购优惠鞋款然后加价倒卖牟利，两头赚钱。他们并不是企业信息的第一获得者，却是向"内鬼"购买相关信息的第一人。那么，寻找"内鬼"的线索就要从这两人的交易明细清单上入手了。

在梳理两人的交易明细清单之

后，杨浦分局经侦支队情报技术室主任吴鸣豪发现了一笔异常的资金——购买鞋子的款项都是 1699、999 这样的数字，夹杂在其中的一笔 9000 元的整数资金就显得非常特别了。这笔资金从韩某的账户转到一个叫李某的账户，然后又原封不动地转到黄某的账户，之后就不再流动。而这个黄某恰恰就是该运动品牌企业济南门店的一名员工。那么，黄某是不是就是那个"内鬼"呢？又或者他也只是链条上的一环，前面还有别的人？

为了查清真相，民警们出发前往济南，他们的目的是摸清黄某居住和工作的地点。

12 月 19 日，抵达济南后，民警们立即赶往奥特莱斯。黄某工作的品牌门店就位于那里。抵达门店后，民警们一边留心店铺周围的各条通道，一边不着痕迹地打听黄某的情况，却被店员告知黄某当天正好轮休。难道是闻风而逃了？带着疑问，民警们马不停蹄地前往黄某的居住地，以确认黄某的行踪。到了小区，看到黄某的白色宝马轿车正停放在地下车库中，由此民警们可以确定黄某并没有意识到自己已经被警方盯上，轮休只是一个巧合。不过，抓捕还未到时机，民警们完成了探查任务，又悄悄地返回了上海。

经过 20 多天在各地的侦查和排摸，杨浦经侦支队通过并串侦查线索，再一次固定证据链和法律依据，确认了机密信息的传递过程与资金往来的相关性，两个微信小程序的实际控制人、中介以及运动品牌企业内部贩卖信息的人员全部浮出水面，整个犯罪链条清晰地呈现在办案人员的面前。

时机已经成熟了，杨浦经侦支队决定，迅速展开联合抓捕行动，对分散在全国各地的犯罪嫌疑人进行统一抓捕。布置任务时，杨浦分局经侦支队副支队长袁健一再强调，收网的重点就在于一定要拿到 APP 后台数据，因为在这样的案件中，后台数据就是犯罪现场，一旦拿到数据，案件证据就固定住了。

很快，阙祥带队再一次抵达了黄某所在的城市。根据前期侦察，他们原本准备在一家超市门口等待抓捕黄某的时机，但由于黄某身边还有老人和孩子，出于人性化的考虑，民警们还是暂时放弃了抓捕，跟随黄某来到其居住地。随后，在当地警方的协助下，民警们敲开了黄某的家门。

"找你了解点事情。公司的什么事情，有点数吗？"听到民警的问话，刚开始黄某还辩称"真不太清楚"，但当民警单刀直入："李某认识吗？你跟李某什么事？"黄某轻轻地"哦"了一声，他显然意识到，自己的所作所为已经被警方全部掌握了。

一小时后，泪流满面的黄某妻子赶到派出所，根据办案要求，她暂时见不到黄某，只能委托办案民警给黄某带话："我来过了，好好配合民警，别担心。"然后匆匆离去，家中才七个月大的孩子还在等待母亲的照顾，而作为儿子、丈夫和父亲的黄某，却因为自己的贪婪，将从家人的生活中消失相当长一段时间。

与此同时，该案的其他犯罪嫌疑人也都在各地被一一抓捕归案。目前，该案两名主犯因涉嫌侵犯商业秘密罪被检察机关提起公诉。

全线收网嫌疑人

　　这起隐藏在微信小程序后的案件与常规的经济犯罪案件有着很大不同——作为一种新型犯罪手法，它发生在一个虚拟空间中，犯罪嫌疑人分散在不同的城市，通过网络形成利益链，共同触碰了法律的底线。然而，不管他们在网络上隐藏得有多深，犯罪手法有多隐蔽，在经侦民警的抽丝剥茧、顺藤摸瓜之下，终究还是难逃法网。

钱到底是怎么丢的？
一起啼笑皆非的"盗窃"案

　　"803大院"里，有一支队伍非常引人注目，他们既是警察，又是特殊的科研人员，被称为刑技民警。他们所在的上海市公安局物证鉴定中心，设有法医、毒化、照录像、痕迹、指纹、理化、生物物证七个破案核心技术专业。在刑技民警中，法医可能是电视剧中"出镜"最多的，也因此最为人所熟知，但作为案件调查的基本步骤，采集、鉴定等各种技术手段也尤为重要——刑科所技术民警们的身影几乎是出现在每一个案件的现场，除了上文中提及的刑侦民警和经侦民警处理的那些大案要案，诸多不起眼的琐碎小案往往是依赖技术手段破解的。

2020 年 12 月 14 日傍晚，有人拨打了 110 报警电话，称自己在松江九亭停车的时候被盗了 55000 元钱。

接到警情通报后，松江刑科所副所长徐峰，技术员谭佳凌、刘潇俊一同出发前往涞寅路现场。路上，民警们和节目组都难掩好奇，在银行账户全面电子化、智能手机能搞定一切的现在，居然还有人会带着这么多现金出门？是虚报数额以引起警方重视，还是有什么特别的原因必须携带大量现金，又或者是另有乾坤？

抵达现场后，报案人向民警们陈述，自己是个生意人，当天车上放着用尼龙袋装好的 55000 元钱。下午他想到银行继续取钱，停好车才发现马路对面的农业银行关门了，再开车到另一家银行，也吃了闭门羹。没能取到钱，报案人干脆直接回了家，但到家后却发现，原先放在车子后排座椅下装有 55000 元钱的袋子竟然不见了。

大致了解情况后，徐峰和谭佳凌开始进行现场采集，刘潇俊则与报案人详细沟通，尽可能了解事发的每一个细节。

考虑到现场情况，谭佳凌认为嫌疑人留下鞋印的可能性较小，便将采集的重点放在了指纹上。民警们首先与报案人确认，当天下午只有他一个人开过车，没有其他人坐过他的车。随后，两位技术民警对车门把手等车身上可能被触碰的位置都进行了指纹采集。

很快，车门上采集到的一个左手指纹引起了民警们的关注，这是一个特殊的指纹型，有两个手指没有指纹。这会不会是某个嫌疑人留下的痕迹呢？遗憾的是，经过与报案人左手的比对，这其实是他自己的指纹。民警们没有气馁，他们对报案人进行了指纹采样，准备之后同现场采集到的所有指纹一一进行遴选对比。

面对民警"为什么携带大量现金"的疑问，报案人表示，自己年纪较大，

刑技民警对车辆进行勘查

不习惯使用智能手机，经常随身携带大量现金进行交易，每次都是直接放在车里。为了证明自己确实带了这么多钱，报案人还联系了自己公司的财务，调取了下午带着钱袋上车的公共视频录像交给警方。

在对现场进行了细致勘查后，派出所民警带着报案人前往属地派出所做报案笔录，而技术民警们则赶回刑科所去进行指纹比对。与此同时，九里亭派出所值班民警王毅已经开始迅速调阅公共视频。

令人意外的是，公共视频显示，在报案人停车的第一个位置，除了报案人自己外，整个停车过程中没有任何人接近过车辆。而在刑科所那边，徐峰原本抱着很大的希望，"在里面能找到犯罪嫌疑人的指纹"，但经过他和刘潇俊的分头比对，结果是一致的，车身上搜集到的指纹确实全都属

于报案人自己，这也同视频里的情况相吻合。发现犯罪嫌疑人指纹的期待落空了，徐峰难掩失望，将记录比对结果的草稿纸扔进了垃圾桶。

奇怪，难道这袋钱真能不翼而飞吗？

这时，王毅在公共视频中有了新的发现。

在报案人第二次停车的位置，一个举止奇怪的老太太引起了王毅的注意。只见视频画面中，这个老太太站在报案人的车辆前举起手机，似乎是在拍照。报案人开的是一辆沃尔沃，算不上豪车，车型和漆色也没有特别之处，有什么值得老太太特地拍照留念的呢？

王毅赶紧把公共视频往前调，重点观察老太太的行动，这一次有了令人兴奋的进展。原来，老太太在报案人车辆左前侧有过一个轻微弯腰的动作，虽然因为另一辆车的遮挡，看不到她到底做了什么，但经过对之后镜头的仔细辨别，还是能看出穿着红色外套的老太太手里多了一个红色的袋子——应该就是报案人所说的装钱的尼龙袋！

民警判断，报案人的记忆出现

了偏差，装钱的袋子并没有放在后排，而是在前排，并且随着报案人下车的动作掉出了车外，被老太太捡到了。

此时，距这袋钱丢失已经过去了七个小时，还能找到这个老太太吗？钱还能物归原主吗？

王毅继续查阅视频，发现这个老太太捡钱后并没有立刻离开，而是在车旁停留了很久。也许还有机会！

果然，王毅驾车赶到事发地点后，真的就遇到了这个老太太，而此时已经是 12 月 14 日晚上 11 时了。原来，老太太是旁边商场的保洁人员，这个时间刚好下班。

王毅刚开口问了一句，老太太就如竹筒倒豆子一般干脆利索地讲述了自己捡钱的过程。当天下午，老太太经过报案人车辆时发现了地上的这袋钱，本想交还给失主，结果在原地等待了半小时也没等到人。她估计钱是旁边车上掉下来的，于是拍下了车牌号码，准备第二天把钱交到派出所，让民警寻找失主。

王毅顿时明白过来，原来老太太站在车头前拍照是为了第二天报案

发现举止奇怪的"可疑人物"

时方便警方通过车牌号码寻找失主，真是考虑周到！

虽然已经快要半夜，这位拾金不昧的老人还是欣然同意前往派出所配合做笔录。然而，新的问题出现了：忙碌了一天的老太太收集了两大捆废旧纸箱，可舍不得扔掉，得带着一起走。

于是，王毅的警车瞬间变身为运输车，座位上和后备箱里都塞得满满当当的，总算全都安排妥当，他这才开车载着老人赶回九里亭派出所。

面对节目组的镜头，老太太朴实地说："你拿人家东西是睡不着的。你不能拿的，总归要还的。人家急得不得了。"节目中，这段话瞬间引发了弹幕刷屏："感动哭了！""好人一生平安！""好可爱的奶奶！"

核对过金额数字，让老人在笔录上签了名，王毅又用警车把老人和

她的纸箱一起送回了家。此时已经是凌晨 2 点，王毅马不停蹄地赶紧给报案人打电话，通知他钱已失而复得的好消息。可能是失主的声音让王毅意识到自己太过急切了，吵醒了对方，他不好意思地笑了起来。而看到这里的网友们又刷起了弹幕："丢钱的睡着了，捡钱的睡不着。""这个故事太可爱了！"

第二天下午，报案人来到派出所，王毅亲手把原样包装的钱交还到他手中。有趣的是，这位"心大"的报案人并不在意核对钱款，他说，现在钱不是问题，问题是接完电话后他一晚上再没睡着，因为民警的话让他"对自己的智商产生了很大的怀疑"。

尽管已经听王毅讲述了找到钱款的全过程，这位自信的报案人还是坚持自己没有记错，钱肯定是放在了

冒失失主又丢了表

后排座位下，而不是前排，也因此更加想不通事情是怎么发生的。于是，王毅又替他检查了车辆，证明前后排并不相通。报案人口口声声"想不通"，着实让人有些啼笑皆非。看着报案人手中老式的翻盖手机，显然他今后还是只会继续使用现金，王毅也只能再三告诫他，车辆不是保险箱，千万不要再这么粗心大意了。

就在此时，又出现了令人啼笑皆非的一幕，本已准备离去的报案人突然发现自己又丢了手表！

看着到处翻找的报案人，王毅实在有些哭笑不得："戴出来了吗？"

"手表怎么会不戴？"

…………

终于，报案人从脱下的外套里翻出了自己的手表，原来是表带断了，导致手表掉在了袖管里。

王毅替报案人感慨了一下："这幸亏是衣服穿得厚，要是穿得薄怎么办？"

而报案人此时也没有了原先那股强烈的自信，显得非常无奈："我也不知道怎么回事，稀里糊涂的，哎呀。"

好在，手表和钱一样，有惊无

险，失而复得。

　　三天后，报案人再次来到派出所，送上锦旗并当面感谢了拾金不昧的老太太。一件让人着急的事，经过民警们的不懈努力，终于在非常短的时间里以喜剧收尾。正如王毅在当期节目中所说的那样，不论是盗窃还是丢失，最重要的是报警人的损失被找回来了，这就是民警们最大的成绩。

　　一桩不起眼的小案子，在技术手段的协助下就这样干净利落地被迅速解决了，这也是近年来众多案件的缩影，日益更新的刑侦技术在各种案件的破获中都发挥着越来越重要的作用。

　　从本集的几个案例中可以看到，随着科学技术的突飞猛进，不论是在预防犯罪、侦破案件还是在为人民群众救急解惑上，人民警察都在用比以往更高效、更精准的方式夜以继日地奋斗着，他们守护着人们的生命和财产安全，也守护着这座城市不变的繁荣与安宁。

有光就有影，有人民警察守护的光明和正义，就有隐藏在黑暗中的种种罪恶，而毒品可以说是黑暗罪恶中最阴险的幽灵。

毒贩的利欲熏心、残忍狠毒，吸毒者的难以自拔、六亲不认，并不仅仅存在于影视作品中，那些因为毒品导致倾家荡产甚至家破人亡的悲剧也不只是传闻。实际上，毒品违法犯罪并不像很多人以为的那样遥远，它就在现实生活中真实地发生着，多少无知、猎奇、寻求刺激的人经受不住诱惑，以身试法，坠入毒品犯罪的堕落深渊。

幸好，在上海这座流光溢彩的国际化大都市，有这样一群人：他们的姓名无人知晓，他们的样子也不为大众所知，只有"缉毒民警"这个称号伴随着他们，他们日复一日行走在刀刃上，对毒品犯罪严厉打击，肩负着警察的使命和担当。

毒品一日不绝，禁毒一刻不止。

深夜的机场出口，
迎接她的是一副手铐

2021 年 1 月 6 日，夜已渐深，上海虹桥机场仍是熙熙攘攘，一架架客机不断起降，一派繁忙景象。

一架客机滑进了停机位，机上乘客纷纷起身下机，一名身材纤细的短发女子穿上绿色大衣，拖着蓝色行李箱，不疾不徐地走下廊桥，随着人流向出口方向走去。

另一边的人群中，一名身着白色大衣的女子拉着一个红色行李箱，看起

两名"冰妹"出现在警方视线

来很是时尚，也同样不紧不慢地走向出口。

在白衣女子身后十几步远处，一个身材健壮的中年男子拿着手机不停地低声说着话：

"白衣服、红箱子，头上戴帽子，正常地往外走。"

"尽量不要让她出去了。"

竟然是在盯梢？

此时，绿衣女子已经走到了机场的栈道出口，当她走过两名男子之间时，突然发出一声惊叫——两名男子在与她擦肩而过的一瞬间突然出手，将其双手反剪按倒在地，随即铐上了手铐。

五分钟后，白衣女子在另一处的栈道出口遭遇了相同的一幕。

在机场公安分局的审讯室里，面对从包里搜出的东西，绿衣女子显得非常干脆："这就是我自己玩的东

抓捕贩毒人员

西，冰毒，8克的样子。"称重的结果显示，她随身携带了8.4克冰毒。

时间回到几个小时前，上海市公安局刑侦总队缉毒处的临时指挥室里，一场兵分多路的抓捕行动蓄势待发。警方根据多方线索判断，一个贩毒团伙将要来上海作案，其中主犯陈某是一名女性，她曾多次随身携带少量毒品，在上海兜售给他人，甚至还组织所谓的"冰妹"陪同他人吸毒卖淫。而她的下家多达八人，大多为男性，分散在上海宝山、闵行、黄浦、静安、普陀各区。线索显示，陈某和"冰妹"吴某当晚将先后到达上海虹桥机场。专项行动组决定在她们抵达上海后，将这个涉毒团伙一网打尽。

抓捕小组提前抵达机场后，经过与机场公安分局的商议，决定一方面分三路守住机场的三个出口，另一方面，为了尽快锁定锁准两名主犯，由最熟悉两人特征的民警老赵独自一人前往停机坪，他的任务是确认嫌疑人当天的衣着及行李箱特点。两名嫌疑人乘坐的航班抵达虹桥机场后，目光犀利的老赵在人群中迅速锁定目标，及时通知了在各个出口的缉毒民警，这才有了绿衣女子陈某和白衣女

子吴某落网的场面。

在机场抓捕小组出发的同时，其余各个行动小组也兵分八路，分别赶往闵行、宝山等地，准备同时抓捕下家。为了避免打草惊蛇，民警们冒着上海罕见的寒潮，在各嫌疑人居住地楼下苦苦蹲守。

终于，对讲机里传来了指挥中心的命令："各组注意，机场行动已经收官，各组可以按计划开始抓捕，收网！"

一声令下，各小组纷纷扑向目标，指挥中心的大屏幕上实时播放着每一个小组的抓捕行动。"金某到了！""秦某到了！""棋牌室也弄掉了。"一个个闪动的对话头像不断传来下家落网的好消息。

这时，一个画面引起了坐镇指挥中心的缉毒处副处长老尹和科长小黄的注意，"问他，为什么到这里来？"连线画面中，已被控制住的犯罪嫌疑人王某承认，自己出现在酒店房间里是因为"找女孩子呀"，而主犯陈某给他介绍的"女孩子"正是在机场落网的白衣女子吴某，实际上，这位"冰妹"已经52岁了。

根据陈某和吴某的供述，连毒品带包夜一起算，一个晚上，她们就可以从王某那里拿到5000元钱。

1月7日凌晨，上海市公安局刑侦总队及崇明分局刑侦支队在本次专项缉毒行动中，共抓获嫌疑人十名。民警对这些嫌疑人一一安排了毒品检测，从毛发和尿液检测结果中可以清晰地看出，嫌疑人呈冰毒阳性。

根据检测结果，嫌疑人陈某因涉嫌吸毒、贩毒，容留他人吸毒，被移交检察机关，她将面临最高七年的有期徒刑。吴某因为涉嫌吸毒，被处以十天的行政拘留，强制隔离戒毒两年。一同被抓获的其他嫌疑人中也有六人受到了相应的行政处罚。

与其他警种相比，缉毒警察侦查的一大特点就是没有案发现场，民警们需要依靠自己对情报和线索的敏锐判断主动出击，"无中生有"，寻找案件的突破口，这决定了缉毒民警们在寻找犯罪证据的过程中往往要付出更多的精力和毅力。刑侦总队缉毒处副处长老尹举例说，有一次行动中，警方抓获了七八名犯罪嫌疑人，缴获了 35 公斤冰毒，在成绩背后是参战民警们在五天五夜中只睡了九个小时，只吃过一顿正儿八经的饭，其中艰辛可见一斑。

以贩养吸，年幼的女儿成了他们的"挡箭牌"

　　近年来，上海公安机关始终对毒品违法犯罪保持严打高压态势，不仅严厉打击贩毒者，对下游吸毒人员也一律追查，并且按照国务院《戒毒条例》，对吸毒人员实行动态管控，定期检查。

　　在这样的检查中，如果查到复吸人员，缉毒民警们在依法处理的同时总会感到生气和痛心；而如果有人真正改邪归正，戒毒成功，他们会感到格外欣慰。用一位缉毒民警的话来说，抓到人不代表胜利，把人从坑里

民警到嫌疑人家中进行传唤

拽出来，才算是真正成功。

　　2021 年 2 月 18 日，静安寺派出所在一次抽检中抓获了一名涉嫌复吸的嫌疑人王某。几经询问，王某才交代自己已经和"圈子"断了联系，"货"不是他拿的，而是他的前妻吴某找来的。他着重强调，自己没有一上来就交代，是担心警方把前妻抓来后，女儿无人照顾。

　　吴某住在杨浦区某小区内，房屋狭小破旧，堆积着杂物，到处都乱糟糟的，连墙上都挂满了衣服，民警们进屋后节目组甚至都没有了立足之地。

　　由于王某在供述中称吴某也参与了吸毒，按照规定，她必须要去派出所接受进一步的检测和调查。为了逃避民警的传唤，曾有吸毒前科和戒毒记录的吴某开始绞尽脑汁，试图找

到推脱的理由。

吴某先是提出，如果自己去派出所，家里只剩七岁的女儿一个人。让小朋友独自在家当然不安全，民警们让她说个安顿孩子的地方，可以帮忙送去。吴某马上说自己母亲得了癌症，父亲又早已和母亲离婚，都不能照顾孩子，"没地方送"。当民警提出可以把孩子送到爷爷家时，吴某又换了理由，指责民警们会吓到孩子。不过，无论她找了多少借口，拿孩子当挡箭牌的妄想注定是要落空的。在民警的坚持下，吴某不得不给女儿穿戴整齐，送去让爷爷照顾。

七岁的小女孩意外地懂事、乖巧，她奶声奶气地告诉民警："我自己会戴（口罩）的……晚上我有点不敢下去。"这让抱着她下楼的静安寺派出所"90后"民警范文杰有些心疼。昏黄的路灯光照下，毫无带娃经验的范文杰瞬间化身"奶爸"，一边抱着小女孩走向警车，一边不断柔声安慰："不要怕，没什么事情的，叔叔会查清楚的……不用担心，肯定会把你按时送到的"。

路上，范文杰也不断地跟孩子聊着天，既是避免孩子害怕，也是迂回地了解情况。说起爷爷家，小女孩像个小大人似的告诉范文杰，"我本来明天就要到爷爷家去吃饭的。但是我是跟我爸爸妈妈一起去"。孩子无心的话戳破了吴某"没地方送"的谎言，范文杰告诉节目组，就在那一瞬间，他明确地意识到吴某是在撒谎。

凌晨1点半，范文杰敲开了女孩爷爷的家门。在谨慎地检查了对方的身份证并确认了祖孙关系后，范文杰告诉对方，他的儿子和（前）儿媳因为涉嫌吸毒去派出所配合调查了，现在孙女要他暂时照顾。女孩的爷爷似乎毫不意外，只是确认了一下"两个人都是吗？"便不再多说什么了。

在小女孩被安全送达爷爷家的同时，在吴某家的搜证工作也开始了。不知是因为心虚还是紧张，吴某显得有些"理直气壮"得过了头，口口声声"我没东西"，却在民警询问"我说什么东西你知道吗？"的时候脱口而出："你说的是冰毒对吧？没有的！"这一"自爆"式的回答引来了弹幕"此地无'冰'三百两"的无情嘲笑。

将吴某带回刑侦总队后，民警们很快从她的尿样和毛发中检测出甲基苯丙胺阳性，证明她近期曾经摄入过冰毒。面对检测结果，吴某的心态开始渐渐出现变化。

经验丰富的刑侦总队缉毒处副处长老尹很有耐心，在他的询问下，吴某谈到了自己刚刚"被处理过"，正在社区戒毒，也谈到了和王某之间的感情不和。火候差不多了，老尹单刀直入地问："最近有人找你拿过货（冰毒）吗？"吴某开始还坚称没有，但老尹一遍遍追问，低沉有力的语气音调越来越严肃。问到第四遍的时候，吴某的心理防线终于崩塌了，提出要喝水。老尹给了她一杯水后，换了一个问题："前面两次东西（冰毒）给谁了？""肖某。"吴某终于坦白了以贩养吸的事实。

第二天一早，肖某就被带到了刑侦总队。虽然此前王某一再把主要责任推给吴某，但肖某的供述却表明，这夫妻二人都有毒品，跟肖某进行交易的人是王某，"每次拿东西都是王某给我的"，只是购买毒品的钱款是转到吴某账上。审讯后，警方还让肖某对涉案的吴某、王某两人进行了辨认，随着肖某一声"3号"，在一干人中准确指认王某，本案的证据链终于锁上最后一环。

截至节目播出前，王某与吴某因为涉嫌贩毒罪，已经由检察机关批准逮捕，下家肖某涉嫌吸毒，被处以行政拘留十日，社区戒毒三年。

2021年3月，闵行公安分局缉毒队的民警们发现，两名有多次涉毒前科的贩毒吸毒人员近期联系非常频繁，很有可能在短期内再次进行毒品交易，之后还可能将毒品继续转卖给其他吸毒人员。这两人算得上缉毒民警们的"老相识"了，一个是2017年强制戒毒后处于社区康复期间，另一个是2019年强制戒毒，最近刚刚出来，两人都有以贩养吸的前科。

根据民警掌握的信息，3月4日，两名犯罪嫌疑人相约在一家饭店，很有可能在饭后交易。缉毒队决定，抓现行！

因为"抓得紧，罚得严"，抓捕过程中贩毒人员常常会激烈反抗，甚至暴力袭警，因此在执行抓捕行动前，缉毒民警们都要做好全套准备，以保护自身的安全。节目中拍摄了闵行分局刑侦支队缉毒队民警小吕穿上防刺背心的画面，镜头中，这位"90后"民警T恤上的奥特曼一闪而过，眼尖的网友们立刻纷纷以奥特曼的台词"你相信光吗？"向缉毒民警们致敬："你们才是现实中的光！"

包围出租车抓捕贩毒人员

做好准备后，闵行公安分局缉毒队侦查员迅速与杜行派出所民警汇合，一同前往两名嫌疑人相约的饭店附近布控蹲守。

在饭店外蹲守四个小时后，两名嫌疑人终于走出饭店。缉毒民警们没有惊动他们，而是选择在马路另一边观察着嫌疑人的行动。根据两人的动作，民警很快判断出他们已经完成了毒品交易。此时，一辆出租车停在了路边，两名嫌疑人显然准备乘坐出租车离开现场。

就是现在！民警们没有错过最佳抓捕时机，迅速围住了出租车，"警察！不要动！""慢慢地下车！"两名犯罪嫌疑人白某和王某老老实实地下了车。对于民警们从自己身上搜出的毒品，王某的第一反应就是试图否认："我不知道这是什么东西！"

抵赖显然是没有用的，抓捕成功后，两名犯罪嫌疑人被带回杜行派出所，民警们分头开始了审讯工作。

作为一个有多次贩毒吸毒前科的累犯，白某当然知道情况的严重性，仗着毒品不在自己身上，他坚称不知道王某的毒品是哪里来的，"我没有给过他东西，只谈到过东西，但是今天的东西不是我给他的"。甚至开始耍赖："你们要这样讲，我也没办法。"民警几乎要被气笑了："搞得好像我们还冤枉你了。"一听这话，白某更来劲了："是冤枉，这个事情百分之一万是冤枉我的。"

白某还在负隅顽抗，另一边的王某却一改抓捕现场的狡赖态度，大约是想争取一个认罪态度良好，虽然还是一副老油条的样子，却可以说是民警问什么就答什么。

警：今天什么事情找你，知道吗？

王：我知道的。

警：什么事情？

王：我拿毒品。

警：拿的是什么？

王：拿了冰毒。

警：拿了多少量？

王：拿了两克。

警：就是民警把你抓住的时候，从你身上搜出来的东西对吧？

王：对，我承认的，这是事实。这都是板上钉钉的事情。

警：问谁拿的？

王：问白某。

在王某的指证和民警的追问下，白某终于也放弃了侥幸心理，坦白交代了王某付给他 4000 元钱购买两克冰毒的事实。这个数字令不了解毒品的网友震惊了："这么贵！""买书不香吗？""买高级巧克力不好吃吗？"

目前，白某和王某已经因为涉嫌贩毒被移送检察机关审查起诉。

节目中出现的这些吸了戒、戒了吸的涉毒人员，充分说明打击毒品犯罪是一项艰辛而漫长的任务。不过，缉毒民警们的努力绝不会白费，上海市刑侦总队缉毒处副处长马亮在节目中介绍说："目前在社会面上的吸毒人员，这个数量是历年来最低的；经过禁毒社工的帮助，吸毒人员戒除毒瘾、回归社会的人数，目前是最高的。这也从另一方面证明了上海的缉毒工作的确是比以前做得更加有效，更加扎实。"

实际上，节目组在拍摄过程中也多次见证了曾涉毒人员的阴性抽检结果，这比拍到了精彩的素材还要让人高兴。节目播出后，弹幕里有人现身说法，称自己"意志力一般，四年未复吸，我骄傲"；评论区里也出现留言，表示自己曾经吸食过两年冰毒，但现在已经戒了很多年，以后也不会再复吸，并向所有缉毒人员致敬。

一次次把人从毒品的泥潭里拉上岸，将他们已踏入歧途的人生带回正轨，这样的成就感正是缉毒民警们冒着危险与犯罪分子斗智斗勇的莫大动力。

花样繁多隐蔽性强，新型毒品隐藏在药物里

由于上海公安对吸毒案件的坚决打击，目前传统毒品的吸毒人数日益走低，但新的挑战也随之而来。近年来，冰毒、海洛因等传统毒品的市场日渐萎缩，但新型毒品的交易有所抬头。新型毒品种类繁多，形态多样，隐蔽性比传统毒品要高很多，有时甚至难以取证。吸食这些新型毒品的人大多有留学背景，呈现年龄小、学历高、家境好的特点。

根据《中华人民共和国刑法》第357条规定，毒品是指鸦片、海洛因、甲基苯丙胺（冰毒）、吗啡、大麻、可卡因以及国家规定管制的其他能够使人形成瘾癖的麻醉药品和精神药品。

近些年来，不法分子利用先进的科学技术，通过对传统毒品和合成毒品的化学分子式进行改变，形成多种多样的新型毒品，这些毒品隐蔽性更高，危害性更大。

"邮票"是一种强致幻的物质，毒性是传统毒品的数倍，吸毒者将其放置于舌下吸食，过量食用会导致死亡。

一氧化二氮，俗称"笑气"，可使人失去痛感并发笑，同时伴有欣快感，也会使人上瘾。如果多次反复吸食，容易造成大脑缺氧并导致中枢神经系统受损，以致记忆力下降、反应迟钝、精神障碍甚至瘫痪。

"卡哇潮饮"含有 γ－羟丁酸，作为酒精的替代品，具有兴奋和致幻效果，

过量使用可导致强烈的麻醉效果，且苏醒后记忆会受到损害。

氟硝西泮，也叫"蓝精灵"，是日本的一种处方药，它有抑制人的中枢神经的作用，大量使用会出现偏执、焦虑、恐慌、被害妄想、动作失调等反应，严重者可导致精神错乱，甚至休克、脑中风死亡。

三唑仑是安眠药的一种成分，过量使用的话会影响人的中枢神经，出现精神错乱、严重嗜睡、抖动、语言不清、蹒跚、心跳异常减慢、呼吸短促或困难及严重乏力等副作用。

"犀牛液"，具有强烈的致幻作用，可导致心动过速、身体抽搐和意识丧失，易诱发急性心力衰竭。

减肥药中除了地西泮，还有安非拉酮和芬特明，这些都是国家严格管制的精神药品。

刑侦总队缉毒处管控科民警小张在介绍了这些新型毒品的情况后说："毒品和药其实是硬币的两面，遵循医嘱使用，我们一般称之为用药，但是过量使用，它就成了吸毒行为。"

2021 年 4 月 5 日，上海海关在缉查走私时发现一个来自日本的可疑包裹。宝山公安缉毒队民警接到线索后，立即赶往海关"取货"。海关通报的包裹内容物为大量三唑仑，缉毒队民警小徐向节目组科普：三唑仑，又名迷魂药、蒙汗药，它是安眠药的有效成分，属于国家一类精神药品。海关交给警方的这个包裹里面大概有 100 颗三唑仑，这么大的剂量，购买者的意图肯定不纯。

宝山公安缉毒队民警决定"智取"，扮成快递员"送货上门"，先诱出犯罪嫌疑人，再进行抓捕。

4 月 6 日上午，缉毒队民警小徐来到事先联系好的宝山区某快递驿站。换上一身快递员的制服，戴上帽子，小徐转瞬之间就变身成了一名质朴憨厚的快递员。

打扮停当，小徐按照快递上的联系方法拨打了嫌疑人的电话：

"是靳某吗？你有一个国际快递。"

"有什么事吗？"

"今天上午我帮你派送，你在家里面吗？"

"我在的。"

"好，等一下你把身份证准备好，我过一会儿就过来送了。"

"好的，谢谢。"

挂掉电话，小徐颇有感慨，对方说话彬彬有礼，实在不太像一个犯罪嫌疑人。

民警们很快赶到靳某的居住地。抓捕之前，他们先要排摸好地形，设计好行动方案，同时联系属地派出所协商抓捕事宜。

勘察完附近的地形后，民警们确定了抓捕地点就放在靳某住所的大门口。

缉毒队民警小柳给小徐设计了行动计划：先让嫌疑人签收快递，确认身份，签收之后小徐就找一些借口稳住嫌疑人拖延时间，以挠头作为可以行动的暗号。

小徐启动了快递车，真正的行动开始了。

按响门铃，嫌疑人靳某很快就

顺利抓获贩毒人员

出现在小徐面前，他看起来斯斯文文的，态度也同电话里一样很客气。

以国际快件须验明签收人身份信息为由，小徐确认了邮件签收人即是犯罪嫌疑人本人。与此同时，另一名缉毒队民警小朱装作找不到地址的路人，向小徐问某个门牌号码的位置，并提出："带我去一下好吗？"小徐借机故作为难地挠了挠头，发出了抓捕暗号。埋伏在周边的民警们迅速出动，围住了靳某。

面对警方突如其来的行动，靳某显然慌了阵脚，他当即承认自己购买的是日本的安眠药，而对于"为什么要买这个东西"的问题，他干脆就认可了民警"干坏事"的说法。

一番询问下来，靳某虽然仍在试图辩称买这些药只是为了"睡觉"，但看着警察从家中搜出的诸多物证，以及手机中购买三唑仑的记录，他终究还是向民警承认了自己曾经两次用药实施犯罪的事实。三唑仑本是用于治病救人的处方药，但靳某通过网络大量购买三唑仑，当然不是为了助眠。实际上，此前他已经两次使用蒙汗药对他人实施猥亵，这一次也是意欲图谋不轨。

5月13日，靳某因涉嫌走私毒品罪及强制猥亵罪，被移交检察机关审查起诉，他可能面临数罪并罚的刑事制裁。

2020年底，上海市公安局杨浦分局缉毒队民警接到群众举报，有人售卖大麻及"邮票"等新型毒品，并直接通过快递发货。根据线索，民警们调查了包裹的收件人，锁定了嫌疑人胡某。

12月8日上午，民警们来到胡

吸毒人员戏精上身，百般抵赖

某居住的徐汇区某小区，在询问保安后得知嫌疑人胡某住处为一合租房。为了不打草惊蛇，民警们兵分两路，一组前往物业确认屋内暂住人信息。另一组在门口观察守候，并通知房东前来开门。

一一核对了合租房内各租客的身份后，民警们在一个房间内找到了胡某和他的女友顾某。胡某看上去有些茫然，而顾某则一副娇滴滴的样子，不停地惊呼："好吓人啊！""什么事情？"当民警指出胡某涉嫌吸毒的时候，顾某甚至震惊得用双手捂住了自己的嘴巴。

胡某刚开始还嘴硬，声称可以通过检测来证明自己，"验我有没有吸毒"。民警小黄检查了他的手机，很快找到了大量涉及购买毒品的聊天记录——"这么多人要大麻，我带你去验，你自己说验得出来吗？"自家事自家知，胡某当然清楚自己的情况，在民警严厉的追问下，他不得不承认"货"已经到了，也已经付钱完成了交易。但当民警问及"货"的去向，是用掉了、卖掉了，还是送掉了的时候，胡某又一次闭口不言。

一再追问之下，胡某终于坦白

了自己使用"邮票"的事实。他说，自己在加拿大留学期间接触到了毒品，但回国之后并没有加入相关的圈子，邮购的五贴"邮票"都是自己"嗑"掉的。

尽管胡某始终坚持所有的毒品都是他一人独自使用的，但有着多年缉毒经验的民警觉得，和他同住的女友顾某按理说不可能对此一无所知。面对民警的询问，顾某也坚持说胡某"贴邮票"的时候她不在上海，对此毫不知情，自己"不搞这些"，并表示"你查好了呀"。

缉毒队民警小李事后告诉节目组，在经验丰富的缉毒民警眼中，像胡某这样的嫌疑人，在现场审讯的时候看他的样子就知道八九不离十，但顾某却是一个特例，她当时的"演技"非常到位，确实让见多识广的民警们都有些迷惑了。

不过，再狡猾的狐狸也有露出尾巴的时候。在民警的连番追问下，顾某急于表明自己的清白，一个劲地强调："我没贴，我真的没贴。我不敢。"这句话让民警们一下子抓到了她的破绽，"你不敢？那么你是知道这个事情的咯？一进来装得这么无辜干什么？"顾某立刻改口："他给我的。我也是体验一下。那我自己也害怕呀。"

既然判断顾某也是"老吃老做"，民警们当然不会相信她的说法。为了寻找更多的线索，民警小黄开始检查顾某的手机，很快便在聊天记录中发现，一个昵称为"奥力娃"的人多次向顾某讨要毒品，而且看两人的对话，应该还一起吸过毒。

经过简单的审讯，民警们得知"奥力娃"真名叫汪某，刚刚从外地回到上海，当下决定兵分两路，一路带着顾某和胡某前往司法鉴定科学研究院进行毒品鉴定，另一路立即前往汪某在上海的暂住地进行下一轮抓捕。

到了汪某的住处，敲开房门，民警们直截了当："做过什么违法的事情吗？"汪某倒也爽气，"我有抽大麻"，如实供述了自己吸食毒品的事实。

物证搜集也很顺利，民警们在汪某家中很快就搜到了剩余的部分毒品，包括一小块纸片状物品。对新型毒品很熟悉的民警一眼就认出，这正是"邮票"的残渣。电视画面中可以看到，民警拿着"邮票"的手戴着蓝色手套，这是因为"邮票"的特点之一就是能够通过皮肤被人体吸收，所以不能直接触碰。

最终，民警从胡某、顾某、汪某的毛发中均检测出了麦角二乙胺成分，证实了三人均吸食过"邮票"这种新型毒品。尽管顾某"戏精上身"极力否认，但她的毛发检测却骗不了人。因为人体吸入的毒品会在毛发处残留，相比尿液、血液等液体标本，毛发性质更为稳定，检测结果也更加准确。

目前，胡某、顾某、汪某三人均已受到法律的制裁。

从弹幕中可以看出，许多网友看了节目之后感触最深的是发现毒品离自己的生活并不遥远，有人认出了自家开的饭店，有人认出了曾经居住过的小区，原来这些贩毒、吸毒的人其实就跟我们日常生活在一处！毒品绝不是我们以为的那样，跟普通人没有什么关系，它就在我们身边，谁也不知道什么时候就有可能接触到。而一旦踏错一步，没有人敢说自己能够抵御住毒瘾的诱惑，就像有些网友半开玩笑地评论：连手机游戏或者是炸鸡、可乐都戒不掉的我们，凭什么能戒掉毒瘾？所以，远离毒品，珍爱生命，永远不要有"第一次"，才是最正确的选择。

毒品犯罪是全世界公认的集团化、暴力化特征较为显著的犯罪行为，犯罪分子往往穷凶极恶、不择手段，缉毒民警在执法过程中经常会遇到撞车、持械对抗等暴力抗法的情况，危险程度堪称各警种之最。本集节目中，为了保护缉毒民警，节目组对他们的画面和信息都做了处理。即便如此，还是不断有网友提出，希望码可以打得再厚些，声音可以变得再多些。这是因为缉毒民警们对涉毒案件的零容忍、零懈怠，对迷途人员的不抛弃、不放弃，赢得了网友们崇高的敬意，所以才会发自内心地关心民警们的人身安全。

多年来，上海警方始终保持对毒品违法犯罪的严打高压态势，严厉打击制毒和贩毒犯罪，屡次破获涉案毒品达数十乃至数百公斤的大案要案，最多的一次缴获毒品逾一吨！将破案过程讲述得惊心动魄的电视剧《破冰行动》，也是以上海缉毒民警在广东海陆丰博社村参与的"雷霆行动"为蓝本拍摄的。在这样的不懈努力下，毒品犯罪得到有效遏制，吸毒人员总量持续下降。2020年全年，上海共破获毒品案件921起，缴获各类毒品72.08公斤，可见"零容忍"的坚持有力遏制了毒品违法犯罪的滋生蔓延。

安全感是一座城市海纳百川、吸引人们近悦远来的重要原因，是城市不竭动力和澎湃活力的有力保证，更是城市软实力的重要基石。在上海这座会聚了五湖四海人群的国际化大都市中，如何给身处其中的人提供足够的安全感，成了公安机关时刻都要面对的一道重要考题。

　　2021年起，上海公安民警建立健全"动态隐患清零"机制，滚动排查、及时消除、有效掌控影响安全的各类风险隐患，逐步形成具有上海公安特色的主动化、动态化、精准化隐患排查整治模式，严密防范"灰犀牛""黑天鹅"事件的发生，下先手棋，打主动仗，誓要将危险和隐患扼杀在萌芽之中。

防范电信诈骗，是一场与时间的赛跑

　　电信诈骗，可能是当今社会中最常见的犯罪行为之一，谁不曾接到过几个"孩子出事""老友借钱""快递退款"之类的诈骗电话呢？为打击无孔不入的电诈犯罪，切实保护人民群众财产安全，公安部会同人民银行、银保监会持续完善止付、冻结工作机制，会同中央网信办、电信部门建立常态化拦截封堵机制，进一步遏制电信网络诈骗，更有效地实施预警和防范。

　　2021年4月9日下午4点，上海市反电信网络诈骗中心收到一条预警指令，一个疑似诈骗电话刚刚和市民周小姐完成了一次通话，时间长达4638秒，也就是1小时17分钟多。

　　收到预警后，刑侦总队九支队反诈民警时永伟立即拨打了周小姐的电话，然而无论他怎么拨打，听到的永远是被挂断后冷漠的电子音回复："您好，你拨打的用户正在通话中。"

　　时永伟有些着急，经验丰富的他意识到情况不妙——周小姐十有八九已经上当了！

　　劝阻诈骗，分秒必争！值班长刘旭峰立即查询到了周小姐的居住地址，协调其所属的派出所进行上门劝阻。高行所民警迅速出警，很快就赶到了周小姐的住处。遗憾的是，他们扑了个空，周小姐并不在家。

　　此时，时永伟没有放弃，继续拨打周小姐的电话，但仍被反复拒接。刘

民警电话劝阻和寻找被骗者同步进行

民警前往被骗者工作地

旭峰则尝试查找周小姐的其他联系信息，终于查到了她的单位地址，通过警务中台再次下发了见面劝阻指令。

这是一场与时间的赛跑，快一分钟，潜在被害人汇款的可能性就会降低一些。花木派出所的两位民警以最快的速度赶到了周小姐工作的商场，终于在二楼找到了她。

见到民警，周小姐这才醒悟过来自己被骗了，然而她已经给骗子转账了 16000 元钱。原来，骗子自称是天猫的客服，告诉周小姐，由于工作人员的失误，给她开通了天猫 VIP会员，现在要扣款 6000 元。为了撤销这个所谓的 VIP 会员，周小姐一步步陷入圈套，甚至没有意识到电话那头一次次的"转接"竟然耗费了自己一个多小时之久。不但如此，她还听信了骗子的话术，在银行工作人员来电询问的时候，按骗子教的口径用"我是给自己转账"应付了过去。

接到现场的反馈情况，刘旭峰立即准备根据周小姐提供的银行账号启动紧急止付冻结程序。令人庆幸的是，因为对这笔转账存疑，银行已经对其进行了拦截，钱并没有到骗子的账户上。听到这个好消息，警察们和周小姐都松了一口气。

在民警的不懈努力下，2021 年以来，上海市反电信网络诈骗中心日均劝阻潜在被害人 4000 余人次，累计劝阻 6.1 亿元，切实守护了人民群众的钱袋子。

看到这里的网友们纷纷表示，现在的大数据预警非常到位，基本上挂掉诈骗电话后就会收到相关的提醒短信，或者直接接到警方打来的问询电话。不过，对诈骗电话还是一定要保持警惕，不能觉得自己没钱转给骗子就不会被骗，因为骗子还有骗你开通贷款等其他招数；也不能自以为了解电信诈骗的套路就掉以轻心，"上当的都是自认为绝对不会被骗的"。

确实，虽然有反诈民警和多方机构配合，不遗余力地宣传、劝阻、打击电信诈骗，但并不是每一个潜在

民警成功找到被骗者并与其详细沟通

受害人都像周小姐那么幸运，很多人依旧会迷失在骗子花样迭出的骗术之中。

实际上，大多数电信诈骗的话术并不复杂，他们的套路首先是用各种理由引起受害人的关注，不管是利诱还是恫吓，只要受害人相信了他们的说辞，进入到他们预设的蓝本内，他们就会反复强调"谁也不能信"，或者直接通过其他技术手段给受害人营造一个孤立无援的信息茧房，受害人就很容易一步步落入既定好的圈套。因此，防范电信诈骗，最重要的是一定要提高防范意识，不要轻信各种陌生来电。

深夜飞车追逐战，假币贩子自作聪明

相对于已经能够通过各种高新技术手段建立起常态预防机制的电信诈骗案件，要打击在线下实体范围内流通的假币，往往更需要警方动用一些相对传统的侦缉手段。

2021年4月的一个深夜，沪郊的一条公路上，几辆轿车正在你追我赶地高速飞驰。突然间，最前方的黑色轿车在桥上一个急刹，司机推开车门跑到桥上护栏边，把手里的一大盒东西都倾倒了下去。刚刚倒完，他就被追上来的几个人按倒在地，一连串的声音响起："不要动！""我们是上海市公安局松江分局民警，请你予以配合！""东西被他扔在那边了！""手套戴好，捡起来。"

案情研判

原来，这是松江分局经侦支队民警在追捕一个假币贩子。

时间倒退到2020年6月，松江某区域内连续出现了三起报案，都和假币有关，这引起了松江分局经侦支队的警惕。民警调查发现，这批假币仿照的是2015版纸币，仿真度非常高。进一步深挖这批假币的来源后，根据综合研判，民警的侦查锁定了假币犯罪前科人员刁某和段某。

假币交易是侦破难度极高的刑事案件。因其隐蔽性强、取证难，对民警来说，最佳抓捕时机是犯罪嫌疑人现场交易的那一刻，但要想成功地抓住这一时机，往往需要超乎常人想象的耐心。这一次也不例外，尽管两名犯罪嫌疑人一直处在民警的视线中，但他们在相当长一段时间内都显得非常"老实"，没有什么不正常的行为，用民警的术语来说，就是一直处于"静默状态"。从2020年夏天到2021年4月，民警们足足等待了10个月，终于等到两人"动"了起来。

2021年4月14日，松江分局经侦支队得到线索，刁某和段某很有可能在青浦区嘉松公路上的某加油站进行交易。于是，警方分别在加油站的出口和对面的路口进行布控，伏击守候。

然而，伏击现场比民警们预想的要复杂得多。加油站周围四通八达，视野开阔，不但非常不利于民警隐蔽，而且嫌疑人一旦发现情况不对，很容易驾车逃跑，路上密集的车流也会给追捕带来很大困难和危险。

等待中，民警们一边监视着现场情况，一边讨论起了案情。

"他不一定开常用的车子出来的。"

"如果他们真的决定在加油站厕所里面交易，我觉得车子肯定是停在加油站里面的。"

"他们不一定在厕所交易的。"

"在加油站里面的厕所交易的话就好弄了，瓮中捉鳖！"

时间在讨论中一分一秒地流逝，已经过了晚上10点，渐近深夜的加油站依然热闹繁忙，这很可能给接下来的抓捕行动带来很大困难。此时，后方的侦查民警提供了一条令人振奋的消息——嫌疑人刁某从车行租了一辆黑色轿车，正向加油站驶来。

看到刁某驾驶的车辆出现在路口，民警们做好了准备，一旦犯罪嫌疑人进行交易，就堵住他们的去路。然而，狡猾的刁某并没有如民警所愿在加油站交易，他的车没有停留，而是继续驶向了前方的公路。经侦支队的民警们随即驾车跟上，在深夜的公路上追踪着犯罪嫌疑人。

松江分局经侦支队金融犯罪侦查队队长唐恺在车上不断地与队员们联系，依据嫌疑人车辆的动作指挥着警方车辆的跟踪行动："想办法靠过去……我们先往马路对面兜过去……你车子开得太慢了，太明显了……不要一直跟着我，容易暴露……车子保持一定距离。不要被甩掉了……"

跟着跟着，刁某的车开进了一条僻静的小路。在刁某左转之后，民警发现路口一辆白色的轿车十分可疑，这辆车与刁某的车发生了短暂的停留。

深夜追车

警方判断，这辆白色轿车就是下家段某的车辆。由于交易只是一瞬间，刁某在路口把东西扔给段某就驾车离去了，来不及实施抓捕，面对突如其来的意外，民警们决定继续耐心跟踪。

于是，经侦支队的民警们兵分两路，一路继续追踪刁某，一路则跟踪那辆白色轿车。突然，追踪刁某的民警发现刁某时不时地在看后视镜，立刻意识到刁某很可能已经察觉了警方的行动。不能再犹豫了，立即实施抓捕！

在一个路口，民警尝试对犯罪嫌疑人刁某的车辆进行拦截，没想到刁某第一时间选择倒车，然后继续疯狂地驾车逃逸。眼看一路高速行驶也无法摆脱紧盯不放的警方，刁某突然在一座桥上停了车，然后立刻下车跑到桥边，把一大盒东西倒了下去。民警们以最快的速度冲了上去，按倒了刁某，但盒子已经完全空了，不论里面原本装的是什么，此刻都已掉到了桥下。

松江分局经侦支队副支队长高峰旗一时间非常担心，"万一东西扔到河里，会给相关的赃物认定，包括后续指纹的采样、生物特征的检测，带来非常大的麻烦"。

难道这么长时间的辛苦就要付诸东流了吗？几位民警站在桥的护栏边向下看去，峰回路转的一幕出现了：桥下不是河水，而是一片水泥地。原来这是一座旱桥！刚才刁某倒下去的一沓沓假币全都散落在地面上，证据还在！

被警方控制住的刁某还不知道自己做了无用功，他以为证据已经都被河水冲走，于是自称逃避警方追捕是因为酒后驾车，也不承认刚才曾经往桥下倒过东西。民警们把刁某带到桥边，看到满地假币的一瞬间，刁某无法掩饰满脸的意外和失落。到了桥下，民警们将假币全都收集起来进行了清点，最终一共收缴了近20万元面值的百元假币。

毁灭证据的企图失败了，但在现场的讯问过程中，刁某仍然一直试图抵赖，不承认刚刚见过什么人，也不承认桥下的假币是自己的，更是坚持不交代自己的手机密码。民警告诉刁某，他一路上的行动其实都在警方的监控之中，而这些假币上也必然有他的指纹。至于手机，只见弹幕齐刷刷飘过"前方高能"，下一秒，民警将手机对准刁某的脸，"嘀"的一声"刷脸"成功。刁某手机中的转账记录显示，不久前他刚刚收到了某人支付的 7000 元，对于这笔钱的来由，刁某继续硬撑："这是从老家开过来的车费。""国外开过来的吗？要 7000 块？"这下，刁某不吭声了。

人脸开机

另一边的抓捕并不顺利，假币交易的下家段某显然对当地地形十分熟悉，白色轿车很快消失在了夜色里。但民警们并不气馁，在他们锲而不舍的努力下，终于在第二天将段某成功抓获，并在他的车上搜出了面值 10 万余元的 2015 版百元假币。

点钞机清点假币

面对警方的审讯，装傻充愣了一夜的刁某本以为只要自己不开口，警方就没法锁定证据，但他没想到的是，段某落网后很快供述了以 7000 元的价格向自己购买 10 万余元假币的事实，并且还在警方提供的嫌疑人照片中指认了自己。

目前，松江警方已对犯罪嫌疑人段某、刁某分别以涉嫌购买假币罪、出售假币罪依法执行逮捕。

不过，这起案件并未就此了结。

假币，犹如一个嗜血的坐灵，它以非法手段剥夺和占有国民财富，干扰货币流通的正常秩序。打击假币犯罪，销售只是其中一环，打击源头、打击制造地，从根本上维护好国家金融安全才是经侦办案的重中之重。由此案顺藤摸瓜，在公安部书统一部署协调下，上海警方会同河南警方对假币生产制造窝点进行了打击，现场查获面值 4000 万元的假币。本案也成为上海迄今为止收缴量最大的打印假币案。

隐藏在涵养林中的赌场，一次没有现场的抓捕

在建立健全"动态隐患清零"机制，实现警务工作向主动、动态、精准转变的同时，面对群众举报的各类违法线索、隐患，公安民警也积极主动出击，确保牢牢掌握主动权。而在所有举报信息中，赌博是群众意见最多的一类案件。

2020年11月中旬，松江区叶榭地区有村民反映，附近的涵养林里有大量可疑的垃圾，怀疑有人在此赌博。接到举报，松江公安分局治安支队民警李晓威和队友们一起去实地勘察。

涵养林本是防止水土流失的防护林，一般是为了保护水源地而建，用大量人工栽种的树木来稳固水土，

民警在涵养林现场勘查取证

未曾想到，眼下这处为了自然生态而建立的涵养林却被一群赌徒利用上了。

治安支队的民警们对林区进行了较大范围的实地勘察，发现了大量人员出入踩踏的痕迹。在林区内的一些空地上，到处散落着麻将牌、香烟头、饮料瓶乃至嚼剩的槟榔等垃圾，而香烟、功能饮料、槟榔都是赌徒们长时间赌博后用来提神的。民警们还发现，在一处空地上有一些木桩，上面绑着绳子，绳子另一头则绑在树上，这样就能在上面搭上简易凉棚。从搭棚的规模来判断，在此地参与赌博的赌徒可能多达五六十人。

种种迹象显示，这里的确是赌徒夜间赌博的场地。他们选择夜间在涵养林聚集，一是这片林区距离居民区较远，空地较多，赌场可以每天更换地点，方便躲避民警的侦查。二是因为这片林子规划整齐，占地面积也不小，平整过的土地方便人员出入，周围四通八达，一旦有风吹草动，立

刻就能散开。一番勘察下来，民警们确认，这里的环境确实不利于现场抓捕，"跑开来抓也不好抓"。

一般情况下，民警在打击赌博犯罪时通常选择直击赌场，趁赌徒们兴致正浓的时候人赃并获，这样方便固定证据，又能一网打尽。但是因为涵养林的特殊环境，当场抓捕大量赌博者难度较大，民警们决定换一种抓捕方式。

李晓威是松江分局治安支队行动中队中队长，对于赌博这类案件有着丰富的处理抓捕经验。在涵养林内收集到的留存物证中有一些烟头，李晓威想到，通过生物痕迹比对，也许能确定嫌疑人的身份，只要找到一个，后续顺藤摸瓜就能容易许多。遗憾的是，经过松江分局刑科所法医的检验发现，由于上海前几天连日多雨，烟蒂经过长时间雨淋水泡后，上面的生物痕迹都已被破坏，靠生物物证来锁定嫌疑人这条路走不通了。

侦查员们没有放弃，他们决定采取最为传统、直接的实地排摸方式，去涵养林的外围暗中观察。

经过一段时间的排摸观察，民警们发现了一条人烟稀少的小路。黄昏的时候，赌徒们会开车来到这条小路上，把自己的车停在路边，再由短驳车把他们送去当天的赌博场地。松江分局治安支队行动中队中队长罗欣介绍说，"现在赌场都是翻场子、流动的，为了躲避警察抓捕，他们不会提前告诉你今天赌场开在哪里，而是会告知那些赌徒，今天某一个时间段在某一个地方等车来接"。

眼下，小路上又停满了可疑的车辆，民警们佯装开车偶然路过，迅速记下了车牌号码。随后，经过对车牌号码的比对，赌博团伙的成员被一一确认，无现场抓捕的时机已经成熟了。所谓"无现场抓捕"，按罗欣的说法，就是"你所有的犯罪证据我们前期都已经固定好了。然后突然间某一天早上，你在家里睡觉的时候，我们警察上门了。"

12月16日早上6点，松江分局治安支队联合岳阳、方松、城中路派出所出动了多路警力实施收网抓捕。警方多路出击，共传唤涉案人员23人，其中既有赌博团伙中的组织人员，也有参与赌博的赌徒。

抓捕嫌疑人

出示嫌疑人手机中的照片证据

由于是无现场抓捕，这些涉案人员基本上都抱有侥幸心理，拒不交代赌博事实，不是一问三不知，就是赌咒发誓"我要是收了钱死全家"，讯问室内一时有些胶着。

嫌疑人王某是警方认定的赌场组织成员之一，面对民警的审讯，他声称自己"脑子不清楚""精神病医院去过两次"，甚至叫嚣："我反正脑子有时候不正常的，你去查好了。"然而经民警调查发现，王某并没有精神疾病史，这只是他想要抵赖罪行的托词。

罗欣决定直接出示证据，震慑犯罪分子的气焰。他拿起王某的手机，翻动着里面的照片，将一连串质问抛向王某：

"这是什么？赌博用的台板，对吗？你可以不说，这是一个重要证据。"

"我们无所谓，我已经讲了，零口供对你来说没有什么好处，不要到最后求着我们来交代，好吗？"

"这个是你的手机，对吗？搭棚、望风都在里面，（这是）接车点，懂了吗？"

"这是我们客观的证据，加上你们通联的证据，再加上其他人的指认，方方面面，逃不掉的。上面的时间跟我这边框定的场子的时间是吻合的，就差你一个态度。怎么样？"

审讯句句击中要点，接连的追问如同重锤敲击着王某的内心，他无奈地低下了头。罗欣又放缓了声调："有什么想不通的？希望你直面法律，端正态度，如实供述。"

王某的心理防线终于崩溃，最终如实供述了自己的犯罪行为。

直至节目播出前，犯罪嫌疑人

王某等五人因涉嫌开设赌场罪被松江区人民检察院依法提起公诉。

赌博案件是治安案件中常见的一大类，以往对这类案件的处理通常以抓现行为主，总要人赃并获才能固定下足够的证据。于是，为了躲避警方的追捕，赌博团伙挖空心思，行动越来越隐蔽，花样越来越多，这在客观上给民警的执法带来不少困难。不过，只要掌握了足够的有明确指向性的完整证据链，哪怕是无现场的抓捕方式，依然能够准确定案，这对赌博团伙形成了有力的震慑。

不打自招，
视频"带货"自证非法捕捞

为了保护生态资源，每到春季鱼类繁殖的季节，上海各区都会因地制宜设置禁渔期，警方也会格外关注辖区内的非法捕捞行为。

2021年3月，嘉定公安分局经侦民警、非法捕捞专项办主任黄浩在网络上刷到了一条视频。在这条视频中，有发布者在河道里进行捕捞的镜头，也有各种捕鱼用具和渔获的特写，发布者还在评论区公开报价，卖力吆喝，兜售自家捕捞到的野生鱼虾。

定位显示，视频发布者的账号注册地在嘉定，根据"动态隐患青零"机制，嘉定经侦决定主动展开侦查。为了让对方放松警惕，黄浩安排了一位女警按照视频里的信息加了发布者张某的微信号。

女警称自己是"客户"来询价，"不经意间"透露自己也住在嘉定，因此不用送货，可以自己上门去拿。张某不怀疑她，在报价的同时透露了自己妻子摆摊的地址。根据相关工作机制，这条线索随即被嘉定经侦下发到了属地南翔派出所。治安组民警吴俊很快就通过公共视频确认了张某妻子每天下午5点左右会在菜市场大门侧边摆摊售卖渔获。

吴俊决定，先去现场了解一下实际情况。

驱车前往菜市场的路上，吴俊还在思考："她应该不会拿出来太多的东西。"抵达菜市场门口，吴俊和同事们一眼就看到了大门侧边的摊位上摆放着十余个大大小小的塑料盆，一名中年妇女正在忙碌地招呼着客人，她就是张某的妻子。

吴俊和一名同事下了车，打听黑鱼的价格。张某妻子报了价格"30 元一斤"，还特地强调"野生的"。民警立刻追问："野生的？不是到市场上去收的？自己抓的啊？"张某妻子不无得意地再次确认："自己抓的，我们网多呀！"显然，她对禁渔期捕捞这一事实毫无顾忌。吴俊又装成大客户的样子多问了几句"货"，这位热情的老板娘进一步报上了自家的住址，"可以给你打电话，你自己到我家里去拿"，似乎完全没有认识到自己和老公的行为已经触犯法律。

拿到了嫌疑人的家庭地址，吴俊决定先去观察一下情况。民警们驾车前往张某家所在的村中，围着张某家的房子前前后后转了个明白，为第二天的抓捕做好了充分的准备。

3 月 26 日清晨，南翔派出所的民警会同渔政部门一起前往张某的家中。路上，民警们再次以客户的身份与张某夫妻联系，试图先摸清他们当天的具体收获。张某妻子为"客户"一一报上"菜单"："泥鳅现在有，河虾有，黄鳝我们都没有货，当地在抓，不抓了我们再供。"

此言一出，刚刚还在争论张某夫妻到底是对禁渔期不知情还是明知故犯的网友们一锤定音："行了，这就是知法犯法。"还有网友热心科普："禁渔期会给你手机发短信的。""渔民都知道的，申请执照时会讲的。"

不知道自己已经不打自招的张某夫妻还在等待着顾客上门。民警先进门与张某打招呼："你好，我是刚刚联系过的。"正在院子里往塑料桶里加水的张某赶忙介绍："这是野生泥鳅，虾在那边屋里。"民警进了屋，地上又是几个大大小小的塑料盆，"这些都是今天刚抓的？"张某也跟了进来，告诉民警盆里是野生黄鳝，但都是几个老板早已预订好的，人家回头会直接来家里拿。从讲述的语气中不难发现，张某对于自己能够提供各种野生水产充满了得意和自豪。

就在张某放松警惕和民警聊天时，吴俊走进房间向张某表明了身份："把手机先给我，派出所的。"张某顿时愣住了。此时，张某妻子也带着治安民警进来了，但她显然还没有搞清楚状况，竟还以为上门的是保安。

把张某夫妻带到院子里，吴俊开始对两人进行教育："现在是禁渔期，知道吗？禁渔期不能抓天然河道里面的鱼。"

张某妻子开始装傻："那你跟我们讲一声，我们又不知道，对吧？"

南翔派出所治安组民警康欢再次对两人强调："法律规定现在禁渔期，不能抓的，这个要跟你讲清楚。辛苦归辛苦，但不能去违反法律。"

张某夫妻和他们捕捞的渔获一起被带回了南翔派出所，民警向他们严正告知：2021年禁渔期由县级以上人民政府制定，嘉定区是每年的2月16日中午12点到5月16日中午12点，这段时间内不能捕鱼。在吴

抓捕现场

嫌疑人拿出水里的网

俊和渔政工作人员的教育和宣传下，张某表示悔过并做出不在禁渔期进行非法捕捞的承诺。

张某夫妻是以卖鱼为生的普通农家，起早贪黑只为赚点辛苦钱，但是这并不能成为他们忽视法律的理由。互联网上传的视频除了给这个家庭带来流量和生意之外，也同样带来了法律的制裁。目前，公安机关已将张某夫妻依法移送行政部门处理。

吴俊告诉节目组，他对这一案件最大的感触是，案件中的嫌疑人的法律意识其实特别淡薄，所以才会明知故犯，从事非法捕捞。他建议，广

大人民群众在日常生活中，可以多关注一些时事新闻，了解一下身边最基础的法律常识，避免重蹈张某夫妻的覆辙。

　　本集中的案例大多呈现出提早介入、精准打击的特点，这是上海公安民警建立健全"动态隐患清零"机制带来的丰硕成果。动态隐患清零，主要是通过加强对110警情、12345热线、网络舆情、群众来信来访等情况的梳理分析，全覆盖、多维度地排查各种隐患，有针对性地进行有效整治，尽可能地将犯罪行为阻断在前期甚至是还未发生的时候。

　　开展动态隐患清零，是牵引推动上海公安工作由被动向主动转变、由静态向动态转变、由粗放向精准转变，实现上海公安工作高质量发展的重要抓手。隐患清零是一个动态的、长期的过程，上海5万公安民警将在继续保持对突出治安问题严打严防严控高压态势的同时，更加强调打防并举、重在预防，更好地保障人民群众的生命和财产安全。

法网恢恢，疏而不漏。面对各种违法犯罪行为，善良的人们都抱持着这样的期待和信念。但落实到公安干警们的实际工作中，每一回出发，每一次行动，他们面对的都是巨大的变化、未知和风险。

　　要确保这样的"不漏"，需要公安干警数月、数年甚至数十年的努力，有时甚至是一代又一代民警跨越时空的接力。

　　他们拥有寻找真相的眼睛，他们怀揣惩恶扬善的利剑。

　　为了调查取证，他们潜心静候；为了接近真相，他们历经曲折；他们每天面临的，都是智力与体力的双重考验。

　　但他们始终眼里有光，心有所向，无谓路途艰辛，只因这身警服赋予他们的职责。

　　奇迹随信仰而生，壮举与奋斗偕行。

　　他们用一次次调查、一次次抓捕、一次次永不言弃的坚持，震慑罪犯，温暖人心，构建了这座城市、这个国家的恢恢法网。

"吃麻辣烫不影响
我们思考兰博基尼的事儿"

2020 年 9 月 23 日晚上 7 点，上海市公安局经侦总队四支队办公室，"90后"民警李岳正在跟同事们聊天，话题是一听就很"高大上"的活动——即将举办的"兰博基尼万圣节狂欢夜"。

不仅名称"高大上"，其入门门槛也很高——报名费 520 元，且限量销售207 份。

为了报名参加这个豪车聚会，李岳准备给自己包装一个"高大上"的身份。这时已经过了饭点儿，李岳叫了一份 20 块钱的麻辣烫，边吃边琢磨。

同事李弼成跟李岳开玩笑："你这个身份要档次高一点，什么老板、总裁之类的，名字也要 fashion（时尚）一点，最好带点英语的那种。"

看着面前的外卖，李岳灵机一动："我喜欢吃麻辣烫，我英文名字就叫Mary Tang 好了，中文名字就是'唐马利'。"

李弼成表示自己也要注册个会员号，到时候可以充当李岳的助手。李岳投桃报李，告诉李弼成："那你叫魂斗罗好了……谐音罗文度，高级董秘罗文度先生。"

两个月后，"唐马利""罗文度"都出现在了"兰博基尼万圣节狂欢夜"的现场。不过，他们的目的，不是为了参与所谓"高端社交"，而是为了打击这次活动的主办方——一个以"高端社交"名义进行非法传销的组织。

故事，要从上海市公安局经侦总队四支队的一次发现说起。

上海是中国经济、金融、贸易、航运、科创中心，拥有 2400 多万常住人口和近千万的流动人口。城市的多元化和流动性，在让上海充满蓬勃活力的同时，也引发了众多新型的经济犯罪。上海市公安局经侦总队四支队日常工作的主要领域，就是商贸及公司职务类犯罪。2020 年 8 月，一款名为"越隆车汇"的软件引起队里民警的注意。

这款软件打出高端车主社交平台的旗号，鼓吹自己"目前已有 6 万豪车会员加入，在这个大家庭中，我们可以建立自己庞大的人脉关系"。有"豪车"作为后盾的"人脉关系"，当然能引起不少人的兴趣。但是，要加入这样的"高端大家庭"，门槛也是很高的。用户下载软件后，还需要购买价格 520 元的"车标"，才算正式入会。入会之后，就有工作人员殷勤督促，让会员以充值进行车辆保养的名义发展新会员，并根据发展的人头数，给予一定额度的返利。

根据警方调查，"越隆车汇"常规的线下活动分为两种，一种是夸大公司盈利前景的"洗脑式"宣讲，还有一种就是针对高端会员的豪车聚会。比如，在一次线下活动中，公司代表就放出这种豪言壮语："中国一共有 663 个城市，我们的目标覆盖了中国 331 个城市。但是这 331 个城市，我一个人行吗，各位？肯定不行，对不对？希望我们在座的各位一起加持！"台下听众报以热烈掌声和喝彩。

李岳分析，"越隆车汇"的做法已经涉嫌传销。"传销最常见的方法，第一个就是以推销商品、提供服务为名，收取入门费；第二个就是发展下线；第三个就是形成一定的层级和顺序。"

警方也注意到，在该公司的宣传材料中，总是活跃着几张熟悉的面孔，他们很可能就是公司的组织策划者。为了进一步摸清该公司背后的传销头目和组织构架，2020 年 9 月 23 日，李岳注册了会员，通过普通会员这个身份掌握了返利机制和策划聚会人员的信息。

但要接触到"公司高层"，仅靠普通会员的身份显然是不够的。这时，"越隆车汇"针对高端会员举办的"兰博基尼万圣节狂欢夜"摆在了民警们面前，于是就有了李岳和李弼成以"唐董""罗密"身份注册高端会员的举动。

确定好两个"新身份"之后，李弼成还特意通过制图软件为"唐董"制作了金光闪闪的名片：国际财富控股集团董事长唐马利。两个人还相互提醒："先熟悉一下，别到时候喊串了，把真名字喊出来了。"

民警伪装身份参加聚会

"唐董""罗密"以及四支队的同事们一切工作准备就绪，但"越隆"原本一个多月就举办一次的聚会，这次却迟迟不见动静。对四支队的民警们来说，这种情况已经屡见不鲜了。李岳在接受节目组后期采访时就这样解释他们工作的特殊性："经侦案件的经营周期和侦办周期都是比较长的，这就需要我们从一开始就不断地搜集各种犯罪证据。我们锁定了这个犯罪团伙之后，也是希望能够和它有一个近距离的接触，所以我们有耐心等。一旦有这种线下聚会，我们就可以卧底进去。"

等待期间，四支队民警一边做外围信息与现有人员的信息调查，一边前往"越隆车汇"公司的实际经营地点做外围侦查。从群里获悉"越隆车汇"在崇明区的"高级维修车间"开业的消息后，李岳和同事立即前往排摸，节目组派出三名编导一同前往。为避免打草惊蛇，其中一名女编导还扮成李岳的女朋友。

崇明区这处"高级维修车间"乍看上去确实非常气派，一整排门面房的外立墙面上都打出了"越隆车汇"的宣传海报。李岳进入其中一家门店洗车，跟老板闲聊："东门的广告做得够大的。"老板心直口快，说这家店是自己开的，这一排其他门店也各有经营者，根本不属于"越隆车汇"，只不过这排门面房的全部广告位都被"越隆车汇"买断了而已。真正属于"越隆车汇"的，只有侧面的一个小门店。李岳转到另一边去看，发现这家真正的"越隆车汇"冷冷清清，只有一个维修车间，连工作人员都没有，更没有什么"会员""客户"来做车辆保养了。

花钱做出偌大的宣传阵势，却没有一点具体业务的跟进，"越隆车汇"之名不副实已经非常明显了。

两个月后，会员群里终于传来了聚会的消息。李岳用"唐董事长"的身份走进了犹如盛典的"越隆车汇·兰博基尼万圣节狂欢夜"。该公司大手笔地在青浦包下一块园区并进行了改装，活动现场多处可见巨大的广告牌，不仅有几部兰博基尼，还有法拉利、保时捷跑车和劳斯莱斯房车。来自各地的会员陆续进场，兴奋地在豪车和广告牌前分别合影留念。

当天正值万圣节，上海郊区的温度降到了 10℃ 以下，主办方依然安排了比基尼模特走秀，极尽浮夸之能事。随后的游戏环节切合"万圣节之夜"的主题，将参与游戏的会员分为"人族""兽族""鬼族"等不同的小组，要求他们尽量多地添加其他小组成员的微信，尽量多地在朋友圈发布各类宣传广告。这样的活动，无论是对于那些想要打入"高端豪华社交圈"，还是想要看看"越隆车汇"公司实力和发展前景的普通会员来说，无疑都具有非常强的迷惑性。

但是，进入现场的李岳，敏锐地看到了很多普通人不太会注意到的细节。

虽然顶着"唐董"的头衔，但李岳当天是穿着普通常服入场的。在入场之前，他还一度担心自己的穿着会不会过于简单，与"高端豪华"格格不入，但到了才发现，这里并不是大家想象中只有年轻人才乐于参加的豪车场合，相反现场竟然有不少中老年人。而且一看就是那种生活条件并不是很好的中老年人，打扮得花里胡哨的。"我们当时就觉得很有可能是主办方请来的托儿，或者干脆就是来蹭吃蹭喝的。还有很多年轻人穿着打扮也很随意，给人的感觉跟'高大上'也不沾边儿。"

倒是几位公司"高层"都以盛装亮相，极力吹捧公司前景，兜售各种会员服务。当传销人员还在进行着他们所谓的"高端社交"时，完全没有想到，他们的一举一动已经被经侦民警尽收眼底。

李岳和同事们将活动现场全部人员拍摄固定，传销头目的身份、样貌也全部浮出了水面。其中包括一号人物，越隆集团创始人、越隆豪车俱乐部创始人滕某；二号人物，上海越隆集团董事长助理、上海越隆豪车俱乐部合伙人赵某。后经查证，赵某也是滕某的女友。

至此，调查取证工作完满结束。经调查，"越隆车汇"的传销层级被层层剥开。该公司的传销层级分为八层，设普通会员、高级会员、至尊会员三种模式，而"越隆车汇"是一家没有实体经营的公司，这也意味着，其到了经营后期注定崩盘，而那些所谓的"会员"只会落得血本无归的下场。这种传销公司不但严重扰乱了国家经济秩序，冲击了社会诚信体系，更严重地侵害了公民个人权益，直接影响社会稳定。

在对涉案人员信息进行系统化梳理之后，2021 年 1 月 21 日，四支队部署了严密的抓捕方案。

1 月 22 日早上 6 点，抓捕行动正式开始。四支队共 20 名民警兵分两路，分别前往主要嫌疑人滕某家及公司所在地。很快，一号人物滕某、二号人物赵某均在公司办公室被警方控制住。

为了进一步固定涉嫌组织、领导传销人员的犯罪事实，民警对公司的财务账册、会员名册进行了细致的搜查。眼见公司被查了个底朝天，传销团伙一号人物滕某再也撑不住了。在办案民警的现场询问下，他如实交代了公司的经营模式。

按照滕某设置的模式，车会内的至尊会员有资格发展会员并获取返利，发展一名至尊会员可获得 4000 元返利。"总业绩达到 200 万元，奖励一台奔驰 GLB"的奖励机制，更是令人咋舌。

当天，四支队共抓获涉嫌传销人员十名。不过，饶是滕某在公司现场已经做了如实交代，来到讯问室的赵某依然心存侥幸，辩称"我认为公司一直都是合法合规的""从来没有听说过这个东西是传销啊"，甚至反问办案人员："这种（情况）我就属于传销头目了？"

眼看赵某"演技"十足，站在边上已经观察了她一段时间的李岳出其不意地插话："认识我吗？"

其实，这是李岳的一种审讯策略。毕竟此时他还戴着口罩，两人之前也只是在"兰博基尼万圣节狂欢夜"的现场见过一面，而且当时赵某正忙着左右逢源，能认得出李岳的可能性并不大。但看着李岳胸有成竹的眼神，赵某显然被问得心虚了，她犹豫了一下，表示"见过"。

"见过我就对了。知道为什么吗？因为在很早的时候我就见过你，参加过你们的活动。所以说你所做的那些东西，我全都看到了。今天把你请过来，肯定是没问题的。包括你的各种朋友圈，包括你举办的各种活动，你做的所有东西，都在我们的掌握之中。"

面对警方的确凿证据，赵某继续打"无知"牌："但是我不知道这个东西是违法的……"

李岳历数赵某在线下活动中使用过的各种名词——分红、复式计酬、直推、团队管理，"我在现场看到你拿着刷卡机刷卡了，现在我告诉你，你做的就是传销！"

至此，赵某的心理防线彻底垮塌："如果我知道这是传销，我肯定不会干……"赵某被捕后表现出来的"无知"，与她之前在工作中表现的"熟练"形成鲜明对比，显然就是在狡辩。

"唐董事长"的出现，让嫌疑人的心理防线土崩瓦解，如实交代了犯罪事实。截至案发，该传销团伙累计发展会员3700余人——与他们在线下演讲时鼓吹的"6万豪车会员"的数字相去甚远；层级关系达到8层，涉案金额1300余万元。经滕某交代，其中500万元用于公司运营和支付员工工资等，500万元用于分红返利，其余300余万元都被他挥霍一空。

目前，包括滕某、赵某在内的六名犯罪嫌疑人因涉嫌组织、领导传销活动罪被依法移送检察机关审查起诉。

从2020年8月发现到2021年1月底收网，这宗案件用了整整半年的时间。而在案件顺利侦破的那一刻，所有的静心坚持、潜心等待，都有了厚重的回报。

节目播出后，从"唐马利"到"罗文度"，年轻一代民警的风趣幽默打动了广大观众。有网友幽默地对李岳他们的工作进行点评："吃 20 块钱一份的麻辣烫，丝毫不影响我们思考兰博基尼的事儿！"当然，还有网友开玩笑地提醒李岳："李 Sir，Mary 是个女性名字，下次请换个别的英文名！"李岳也告诉这位网友：收到！好的！会换！

一波三折！
沉寂 24 年的命案终告侦破

这是一宗时间跨度长达 24 年的命案。

1997 年 5 月 7 日，上海市青浦区新城镇靠近淀山湖的一个绿化带内，发现一具无名女尸。死者衣着完整，头部及胸部压有一块重达 60 多公斤的大石块，因为头部被石块砸烂，加之受当年技术限制，死者身份无从判断，案件也因此成了无被害人身份、无嫌疑人身份的疑难案件。

近年来，随着以科技战、数据战为主要内容的刑侦手段的进步，命案积案的侦破工作已经成了刑侦民警的常态化工作。但凡有物证检验条件的案件，民警都会定期进行痕迹的再次采集与比对，不放过任何一个线索，一步步抽丝剥茧、攻坚克难。上海市公安局刑侦总队一支队副支队长段永昕说起自己和同事们面对命案积案的心情，"这个案子没破，感觉就像这个案子是你欠的"。

现在，这宗 24 年间都毫无进展的命案，再次摆在了上海市公安局刑侦总队和青浦分局刑侦支队专案组民警们的面前。在当天的案情分析会上，民警们初步判断，那块压在女尸头部、胸部的石块，带有比较明确的毁容、毁尸目的。死者衣袋和随身携带的旅行包内没有任何可以代表身份证件的物品，很有可能是被嫌疑人有意识拿走的。这两点说明，嫌疑人不仅十分憎恨死者，还很有可能就是死者的熟人。

那么，弄清死者到底是谁，就有可能顺藤摸瓜，找到嫌疑人。

除了当年保存的死者的生物物证，现场留下的唯一物品，就是一只装有女性衣物的旅行包，而这也成了专案组唯一的线索来源。经过刑侦总队刑事技术中心民警反复地提取与实验，2020年11月，他们终于在旅行包内的衣物上，提取出了两枚男性特有的生物物证。

这两枚生物物证，其实是从女死者裤子上提取到的。这样敏感的部位，又是来自两个男人，警方因此推测女死者与这两名男子之间很可能存在亲密关系。那么，凶手是否就是这两个男人中的一个？或者他们是否知道女死者生命最后一段时间的动态？

在技术上取得突破的同时，专案组在翻阅案件卷宗时，发现当年材料里还有一条重要线索：案发当天，有目击者看到一男一女乘坐公交车，到过案发地附近，并且当时两人存在明显的争执行为。其中的男子身材高大，还穿着西装，给人感觉很精致、很讲究的样子，这点给目击者留下比较深刻的印象。根据目击者提供的线索，专案组大致掌握了死者的年龄范围和一些外貌特征。在海量的失踪人口信息中，专案组发现浙江诸暨地区一名被报失踪的彭姓女子，与被害人高度相似。

2021年3月2日，办案民警赶往彭姓女子的老家，对其家属进行了生物物证采集，并连夜在当地将样本进行了比对。3月4日，报告出来，新采集的样本与死者生物物证匹配成功！

至此，这位已经去世长达24年的无名死者的身份终于被明确下来。她叫彭某，时年43岁，当年在上海一处工地做炊事员。而现场发现的生物物证，有一枚就来自被害人的丈夫。但通过大量走访，办案民警发现被害人的丈夫并不具备作案时间，于是对其进行了排除。

那么接下来专案组要做的，就是围绕被害人的社会关系进行摸排，从而找出另一枚生物物证的所属者，进行进一步调查。

通过走访被害人当年的多位工友，专案组民警发现该被害人在工地上有各种"风言风语"，尤其与一个名为广某的男子交往过密，而广某还有浦某、马某两个好朋友。其中有工友反映，被害人与广某两人很可能是在同一时间离开的工地。

　　警方掌握的另一条信息是，被害人在失踪之前，曾从家里面取走了15000多元钱的现金。两相联系，警方认为被害人携款与广某"私奔"的可能性较大，因此，广某有重大作案嫌疑。

　　根据专案组掌握的信息，广某目前仍旧在上海工作。3月4日下午两点，就在民警准备在上海对其进行传唤时，广某突然毫无征兆地跑回了老家。嫌疑人的举动令专案组民警的心一下子提了起来。这到底只是一个巧合，还是警方之前走访工友的行动走漏了风声，令广某匆忙跑路？不管是什么原因，为了防止广某失联失控，专案组立即兵分两路，连夜驱车赶往广某的老家。

　　马不停蹄五个小时，专案组终于抵达了目的地。根据公安机关异地办案协作机制的相关要求，在当地公安机关的配合下，警方立即对广某开展了传唤工作。这时，已经是3月4日晚上10点了。

　　当上海民警看到广某时，心里"咯噔"了一下。面前的广某，身高只有164厘米，秃顶，身形干瘦，与当年目击者所描述的"身材高大"显然存在一定差异。但从穿衣打扮上来看，无论是与当地人还是与其他同龄工友相比，他又确实称得上"讲究"。尤其令民警哭笑不得的是，面对审讯，他还叹了口气，说自己出门太仓促了，都没来得及好好洗把脸、刮个胡子——这又对应上了目击者对嫌疑人"精致""讲究"的描述。

　　在讯问室里，广某刚开始也保持着"讲究人"的姿态，声称"我从来不做坏事"。不过，在警方的连续追问之下，他又改口说自己曾做过"对不起老婆的事情"，其中一个婚外女友就是浙江的"彭某"。广某承认，彭某跟其老公到过自己家，但两家人大吵一架之后，就再也没有见过面。

　　虽然广某符合嫌疑人的多项特征，但经过对广某的详细讯问及对关系人的询问，民警们发现，当年广某的突然消失与被害人并没有直接关系。此时，与审讯同时进行的生物物证比对结果也明确显示，广某与被害人衣物上留下的痕迹不符。专案组综合研判，最终排除了广某的作案嫌疑。

　　距离真相只有一步之遥，却始终无法触碰到它，这对已经奔忙了好几个

审讯嫌疑人

月的专案组来说，无疑是个巨大的打击。段永昕坦诚自己当时的心情沮丧到了极点："当时听到这个结果，我就感觉时间停滞了，凝固了。我们又回到了原点，一切归零，又要重新拾起我们的心情，从头开始了。"

然而，案件的侦破，容不得民警们有一丝松懈，更不可能一直沉浸在低落的情绪当中。专案组迅速调整状态，重新投入战斗。

在梳理现有线索之后，专案组的视线回到了被害人当年的工友身上，他们决定，再次梳理时间脉络，扩展关系网，掌握关联人员。广某老家有多位当年和他一起工作过的工友，上海民警最大范围地采集了与被害人有过接触的男性工友们的生物物证。

带着重点采集的物证信息，专案组大部队回到了上海，另一路民警留在当地继续进行外围排查。刑技中心在接到专案组带回的生物物证后，立即开始了比对工作。然而，一份生物物证的比对就需要五个小时，此时专案组成员们的精神与身体都已处于极度疲惫的状态。

青浦分局刑侦支队副支队长张继云在做案件回顾时提到，参与这个案件的专案组成员，长期都处于严重缺觉、连续作战的状态。"案子的前前后后，有检材，也有样本，我统计了一下，应该超过200份。"

经过高强度的实验比对工作，这份遗留在被害人衣物上的另一枚男性生物物证的主人终于被明确了身份，他就是彭某当年的工友马某。

对上海警方来说，这是一个"柳暗花明"的转折点。事实上，马某最早并没有被列入警方的重点排查对象当中。因为马某当年只有29岁，与时年43岁的彭某年龄相差过大，常人很难想到他竟然也是与彭某来往密切的男性之一。只不过，上海警方秉着周密细致的工作态度，对当地能够联系到的彭某当年的男性工友全部进行询问调查，这才采集到了马某的生物物证。

这个消息给了专案组极大的鼓舞，大家一下子来了精神。按照张继云的说法，前面做了 100 件事情，结果方向都错了，但到了 101 件，终于做对了！试想，如果没有前面那看似无用功的 100 件"山重水复"，这第 101 件的"柳暗花明"又从何而来呢？

不过，有了广某的前车之鉴，虽然马某的生物物证比对成功，但要对其实施抓捕，做到万无一失，警方还需要更充分的物证。主办民警立即赶往马某老家，他们要搞清楚的是，当年被害人从家里带走的 15000 元现金去了哪里，与马某是否有直接关系。

要知道，在 1997 年，15000 元算得上一笔"巨款"，一个普通人很难拿着这笔钱外出挥霍而不引起他人的注意。而且按照当年外出打工人的习惯，他们拿到一笔整钱之后最常做的，就是存进银行。因此，办案民警决定查一查马某及其关系账户，在 1997 年案发后，是否有一笔 15000 元左右的资金存入。

说起来简单，但真的要去做时才发现，这实在是一项工作量巨大的工程。这是节目组跟拍到但在节目播出时没有被完全呈现出来的经历：办案民警首先通过调查得知，1997 年当地只有三家银行，其中一家已经关闭，一直苟到现在的只剩下两家。于是民警们立刻兵分两路，分头前往这两家银行。其中一家银行对历年来的档案作过初步分类，但 1997 年的银行账户还没有电子记录，只有纸质存单，该银行仅 1997 全年的存款凭证就多达 15 箱，超过 750 本。另一路民警更是遇到了预想之外的难题：这家银行在重新翻修时，将历年来的所有储户存单都一股脑地装进麻袋里，堆放在仓库。面对堆积成山的麻袋，民警们简直是傻了眼。

两家银行的工作人员不约而同地告诉他们：要从这里面找到某一张存款凭证，无异于大海捞针。而且民警们当时面对的问题，甚至比"大海捞针"还难。嫌疑人马某是否一定把这笔钱存进了银行，是否一定存进了当地的这两家银行，都是要打个问号的。也就是说，"大海"里可能并没有这根"针"的存在。

但是，一宗沉寂了 24 年的命案很有可能就在这里实现突破的希望，一宗命案积案很有可能在自己手上侦破的职业责任感，强烈激励着每一个人。两路专案组民警毅然决定：开工！

两位上海民警起初试图从一堆麻袋中先找到"1997 年"字样，再进行分袋搜检，无奈银行用麻袋存档时连年份都没做清晰标记。眼看希望渺茫，为了提高效率，两位民警只得转到另一家银行与同事们会合。这家银行的存档条件显然比之前一家好了许多，他们立刻振奋精神，重新投入工作。

这些年代久远的单据都是手写的，大都已经发黄、变形，甚至粘连在一起，需要用手指小心翼翼地捻开，以防漏看任何一张。民警们看得非常疲倦，而且还眼花，只能不停地揉搓眼睛以打起精神。但，这是找到充分物证的最后一线希望了，连节目组跟拍的编导们都感受到了当时无比凝重的气氛。

看着上海民警如此辛苦地工作，

银行查账

当地公安民警也加入了翻捡的队伍，银行的工作人员也进来帮忙，连摄制组的摄像都把机器架好，卷起袖子上阵。翻捡进行了约两个小时之后，终于，在那家有粗略归类的银行，民警们在翻看了整整 3 个纸箱、150 本存款凭证之后，爆发出一声欢呼："有了！找到了！"

功夫不负有心人，大海里真的捞到了针。这份存款记录显示，在案发后一天，马某将一笔 5000 元的资金存入自己的银行账户。这笔远远超出马某正常工资收入的存款，足以佐证马某的作案嫌疑。

这张关键存单的图片被传回上海，给同事们吃了一粒定心丸。专案组指挥部下达指令，立刻对嫌疑人马某实施抓捕。通过守候伏击，民警成功地在当地的小区电梯内控制了嫌疑人马某。

3 月 11 日下午 5 点，马某进入讯问室。尽管警方开门见山，"我们不会无缘无故逮你，没有证据怎么可能抓你"，但面对民警的步步追问，马某坚持不肯认账。

随着审讯的进行，马某越发沉默，这让专案组民警感觉自己离真相越来越近。然而，审讯室越是沉默，民警们与嫌疑人的心理较量越是激烈。张继云按捺住情绪，以退为进："老马，你听我讲，我再给你最后一次机会，我希望你再好好想一想。我们这么多同事一个晚上都在陪你，怎么样，考虑一下好吧？给你点时间，好吧？"

在当地完成第一份笔录后，已是第二天凌晨，马某被带回上海市公安局青浦分局二次审讯，心理战仍在继续。

直到3月12日晚上6点，马某终于败下阵来，主动开口："同志，我求你们一件事行不行，请你们领导放我一马……"

这一回，马某终于将当年杀人的动机和经过和盘托出。原来，彭某与广某分开之后，就一直纠缠马某，想跟他在一起。但马某当年已婚，虽然有出轨行为，却并没有离婚再娶的打算。彭某威胁着要闹到马某家里去，马某不想事情闹大，就约了彭某在青浦见面。面对纠缠打闹的彭某，马某一怒之下动了手，"先是用拳头打，打了以后她开始拼命钳着我，后来打失手了……"

专案组历经120多天、出差十余次、排查了四名嫌疑对象，最后确定了真正的犯罪嫌疑人。因为一段孽缘，彭某付出了生命的代价，马某也在提心吊胆中过了24年。随着这一份笔录的结束，这桩悬了24年的命案，终于尘埃落定。

跟拍的摄制组，也见证了这个可以用"一波N折"来形容的案件跌宕起伏的侦破过程。在跟拍之初，由于案情复杂且方向不明，办案民警们对媒体跟拍有一定的抵触心理，甚至几次拒绝编导组将机器带入调查和审讯现场，觉得他们"碍手碍脚"。但是，在共同经历了多次长途驾车出差、搜检银行存单、连夜审讯嫌疑人等事件之后，编导组的敬业、配合也给民警们留下深刻印象，两组人马不打不相识，彼此之间建立起了战友般的信任和默契。

在跟拍过程中，年轻的编导几次泪洒现场，但最后一次落泪的原因，则完全是出于激动和喜悦。就在3月12日傍晚，两位办案民警和马某在审讯室，其他办案民警、公安机关多位领导、编导组则守候在会议室的大屏幕前，观看实时视频，共同等待着凯旋的时刻。当马某最终开口"我求你们一件事行不行"时，审讯室的民警还保持着冷静和克制，但从大屏幕上依然可以看出他们激动的眼神；而会议室里的人们，瞬间就沸腾开了。编导组还记得，那些已经四五十岁、平时老成持重的民警们，包括领导，都像小孩子一样欢呼雀跃，兴奋地说："大家要吃什么？我们叫外卖！"

第二天，警方带马某前往当年的事发地点指认现场。指认完成后，警方在现场放了长长的一串鞭炮，以告慰死者。这是一宗沉寂了整整 24 年的命案积案最终告破的宣告，同时也是多位办案民警披荆斩棘、扬眉吐气的胜利凯歌。从这一刻起，让他们感觉"欠了债"的积案，终于又少了一个。

犯罪嫌疑人马某因涉嫌故意杀人罪，于 2021 年 5 月 31 日被青浦区人民检察院依法批准逮捕，案件正在进一步审理中。

罪恶，并不会因为时间的消逝而被掩盖。在这 24 年当中，上海警方秉承着"命案一日不破，专班一日不撤"的原则，多次将包括该案在内的命案积案打捞上来，侦破失败，再打捞上来，再经过多次失败，直至最终成功破案。

而在这每一起命案积案成功告破的背后，都是无数刑侦民警"大海捞针"般的努力。也正是这种不懈的坚持，让他们在举步维艰时总能拨开迷雾，最终找到坚守的意义。

32 年了，终于找到你，还好我们都没放弃！

2021 年 3 月 24 日 0：30，深夜的上海浦东国际机场，人流依旧络绎不绝。身着警服的刑侦总队五支队政委王广和刑侦总队刑技中心生物物证室探长刘亚楠，在人群中显得格外醒目。

不过，他们这一趟的目标并不是犯罪分子，而是来机场接一对从贵州毕节远道而来的陈氏夫妻。他们怀着忐忑和激动，希望见证一宗时间跨度长达

32 年的寻亲故事。跟他们同行来接机的，还有这对夫妻在上海打工的女儿。

《失孤》《亲爱的》等影片，将被拐卖儿童家庭的痛苦挣扎直观地呈现在大众面前，引起全社会的持续关注，而两部影片的故事原型郭刚堂、孙海洋家庭先后寻亲成功，更给无数痛失子女的家庭带来了希望。

早在 2009 年，公安部就正式建立了"全国打拐 DNA 数据库"，让那些痛失子女的家庭除了像郭刚堂、孙海洋那样跑遍全国各地苦苦寻找之外，还有了一个可信可靠的、全国通行的生物数据网络。

饶是如此，寻找亲生儿子的旅程，郭刚堂走了整整 24 年，孙海洋走了 14 年。而王广和刘亚楠面对的这个时长 32 年的寻亲之旅能否在上海画上一个圆满的句号，两个人都不敢打包票。

不过，令警方和节目组都非常感动的是，跟郭刚堂和孙海洋的故事不同，这是一个被拐卖的儿子和亲生父母"双向奔赴"的故事。

2011 年 6 月，当时正好到上海来出差的小王到上海市公安局刑侦总队求助。原来，他刚刚懂事的时候，就已经从邻居口中偶然得知了自己是"买来的孩子"。但是养父母对他很好，他不想伤害两位老人的感情，只能瞒着养父母，暗中寻找亲生父母。无奈线索稀少，个人能力又非常有限，于是便趁着来上海出差的机会，到上海公安部门采集了血样。上海警方按规定为其办理了相关手续，并采集了小王的生物样本，登记入库。

小王后来回到福建工作和生活。但他不知道的是，十年来，上海警方一直致力于帮他获取有价值的寻亲线索。

在上海市公安局刑侦总队刑技中心生物物证室，探长刘亚楠已经养成了固定的习惯：每天只要没有突发警情，他上班第一件事就是在数据库里刷新一遍信息，以寻找是否有匹配的生物数据样本出现。这种看似枯燥的工作，他一丝不苟地坚持了 12 年。

2021 年 3 月的一天，刘亚楠在上千万条信息里，忽然发现了一对可能存在亲属关系的样本。其中一个正是来自小王，另一个则是 2021 年 1 月份才被收录进数据库的样本，来自贵州毕节的一对陈氏夫妻。

根据公安部规定，两份样本需要做二次比对，如果二次比对成功，那就可以十分确认，小王是陈氏夫妻的亲生儿子。

当上海的电话分别打到福建和贵州时，电话那头的小王和陈氏夫妻都无法相信这从天而降的惊喜，陈氏夫妻甚至以为是遇到了骗子。通过民警们耐心细致地反复沟通，双方都激动地表示愿意尽快启程前来上海认亲。陈氏夫妻还告诉上海警方，自己有个女儿，此时就在上海工作。

上海警方也从陈小姐这里，得知了陈氏夫妻一家的悲惨遭遇。事情发生在陈小姐出生的前两年，即1989年。当时陈家生活在贵州毕节一个地处偏远且人烟稀少的贫困山村，家里的房子非常简陋，父母睡一间，时年四岁的哥哥和六岁的姐姐睡在另一间，房子外面只围了一圈简陋的篱笆墙。因为家境贫寒，父母觉得家里也没什么东西好被偷的，因此院门很少上锁。没想到有一天早上醒来，父母发现房间内的一儿一女都不见了，篱笆墙上则有人为破坏的痕迹。

住在同一屋檐下，两个孩子居然就这样悄无声息地被人贩子偷走了，陈氏夫妻心中的自责和痛苦可想而知。虽然与哥哥姐姐素未谋面，但陈小姐从小就知道父母对哥哥姐姐的思念，知道这是父母无法释怀的愧疚。

30多年来，陈氏夫妇虽然又有了孩子，但一家人从来没有放弃过寻找。他们曾经多次通过当地媒体发布寻子信息，也求助过"宝贝回家"等由民间志愿者发起建立的寻子公益网站，但都无功而返。2021年1月，公安部开展了以集中力量查找历年失踪被拐儿童为目的的"团圆行动"，在当地公安部门的帮助下，陈氏夫妻的血样进入全国警方打拐生物数据库。没想到，仅仅两个月之后，陈氏夫妻就接到了来自上海市公安局刑侦总队五支队的电话，说他们的儿子很

机场接到陈氏夫妻

有可能找到了！

接到陈氏夫妻之后，2021年3月24日凌晨，刘亚楠就在宾馆为他们采集了血样。第一次来到上海的陈妈妈，看到了漫漫寻子路上的光明，既兴奋，又忐忑。

采血二次比对

同样忐忑不安的，还有几个小时之前已经到达上海的小王。他也已经采集了血样，等待着可能是失望，也可能是希望的警方来电。这个1985年出生、四岁就被人贩子从亲生父母身边偷走的年轻人，虽然与养父母建立了感情，也有了稳定的工作和生活，但他一直想要知道自己真正的"来处"。

面对即将揭晓的答案，不知陈氏夫妻和小王能否安然入睡。但对刘亚楠来说，这注定是个不眠之夜。他和同事们连夜做了生物数据检验，完成之后已经是清晨5点了。二次比对，成功！此时的刘亚楠兴奋得睡意全无。

寻亲成功的消息一大早就已发给了陈氏夫妻和小王。3月24日上午，上海警方将双方邀请至中山北一路803号上海市公安局刑侦总队会议室，共同见证这一场跨越了32年

的团圆之旅。为了照顾陈妈妈的情绪，上海警方还特意派出了女警前去迎接。

小王先到了。他似乎顾不上与其他在场的人寒暄，只是坐立不安地等在那里。陈氏夫妻很快也到了，从进门的那一刻，陈爸爸的目光就再也没有从儿子身上移开，一直盯着儿子看。倒是陈妈妈，她似乎是怕自己瞬间泪崩，目光一直避免与儿子对视。最后，还是民警们的一声声"恭喜"打破了沉默，把双方的手拉到了一起。

近乡情更怯，不敢问来人。陈妈妈的心情大家都可以理解。但亲情的力量终究是无法抑制的。这时，陈妈妈终于说出来一句"儿呀"，然后大哭起来，边哭边说"我真的对不起你"。等坐下来之后，陈妈妈才告诉儿子自己一直以来内心的惶恐

家人相认

与不安："儿子我跟你讲，我一直怕你被害了……"小王安慰妈妈："我过得还挺好的，这是挺高兴的一件事情。"

看着一家团聚的场景，站在旁边的刘亚楠眼圈也跟着红了。跟拍的编导记录下这有点意外的一幕，毕竟在此之前，刘亚楠给编导们的印象都是极为冷静、理性的，毕竟他也已经见证过太多次这样的团圆场面了。刘亚楠这样解释自己理性和感性的两面："我在实验室的时候，一定会保持一个理性的状态。但是我觉得面对一些社会上的人情冷暖的时候，我不需要去掩饰感性的一面。我是特别感性的一个人，所以很容易被打动。"

正是这种包裹在警服之内、威严之内的感性，使得刘亚楠和他的同事们深深理解每一个孩子走失家庭的

痛苦，并为此多年如一日地为了这种确信的目标和并不确信的可能性而努力着。也正是因为有众多像刘亚楠这样的民警，全力侦破拐卖儿童积案，缉捕拐卖犯罪嫌疑人，查找失踪被拐儿童，让无数支离破碎的家庭得以再次团圆。

陈家的儿子找到了，但民警们的工作并没有结束，他们将继续帮助陈氏夫妻寻找被拐卖的大女儿，同时也将持续追击当年拐卖这一对姐弟的歹徒。与此同时，在这场 32 年的寻亲之旅之外，更大范围的"团圆行动"仍在继续，刘亚楠每天还在坚持刷新数据库，希望帮到更多的家庭。

在节目播出之后，除了警方的努力，陈氏夫妻和小王多年坚持不懈的寻找，也令无数观众动容。32 年了，终于找到你！还好我们大家谁都没放弃，才迎来这最终的团聚时刻。

应小王本人要求，节目播出时在他脸上打了马赛克，以防被福建的熟人认出。认亲之后，小王继续回到福建生活，考虑到养父母的想法，他并没有将这段认亲经历告诉他们，但从此跟在贵州毕节的亲生父母和在上

海工作的妹妹一直保持着联系。对于 36 岁的小王来说，这算是比较善良而妥帖的安排了。

节目组编导也保存着小王和陈小姐的微信，并且发现陈小姐的朋友圈至今还在发一些打拐的相关内容。一方面，她是为了感谢公安部门的工作，希望能帮到更多被拐儿童的家庭；另一方面，小王、陈小姐和陈氏夫妻都默默期盼着，说不定会有那么一天，被拐的大女儿也能找回来呢。

反诈路上

智慧与时间的较量，奋力与持续的追击

第五集

城市奥英雄

大城无小事

2021 年 4 月，公安部推出"国家反诈中心"APP；5 月，公安部刑侦局发布《防范电信网络诈骗宣传手册》。在此背景下，伴随着人们反电信网络诈骗意识的增强，"反诈"二字成了 2021 年当之无愧的热词。

它出现在不同平台与媒体的年度流行语盘点中，也出现在亿万老百姓日常的生活中。走在大街小巷，你能看见形形色色的反诈宣传；拿起手机，你会时常收到反诈提醒；网络平台上，反诈短片、短视频乃至反诈歌谣逐步走红。

而在上海城市数字化转型的进程中，也有一群人以技术、智慧与时间，与电信网络诈骗作斗争。他们目光如炬，透过层层迷雾查清骗局的真相；他们健步如飞，与网线和电话线另一头的骗子"赛跑"，默默守护着人民群众的"钱袋子"。

他们，就是奋战在反电信网络诈骗前哨的公安民警——他们有的奔波多年，有的初出茅庐，但有一个共同特点，就是不惧风雨，一往无前。

当然，除了这一双双识破骗局的慧眼、一把把斩断利益链条的利剑，在反诈路上，我们还需要全社会共同提高防范意识，降低受骗风险，构建一道全警反诈、全民反诈的坚固屏障。

千里追踪"美女主播"，收网前却横生意外

　　在《大城无小事》系列节目中，惊心动魄的抓捕行动是网友们最关注的内容之一。公安干警们的雷霆动作，总能赢得弹幕里的一片叫好。但短短十多分钟的节目背后，往往有着长达十多天的精密部署，风险、危机也时时相伴。

　　2021年4月21日，松江公安分局在对一起新型网络诈骗案件进行侦查时，发现这样一种骗局：犯罪团伙伪装成网络上的"美女主播"，用婚恋、交友等名义，诱骗被害人在直播平台上充值、消费，涉案金额巨大，受骗人数众多。一句"感谢哥的保时捷"，可能意味着被害人巨额的投入，"PK"的模式更易激发男性被害人保护"美女主播"的欲望，从而深陷泥潭，进一步加码"刷礼物"。

　　为此，松江公安分局成立了专案组，对案件展开重点调查。他们发现，这个诈骗集团主要活跃在南方某市。为保障群众利益，必须尽快实施抓捕。此时，刚刚调到反诈中心两个多月的民警姚百松挑起了此次行动的大梁。

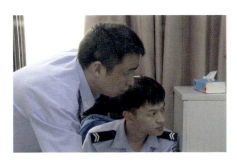

民警姚百松和吴悠悠研判案情

作为行动组的组长，36 岁的姚百松此前一直在看守所工作，这是他第一次带队执行抓捕任务，16 名组员的平均年龄不超过 30 岁，他自认为压力不小，"随着反诈形势的推进，诈骗的手段越来越隐蔽，他们也有很强的反侦查意识。对我来讲，既要出色地完成任务，又要保证兄弟们的安全"。

然而，这场异地抓捕可谓一波三折，反转不断。

5 月 8 日，抓捕小组抵达南方某市。姚百松随即带队开始侦查摸排。然而，诈骗团伙藏身的某某山庄是一个极其隐蔽的窝点：一方面，山庄位于一个规模不小的别墅群，地理环境复杂，要开一段盘山路才能到达；另一方面，诈骗团伙防备心很强，窝点周边安装了 360°无死角监控，大门口还有几条狗看守，每次排摸，民警们都需要与看门狗"斗智斗勇"。为此，侦察过程中，姚百松和同伴们精神丝毫不敢放松，他们一边假装开车经过，一边迅速锁定嫌疑人可能潜逃的路线，确定山庄正门、后门可以用于"藏人"的点位。

同时，姚百松敏锐地意识到，该山庄的抓捕远比一般商务楼、公寓的抓捕难度高，外围必须严密布控。"怎么抓"，"怎么不暴露"，是行动组要权衡的最大问题。

由于诈骗团伙的主播们通常在晚上七点到第二天凌晨两三点之间"上班"，行动组的摸排工作也得不眠不休。经过连续三天的蹲守，他们逐渐摸清了该团伙的人员情况——八人团伙共有六名男性、两名女性，绰号为"天哥"的侯某是主犯。根据公安机关异地办案协作机制的相关要求，在当地公安机关的配合下，行动组决定在 5 月 13 日晚收网。

然而，当天傍晚，一个突如其来的电话打乱了姚百松的计划：三名主要嫌疑人出现在当地机场，疑似计划潜逃。

警方的布局是不是已经暴露？是不是前期摸排出了问题？姚百松心中警铃大作：诈骗团伙突然前往机场，情况十分反常，毕竟，三个嫌疑人共同去接机的概率不大。

"我是带队干部，我不能慌，如果我慌的话，今天所有的行动肯定要泡汤。"尽管有些措手不及，但姚百松还是立刻开始调整抓捕方案。当时专案组成员连特别租下的会议室都来不及进，有的跑上跑下通知同伴，有的在楼梯间就开始了讨论，姚百松最后干脆带着民警们坐在酒店门口紧急分工。

在了解到三名嫌疑人尚未登机后，姚百松决定兵分两路，一路赶往机场，对嫌疑人进行拦截，另一路则联手当地警方，携带搜查证直扑犯罪团伙的窝点。

这注定是一次紧张、焦灼而又充满变化的拦截。跟拍编导带着一台小机器挤上了前往机场的警车，在40多分钟的车程里，抓捕信息瞬息万变：民警们一会儿要联络机场公安确定嫌疑人的航班信息，一会儿发现前往机场的嫌疑人又多出了两个，一会儿还要辨析嫌疑人真正的目的地……当他们最终赶到机场时，发现共有五名男性嫌疑人已完成登机，将搭乘航班前往一千多公里以外的某地。

"为什么不能直接把人从飞机上带下来？"弹幕里的网友颇为好奇。事实上，行动组也有过这样的考量，但反复权衡之后，他们作出了判断：拦飞机抓人，将直接影响机上其他乘客的正常出行，成本极高。同时，从机场安检的结果来看，这群嫌疑人没有携带危险的武器和工具，于同机乘客没有安全威胁，直接联络目的地公安在飞机落地后进行抓捕，能最大程度避免扰民，避免公共资源的浪费。

机场扑空了，姚百松和当地公安在嫌疑人窝点的侦查也不容乐观。无论姚百松如何敲门，山庄内都无人应答。经过观察，他们发现大门无法破开，但如果等待专业人员来开锁又需要很长时间。这时，长期坚持运动的民警金鹏云敏锐地发现，二楼的阳台并不算很高，如果从内侧向上爬，只有两米多的高度。于是，他主动请缨，徒手翻上了山庄二楼的阳台，随后入室并打开了山庄的大门——这个看来仿佛警匪大片的场面，在播出时只有寥寥几个镜头，却引来了观众的惊叹："好身手！"

民警金鹏云徒手翻上了山庄二楼的阳台

然而，令所有人大失所望的是：这个侦查摸排了一周的窝点，已经空无一人。

"我在这里蹲了四个晚上，被蚊子咬得要死。""太遗憾了。"懊恼的情绪迅速影响了行动组。对姚百松而言，自己和兄弟们放弃了休息，连轴转地工作，目的就是要抓到嫌疑人。面对镜头，真性情的姚百松忍不住眼睛泛红："我想怎么对得起这些兄弟们？我也对不起我的家庭，我把家里的一切都抛给我老婆一个人扛着，而我在外面一无所获。"他攥紧了拳头，下定决心："我一定要抓住他，一定要把犯罪分子一网打尽。"

快速整理了自己的心情后，姚百松再次梳理已经收获的线索。他发现，虽然人去楼空，但山庄里犯罪嫌疑人留下了所有的作案工具，窝点里的摆设也与日常状态一模一样，连茶

民警吴悠悠在阳台为队友们鼓励

几上的茶壶都还温热着，工作间的电脑也处于开机状态，"我想应该不是我们的布点暴露了，如果是，他们肯定会把作案工具带走"。

在进一步调查中，姚百松和吴悠悠等民警发现，还有两名犯罪团伙的女主播留在各自家中，团伙中的另一名业务员也在去机场的路上，尚未登机。

抓紧时间！姚百松有了新的部署，行动组兵分三路，一路抓捕两名在家的女主播，一路到机场拦截最后一名业务员，吴悠悠则留下来固定证据。

在阳台上望着伙伴们开着警车呼啸而去，吴悠悠忍不住大喊鼓劲："加油！加油！"他后来回忆说，由于情况恶劣、意外频生，当时民警们心里的压力很大，"虽然我仍留守在现场，但我心思都是跟着抓捕小组走的"。但即便是在这样的情况下，他也始终能感受到其他同事支援的力量，"虽然我出差在外，但我们背后有整个单位的弟兄们作为坚强后盾，哪怕有意外，我也不是一个人在面对"。

三路人马中，民警金鹏云率先

抵达机场，与机场公安取得联系，请求协助——一旦那名在逃的业务员吴某持身份证试图通过安检，系统就会自动发出预警。与此同时，金鹏云和民警们也迅速地分散开来，仔细扫视机场的每一个角落，试图从戴着口罩的旅客中找出吴某。由于大学时读的是摄影专业，再加上警察职业的敏感性，金鹏云通过辨认眼睛、眉毛、体型特征，锁定了准备前往安检的嫌疑人吴某。为了进一步确定，金鹏云佯装若无其事地上前观察了一番，直到百分之百肯定就是对方，他才放下心来，"就是这个人！"果然，刚准备过安检，吴某就被机场工作人员拖住了，金鹏云和同事们的抓捕宣告成功。

"诈骗？我就是帮群发消息的！"面对从天而降的警察，吴某忍不住叫屈。当被问到"刷了多少钱"时，他的回答引发网友爆笑：不是68万元，而是68元！对此，镜头中的民警们一脸无奈，弹幕里更是一片"哈哈哈哈哈"，"68块我请你吃麻辣烫啊！"

同样具有讽刺意味的是，在其中一名女主播家搜证时，垃圾桶里发现了一张被撕碎了的特殊"证物"。

锁定了准备前往安检的嫌疑人吴某

有民警发现这堆纸被撕得特别碎，以为这是女主播意图毁掉的"物证"，就赶忙把被撕碎的纸片一张张拼在一起，结果才发现这是一张反诈宣传单。

很快，三名留在市内的嫌疑人全部到案。那么，其他前往外地的嫌疑人到底下落如何呢？在刑侦总队的协调布控下，包括"天哥"在内的五名嫌疑人，在飞机落地后均被成功抓获。

令专案组跌破眼镜的是，"天哥"承认，之所以急急忙忙离开南方某市，并不是发现了警方的布控，而是他们突然无法在线上结算诈骗分成，准备赶赴所谓的"总公司"催讨收入。然而，这些犯罪分子并不知道，所谓的"总公司"已经被警方捣毁。"讨薪"之旅的终点就是公安局。5月13日晚上10点，这场历经波折

五名嫌疑人在飞机落地后均被成功抓获

的抓捕行动宣告成功，八名嫌疑人全部落网。

不仅抓捕成功，在后续对犯罪团伙窝点进行搜查的过程中，吴悠悠也找到了该团伙使用的剧本、话术单以及造假的女主播生活视频。金鹏云等民警"徒手撕机箱"、现场进一步取证的场面，更让网友直呼"大快人心"。

从这些资料看，诈骗集团有一套惯用的话术，比如诱骗受害者说自己正在收拾行李，等刷礼物的"考核"通过了，"我就直接买票，明天就可以去你那里了"。审讯中，民警们点破了这种套路，质问女主播："你们下面的人不都拿着手机冒充你吗？你难道跟这些给你充值的人都有感情吗？给你刷礼物的人、给你充值的人，（如果）知道是一个抠脚大汉在跟他聊天，还会帮你刷礼物吗？这是

不是在欺骗别人？"

让嫌疑人开口的关键，则是姚百松查到了被捕女主播袁某不久前的一条人工流产的记录。当被问到"孩子是谁的"时，袁某的回答却让姚百松和吴悠悠一起沉默了。原来，袁某在"天哥"手下工作，怀上了对方的孩子，又不得不选择流产，可谓泥足深陷。

"你啊！身体还虚着呀。"考虑到袁某的处境，姚百松主动询问正在手术恢复期的她要不要热水，又忍不住叹息，苦口婆心地劝告原本抵死不认的袁某："你自己想一想，帮别人挣钱，你拿10%，别人拿90%。人家有老婆有孩子，你怀了他的孩子再打掉……"

听着听着，袁某的心理防线彻底崩塌："我不想让我爸妈和家里人知道。我妈身体也不好，我不想让我爸妈为我担心……"

由于有十多年看守所工作的经验，姚百松特别擅长与嫌疑人谈心，总能在对话中动之以情、晓之以理。针对袁某的审讯，姚百松感慨良多：犯罪嫌疑人一开始往往在心理上充满抵触，不愿意坦白交代，但只要找准突破口，民警依然有机会"治病救

人",教育对方、帮助他们改造。而对身为"90后"的吴悠悠而言,他更进一步感受到了团队的力量,"由于当地环境原因,我们在前期了解犯罪窝点周边环境情况时困难重重,高温、闷热和蚊虫都带来了很多麻烦,但是同行的所有同事都展现了警察应有的素质,不怕苦、不怕累地日夜蹲守,才有了之后详细的抓捕计划和成功的结果"。

从紧张危险的抓捕,到斗智斗勇的审讯,这场一波三折的抓捕让观众感慨良多。镜头之外,行动组上下的激动与振奋同样溢于言表。一个未能收入成片的小细节是,连夜审讯结束、准备启程返回上海前,当天只睡了几个小时的姚百松激动地打了好几个电话,分别向妻子以及跟组编导倾吐了自己的心路历程,说到激动时,他数度哽咽:"这一场硬仗,打赢了!前期的功夫没有白费!"

处变不惊,不畏艰险,锲而不舍,正是这样的精神与执着,让反诈民警们一次次逆转不利的局面,将正义坚持到底。

"老板"质问财务为何不转账,她竟吓得躲出公司不见踪影!

反电信网络诈骗,除了要在源头上打击犯罪分子,及时劝阻、提醒受害者,也是反诈民警日常工作中重要的一环。上海市反电信网络诈骗中心,每天就都上演着此类与时间赛跑的故事。对民警们而言,多争取一秒钟,就有可能为受害者挽回巨额损失。在中心的综合业务平台上,也总有一组不断变幻的数字——简单的数字背后,是民警们四处奔波劝阻电信网络诈骗的脚步与一通通阻断诈骗的紧急电话……

2021年4月19日下午,上海市反电信网络诈骗中心接到一个疑似冒充公检法进行电话诈骗的高危预警。从手机实名信息看,被骗机主姓彭,女性,

30 岁，硕士学历。值班长杨牒舒飞立即拨打劝阻电话，然而，手机那头却只传来冰冷的一句："您好，您拨打的用户正在通话中，请稍后再拨。"

势不容缓，在连续多次拨打电话却显示占线后，杨牒舒飞和同事范永兵驱车赶往彭小姐公司寻人，反诈中心也向其公司所在地的莘庄派出所发出协助信息。多方警力齐动，力求赶在彭小姐转账前实现拦截。用杨牒舒飞的话说，他最担心的就是彭小姐被犯罪分子深度洗脑，"我们也蛮着急的，不知道她是被骗子骗出去

上海市反电信网络诈骗中心

警方调取了彭小姐公司附近的公共视频

了，还是在哪里干什么事情，生怕她转账。"

很快，莘庄派出所的民警顾雪健赶到了彭小姐的公司，按照前台的描述，彭小姐疑似接了个电话，没交待去向，在当天下午 1 点半时就匆匆出门了。

彭小姐到底去了哪里？根据警方的经验，在冒充公检法等部门进行诈骗时，骗子往往会以受害者涉嫌某种违法犯罪为借口，让受害者转账到所谓的"安全账户"。为了避免受害者被警方或亲友劝阻，骗子还会要求受害者躲到没人的地方转账。因此，彭小姐很可能是被骗到了四下无人的地方。

为了尽快找到彭小姐，警方调取了彭小姐公司附近的公共视频。通过视频，警方发现，身着黄色卫衣的彭小姐最后出现在河边。警方立即循着彭小姐消失的方向开始地毯式搜索。

终于，彭小姐出现在了民警的视线里："你前面接诈骗电话了，你知道吗？"一听到民警的问询，彭小姐慌了："这是诈骗电话？怎么办？怎么办！"她告诉民警，对方要求她

登录很多借贷平台，自己的电话也打不出去，"谁都接不到我的电话，他还说把我的银行卡都冻结了，就这一张没冻结，好像开了借贷"。

彭小姐十几万元的积蓄保住了

问清楚彭小姐使用了哪张卡之后，杨牒舒飞立马联系反诈中心，对这张卡进行冻结和止付。没想到，这笔4000元的转账，在到账仅仅20秒后就立刻被犯罪分子转走了。幸运的是，彭小姐原计划用支付宝转的十几万元被发现还存在理财产品中，"还好还好，没转出来还好"。幸亏民警及时赶到，彭小姐十几万元的积蓄保住了，但对于损失的4000元，民警们依然耿耿于怀，甚至在返程的警车中，杨牒舒飞和范永兵依然止不住叹息："再早儿分钟就找到她了，就差几分钟，唉。"

不到一个星期，相似的事情又一次发生了。"你好，我这里是96110，上海市公安局反电信网络诈骗中心，来电提醒你，刚刚有一个骗子冒充你们老板，叫你加微信、加QQ。"

接到民警吴四伢的电话，某公司财务肖女士第一反应是吃惊："真的吗？您确定吗？我们的转账手续已经报到老板那边去审批了。"

听到民警说对方肯定是骗子，肖女士在电话里的声音也变得紧张起来，急促地要求同事停止打款，"赶紧撤掉，赶紧撤掉那个！"她告诉民警，这笔转账金额高达370万元，但她也不能确定是否已经转走了，"应该没有出去吧，我现在心都要……"

"那你赶快查一查，我等一会儿再打过去好吗？"还没等民警沟通完毕，肖女士就紧张地挂断了电话。几分钟后，当值班长杨牒舒飞再次联系肖女士，想确认她是否真的没有将钱转出去，电话那头的肖女士态度却十分反常，连连表示不方便接听电话，"现在我们也不知道该相信谁了"。就连杨牒舒飞劝说她可以马上去派出所验证真假，她也表现出了抗拒："现在我去不了，现在去不了。"

肖女士究竟遇到了什么情况？

莫非诈骗分子又跟她联系了？这笔巨款到底有没有转出去？在情况不明的状况下，反诈民警们的神经绷紧了。上海市反电信网络诈骗中心立刻联合黄浦分局打浦桥派出所，两组民警分别赶往肖女士就职的公司。

"你们财务现在在吗？"听到赶到现场的民警们的问询，这家公司的员工们松了一口气，但肖女士仍然不见踪影。原来，连续接到电话，员工们都有些六神无主，害怕所谓的反诈提醒同样是骗局，肖女士干脆因为担心"二度受骗"而躲了出去。直至看到身着警服的民警，其他员工才

两组民警分别赶往肖女士就职的公司

骗子假扮"老板"进入公司群

略微放下了心，致电肖女士请她回到公司。

一刻钟之后，肖女士出现在民警面前。经过民警与她的共同确认，370万元并没有转出去，杨牒舒飞的心真正放下了："她（肖女士）当时自己也被吓到了，口头也说不清楚，跟她核实过以后，我们才放心，的确没有转出去，确认那一刻，大家都感觉松了口气。"

肖女士说，她之所以那么紧张，是因为在接到警方的电话后，骗子居然再度来电，询问为何款项没有到账，"后面我就赶紧让同事去撤了那笔转账"。她说，自己吓得心脏病都要犯了，骗子在电话里的口气与公司领导如出一辙，"真的很像，简直难以置信。"

幸运的是，这笔转账可以撤销，一次巨额损失得以避免。其实，财务诈骗的套路，就是骗子通过各种手段混进公司内部群，了解公司组织架构，并通过假账号与财务人员单线联系、骗取资金。民警们遇到过最有趣的一个案例是，骗子假扮"老板"进入公司群，没想到他联络的第一个人就是自己扮演的真老板。李鬼遇李

遣，诈骗伎俩随之被拆穿。

从数据上看，民警们的反诈工作也颇有成效：仅 2021 年上半年，上海警方通过多元的预警、劝阻方式，已累计劝阻避损 8.42 亿余元，直接冻结、挽损被骗资金 3.45 亿余元。用上海市反诈中心接警处置大队民警范永兵的话说，自己每天起码有一百个劝阻电话要打，但遗憾的是，很多人都将反诈中心的劝阻电话当成骚扰电话，甚至会在电话中爆粗口，等到发现自己钱取不出来了，后悔已经来不及了。

被误解、被质疑，是反诈民警工作中经常遇到的事，但他们孜孜以求的依然是为老百姓想得早一点、多一点，帮他们守住辛苦一生的积蓄。在本集内容播出时，民警们再三强调，下载一个国家反诈中心的 APP，涉及钱财问题，一定要当面确认。这样的叮嘱，你记住了吗？

民警叮嘱要下载国家反诈中心 APP

淘金梦惨变噩梦，
是什么让他觉得"伏法更安全"？

2021 年，26 岁的张先生与 45 岁的杨先生先后走进上海市公安局浦东分局高行派出所。他们的报案内容非常相似：一天夜里，自己与新添加的陌生女网友"裸聊"，随后遭到了对方的敲诈勒索。对方威胁他，如果不给钱，"裸聊"的视频证据就会被发送给他的通讯录好友。

那么，犯罪分子是怎么拿到张先生和杨先生的通讯录信息的呢？原来，诈骗团伙首先安排"拉粉组"在网上吸引受害人并添加他们的 QQ，再诱骗受害人下载带有木马程序的 APP，由所谓的女主播进行"裸聊"。也是在这个过程中，有专人通过 APP 的木马程序窃取受害人的通讯录信息。随后，"短信组"发送"裸聊"照片或视频对受害人进行威胁恐吓，诈骗钱财。更令人气愤的是，在受害人表示要报案后，犯罪分子气焰嚣张，扬言："你去报吧，我人在国外！"

经浦东分局高行派出所梳理和确认，除了张先生和杨先生，还有多起遭

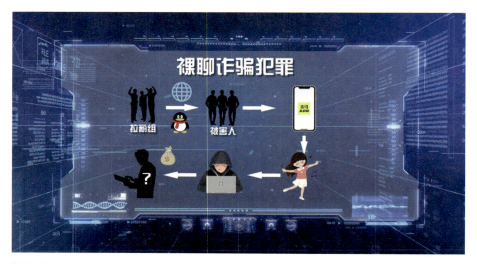

裸聊诈骗犯罪

遇"裸聊"陷阱的电信网络诈骗案件发生；隐藏在这些案件背后的，是同一个犯罪团伙。然而，该团伙一直盘踞在国外，抓捕行动存在一定阻碍。

没想到，案件的追查工作很快有了转机：2021年2月，专案组得知有一批犯罪嫌疑人从国外申请引流回国。从云南警方提供的一份国外回流人员名单里，办案民警发现，有四人的手机号与本案被害人提供的对方手机号相吻合。

为此，在万家团圆的春节期间，专案组成员远赴中缅边境地区，并在当地警方的配合下，将四名刚刚结束21天防疫隔离的嫌疑人押解回沪。

在这起案件中，口供成为关键突破口。17岁的犯罪嫌疑人杨某只有初中学历，据他交代，他是在短视频平台上看到了去缅甸卖珠宝很赚钱的消息，便怀着赚一笔的愿望前往当地，不料误入诈骗团伙，"里面大概有100来个人，都是进行裸聊诈骗的"。

"你知道他们进行诈骗的事情，为什么还做了将近三个月？"面对民警的质疑，杨某痛苦地承认，进入诈骗团伙后，"老板"威胁成员们，一旦发现有逃跑意图，就会打断他们的

专案组远赴中缅边境，将嫌疑人押解回沪

腿。"老板"还在团伙所在地安排了持枪的人把守，"他们是轮班的，白天两个，晚上两个"。就连当地的"裸聊女主播"回家过年，犯罪团伙里的人也会带着火箭筒"接送"。

淘金梦竟成噩梦！不仅使杨某心生恐惧，弹幕里的网友也震撼不已："太恐怖了，和电视剧里说的一样！""太可怕了！"在短短三个月的时间里，杨某和其他三名嫌疑人备受煎熬，思乡与惶恐的心情交织在一起，巨大的身心压力让他们难以承受。

终于，一天夜里，趁着看管人员熟睡，他们翻墙逃了出来。让浦东分局外高桥公安处刑事侦查大队民警孔令辉难忘的是，当他询问这些嫌疑人"国内好还是国外好"时，嫌疑人们清一色地表示，感觉回到了家，"他们觉得在我们警察的手里，反而很安全"。

淘金梦碎，伏法反而成了一种安全的选择。警方发现，如今越来越多的电信网络诈骗团伙为了逃避追捕，将犯罪窝点转移至国外，他们会以高薪为诱饵，诱骗年轻人进行违法犯罪活动。怀揣捞金期待的年轻人，往往一不小心就踏进了将伴随其一生的梦魇。好在，随着公安部不断推动跨国警务合作机制的建立，目前各地警方都加强了与国外警方的联系，努力破解跨国打击电信网络诈骗的难题，纵使天涯海角，也要让罪恶无处遁形。

"'90后'不骗'90后'"，民警妙招攻破"妈宝兄弟"

在婚恋网站上认识的男子推荐你投资虚拟币，你敢不敢？2020年10月28日，一名周姓女子到杨浦公安分局报案，称自己在20天前通过某婚恋网站认识了一名男子，确定恋爱关系后，对方以知晓虚拟币漏洞能赚钱为名义，诱骗周女士进行虚拟币的投资。

为此，被害人周女士先后向这名男子的两张银行卡转账，总计122.7万元。直到投资平台不能登录，钱款无法提现，曾经浓情蜜意的男友也联系不上后，周女士才发现自己受骗上当了。

弄清楚案件过程后，杨浦分局刑侦支队三队探长孙彬有了判断：这是一个典型的"杀猪盘"，骗子先通过大众社交软件锁定目标，诱骗恋爱，等"杀猪"的火候到了，就引导受害者去博彩等网站从事所谓投资，最终实现诈骗的目的。

通过进一步调查，警方发现，这起案件背后的团伙就在境内。2021年1月13日，上海市反诈中心会同杨浦分局组成专案组，共计出动51名警察。根据公安机关异地办案协作机制的相关要求，专案组在当地公安机关的配合下，准备在两座城市同步开展抓捕行动。

2021年1月15日清晨，专案组与当地公安机关共同制定了周密计划，对十余名嫌疑人分头实施抓捕。当民警们进入犯罪嫌疑人易某平的房间时，对方非常抗拒，不肯解锁手机等相关物证，百般抵赖。

与此同时，上海市公安局刑侦总队九支队探长周杰和杨浦分局刑侦支队民警李旻灏带领另一路人马对嫌疑人易某祺的抓捕也在进行中。有意思的是，早在部署抓捕方案时，他们就主动"锁定"了这名嫌疑人。原来，周杰敏锐地意识到，易某祺虽然是主犯之一，但他年纪轻，和自己与李旻灏一样都是"90后"，站在同龄人的角度，他们或许更能发现一些关键要素，也能在后续的审讯中进一步动之以情，晓之以理，"我们想通过亲手抓捕先了解他，在后期审讯时能有一些方式、方法来突破"。

在易某祺家中，干警们见证了一幕幕荒诞的场景：看到突如其来的警察，易某祺的父母相当震惊，"你们哪里的？""怎么了？"随后，他们更关心的不是儿子从事了不法行为，而是担心刚刚起床的易某祺可能"着凉"，忙前忙后为他披衣服，反反复

担心刚刚起床的易某祺可能"着凉"，父母忙前忙后为他披衣服

复强调："让他衣服多加一些好吗？因为天气太冷，反正在家里，他又跑不了。"

因为戴着手铐，易某祺无法完整穿上父母送来的衣服，但常年"啃老"的他，神色漠然地看着父母环绕在身边，泰然自若地让父母弯腰帮自己穿袜子。在父母的协助下，他先是套上了睡衣，又披上了羽绒服，连穿裤子都只是随便伸了伸腿。此情此景，不仅让周杰长叹一声"（父母把他）都惯成这样了"，弹幕里的讨论也炸开了锅："溺爱害人啊！"

种种不同寻常的反应，让周杰与干警们心中有了想法：这是一个典型的被宠坏了的年轻人。他在父母的溺爱下长大，走上犯罪道路很可能是"走偏"了，依然有教育好的空间。

由于易某祺家门口过道狭窄，

铐着手铐、被民警们左右看守的他在走出家门时，连鞋子都穿得邋邋遢遢。为此，周杰主动蹲下身为他提上了鞋跟："我来帮你服务一下，你看我从小到大都没帮人穿过鞋！"说着，他还不忘"敲打"易某祺，"我们警方也是给足你面子了，帮你穿鞋，希望你之后也能好好配合。"

在周杰看来，在整个抓捕行动中，易某祺都躲在后面，让父母冲在前头，这种溺爱的家庭环境，非常不利于年轻人的成长。因此，他也希望通过种种细节，旁敲侧击地点醒这个年轻人，"我想他是'90后'，本

"90后"民警（李旻灏和周杰）审讯嫌疑人

周杰设身处地的讯问，终于撕开了易某祺的心理防线

质上并不是特别坏，还是有机会感化的。"

经过两个小时的紧张抓捕，15名犯罪嫌疑人全部到案，民警们首战告捷。然而，如何让这些犯罪嫌疑人开口，却是摆在专案组面前的新难题。以表现得十分抵触的易某平为例，他始终狡辩称"你们是不是抓错了"，离开父母庇护的易某祺同样不肯松口："平时我就在家里啊，没干什么。"

此情此景，让民警们恨铁不成钢。尤其是听到易某祺承认自己15岁就前往国外"刷单赚小钱"，回国后又跟着亲戚"做事"，性情耿直、嫉恶如仇的民警李旻灏感到格外痛心："年纪这么小就出去刷单，到现在我们找上门他已经20多岁了，中间有段日子了。自己做了什么，他心里应该是很清楚的。"于是，他率先向易某祺"发难"："你对这个社会有什么贡献？我问你，有什么贡献？"

而看易某祺表现出些许畏惧后，周杰则态度柔和地打起了"情感牌"："刚刚这位警官冲你喊话是在帮你。天天和你喝酒的兄弟，他们在害你。

谁在帮你，谁在害你，你到现在还没搞清楚！脑子想想清楚，99年的兄弟啊，看你还小，可惜呀！"

在周杰看来，他和李旻灏并不是刻意要选择"一个唱白脸，一个唱黑脸"，关键是要掌握嫌疑人的心理，"李旻灏的审讯方法可能相对比较激进，如果我也很激进，可能会让对方有抵触情绪，所以我选择柔和一点的方法配合他"。

更关键的是，两人不约而同地从同龄人的角度切入。"你懂法律吗？你现在这种行为就是涉嫌诈骗！我96年的，我才会跟你一个99年的这样说。"李旻灏说，自己的目的就是震慑易某祺。周杰也推心置腹地跟进："大家都是'90后'，平时我也玩游戏，大家都玩游戏，但过界的事不要做。我们把你当弟弟，你自己好好想一想。"

"'90后'不骗'90后'！"正如弹幕网友所预料的那样，周杰与李旻灏设身处地的讯问，终于撕开了易某祺的心理防线。此前，他和其他嫌疑人一样，一口咬定自己没有参与诈骗，只是在现场打零工、做卫生，但被撬开突破口后，他开始逐步交代诈

15名犯罪嫌疑人已被上海市公安局杨浦分局依法刑事拘留

骗团伙的作案方式，连受害者的名字他都记得清清楚楚。

在易某祺交代后，周杰和李旻灏进一步发现，这个犯罪团伙彼此之间沾亲带故，不少嫌疑人都已经不是第一次因诈骗犯罪被抓，他们熟悉警方的办案流程，有着很强的心理防御机制，甚至会在拉人入伙时进行"内部培训"，彼此指导哪些内容必须守口如瓶。如果不是年纪小、心态差的易某祺先被攻破防线，其他不少嫌疑人还将继续负隅顽抗，"他们事前都串通好了，如果被抓了，要怎么应付警方的讯问"。

很快，原本拒不配合警方的易某平也供述了如何操纵"杀猪盘"，以恋爱为名，诱骗被害人在虚拟投资网站进行投资的犯罪事实。目前，15名犯罪嫌疑人已被上海市公安局杨浦分局依法刑事拘留，案件正在进一步

"今有豪杰"

金鹏云

侦办中。

有意思的是，在这期节目播出后，金鹏云、吴悠悠、李旻灏、周杰四位"90后"警察也被网友亲切地称为"今有豪杰"反诈新青年。在网友们看来，四人打破了外界对警察不苟言笑的刻板印象，传递了更为鲜活、生动的新时代警察形象。甚至有一种感慨的声音："今有豪杰"明明可以靠颜值吃饭，却偏偏要用实力、耐力，奋战在守护人民生命和财产安全的第一线。

那么，对于这份沉甸甸的职业，他们又有哪些新思考？

金鹏云、吴悠悠、李旻灏和周杰都是从少年时代开始不约而同地对当一名警

察有着向往。彰显正义的警匪电影、激烈刺激的打斗和枪战场面，都曾给他们留下深刻的印象，"警察很帅""男人就应该这样"的念头也油然而生。但具体到人生选择，他们与警察这份职业又有了不同的缘分。

李旻灏

金鹏云的父亲、祖父都是军人出身，大学毕业后，他考入上海公安学院，冥冥中实现了对父辈们的传承。一个小小的插曲是，身高 179 厘米的他曾经重达 200 斤，所幸大学时他爱上健身，考出了健身教练资格证，为后来实现"警察梦"踏出了第一步。

吴悠悠大学三年级时就去武警部队服过两年兵役，成为警察的另一个个人原因是，他的亲友曾是电信诈骗的受害者，从警既可以伸张正义，还更有能力保护好自己的家人。

李旻灏的高中班主任是个极具正义感的人，在班主任的影响下，他在高考时果断地选择了警校，这个决定也得到了全家人和老师的认可。

大学时一次偶然目击便衣警察执行抓捕的场面，则坚定了周杰从警的意愿，"他直接把小偷摁在地上，特别帅！这给了我很大的触动，毕业以后，我也没有去别的地方实习，直接回上海报考警校了"。

然而，直到进入警校，直到真正成为一名人民警察，这些充满着理想的"新青年"才进一步对这份沉甸甸的职业有了更深刻的理解——不是"天天与歹徒搏斗"，而是要发挥所长，走到群众中间，从一点一滴做起。

毕业后进入上海市公安局刑侦总队的周杰敏锐地发现，电信网络犯罪的方式、渠道在迭代，很多受害者相当年轻，"反诈"尤其需要青年警力的参与，"现在的诈骗大部分是通过网络，而不仅仅是传统的电话、短信，被害人的平

周杰

均年龄也因此下降到 29 岁左右。年轻民警在学习网络等新形式方面上手比较快，所以现在也有越来越多'85后''90后'的民警成了反诈主力军"。

话虽如此，"反诈"工作并非一帆风顺：两三年前，周杰曾经走访过一名生活在敬老院的诈骗受害者，受害者的损失高达上百万元。笔录过程中，周杰意外发现，受害者的书桌玻璃下方，正压着一张反诈宣传单。"这位老人不是没有看过我们的反诈宣传，可最后还是被骗了。这件事对我的震撼很大——光是发传单、做宣讲，老百姓对反诈知识可能只是'入眼''入耳'，却没有做到'入脑''入心'。"

这个令人痛心的案例，让周杰有了反思。很快，他和同事一起开始了新的探索，除了传统的宣传手段，新媒体、电视也是重要的阵地。几年下来，人民群众反诈意识的提升，他看在眼里，喜在心头，"我刚工作的时候，假冒公检法的诈骗比较多，骗子会冒充警方打给中老年人，要他们把钱打到所谓的安全账户。但通过宣传和拦截手段的不断迭代，这种假冒公检法的诈骗在上海已经很少了"。

李旻灏的感悟，则更多集中在青年警察如何提升自己、加强"反诈"业务能力方面。进入杨浦分局的那一年，"反诈专班"才刚成立不久。这些年来，他在一个个不同的案件中学习，也得到了成长。有一年春节，李旻灏前往外省某市调查一起涉嫌收、贩银行卡的案件，并在走访中发现了一个长期待业、沉溺于博彩平台的赌徒。他迅速将对方列为证人，得到了一条重要线索：在赌徒们泥足深陷又缺乏赌资时，博彩平台往往会要求他们寄出个人银行卡，并许以一定的虚拟赌资作为回报。

　　那么，下一步应该如何突破？在反复回顾这名赌徒的笔录时，李旻灏犹豫了。好在，远在上海的分局同事送来了点拨。赌博原本就是违法行为，如果这名赌徒曾应博彩平台的要求寄去个人银行卡，可以说他是明知对方从事违法犯罪行为却依然积极配合，符合帮助信息网络犯罪活动罪（简称"帮信罪"）的定义。

　　于是，李旻灏连夜上门追查，没想到，对方在配合作证后同样感到了心虚，穿着棉袄和拖鞋就逃去了当地的山上，抓捕到案时更显得十分狼狈。现在回想起来，李旻灏频频感慨要学习的知识还有很多，正是在有经验的民警的指导下，自己才对"帮信"犯罪有了更为深刻的认识，最终将嫌疑人缉拿归案。

吴悠悠

　　而对吴悠悠而言，在从事反诈工作中，有些"曲折"是难以避免的，"尤其是在对潜在被害人的劝阻过程中，有时候会被对方认为我们在断他'财路'，或是认为我们在阻止他追求'爱情'，这真的让我们好气又好笑"。

　　吴悠悠相信，在耐心的劝说和翔实的证据面前，这些潜在被害人迟早会理解民警的良苦用心，"被误解可能会让我们看起来有些委屈，但这方面我们也已经经验老到了，'不理解'是正常现象，但也有听得进劝说的人，说两句就恍然大悟了"。

　　"大城无小事"每季节目都会有一些公安干警成为被追捧的"网红"，那么，节目播出至今，"今有豪杰"的生活和工作有怎样的变化？

　　显而易见的是，他们似乎更容易被"认出来了"。有一回，金鹏云下班后去健身房，没想到路上有人主动和他打招呼："金警官好！"吴悠悠则受到了很多老同学、老朋友的肯定，就连一些很久没联系的老朋友，也向他打开了许久没聊的聊天框。

不仅如此，通过节目的镜头，亲人、朋友们看到了这些青年警察在工作中的另一面，也更加认可他们的付出与选择。"警察需要舍小为大，但脱了制服，我们也是市民群众，也有家庭和需要照顾的人与担心的事。"周杰说，他希望能把工作、生活兼顾好，也希望更多人能体谅、理解公安工作的不易。

这些小插曲之外，他们毫无例外地保持了平常心，丝毫不认为自己是"走红了"。私下里，金鹏云依然爱健身、爱遛狗，爱和家人在一起，"生活中的我还是挺简单的"。吴悠悠对夸奖他外貌的评论淡然处之，"希望大家记住我不仅仅是觉得我长得帅，我还是希望能得到对我业务能力的认可"。李旻灏坚持着自己的自律，"健身、饮食以及生活里的事情，我都有对自己的要求"。而在周杰的眼中，一切的宣传都是为了"反诈"，"只要能让更多人知道并关注反诈工作，我觉得就挺好的，生活和工作还是照常的，把自己本分的工作干好就行"。

是的，正如他们所相信的那样，热度是一时的，踏实地工作，才对得起身上的警服。

2022 年，金鹏云调往佘山派出所执法办案队，开始了新的业务探索，"现在我主要应对辖区内发生的各种治安案件及刑事案件，负责案件的办理及侦破。我会利用自己在刑侦反诈中学到的经验及知识，在未来和兄弟们一起办理案件时提供一些新的思路，同时也跟派出所的老师傅、老前辈多多学习，积累自己的经验，取长补短"。

吴悠悠依然在"反诈"工作的第一线，他越来越强烈地感受到，从事电信诈骗的犯罪分子虽然基本不存在穷凶极恶的暴力犯罪行为，但却远远比人们想象中的更加狡猾。因此，民警不仅要跟犯罪分子斗勇，更要斗智。"我觉得这个职业的成就感就在于，你在岗位上的每一分每一秒，都是有意义的，是对社会有正能量及贡献价值的，这让我每天上班动力十足。"

李旻灏从 2021 年年底开始转型从事网络侦查，"过去我做得比较多的是打击犯罪，接到线索以后结合案情进行嫌疑人的抓捕、审讯，现在要学习通过被害人的线索，利用侦查的手段，抽丝剥茧，找到破案的关键"。

而作为一名年轻的探长，周杰更多处于研判、打击诈骗的岗位上，"我会更专注于怎么从一个具体的案子、一条小线索切入，然后逐步扩展到全国范围，甚至找到背后的全链条，由此对犯罪嫌疑人进行研判与打击"。

因此，当被问到最想对支持节目和"今有豪杰"的观众说些什么时，几位"新青年"不约而同地将话题绕回了本职工作——

"犯罪分子对你的嘘寒问暖都是为了你口袋里的钱，一定要捂好自己的钱袋子，不要轻易上当受骗，如果遇到不确定的情况，可以去当地派出所咨询一下。"

"很多犯罪分子明知自己的行为会触犯法律，却不知道自己的行为要承担多大的责任，问题就在于他们不懂法。受害者也往往因为之前没有接触过相关知识而上当受骗。希望大家学防范，懂法律，保护好自己。"

"谢谢大家对反诈工作的支持，请观众和市民朋友放心，我们一定会竭尽全力地守护好大家的钱袋子！"

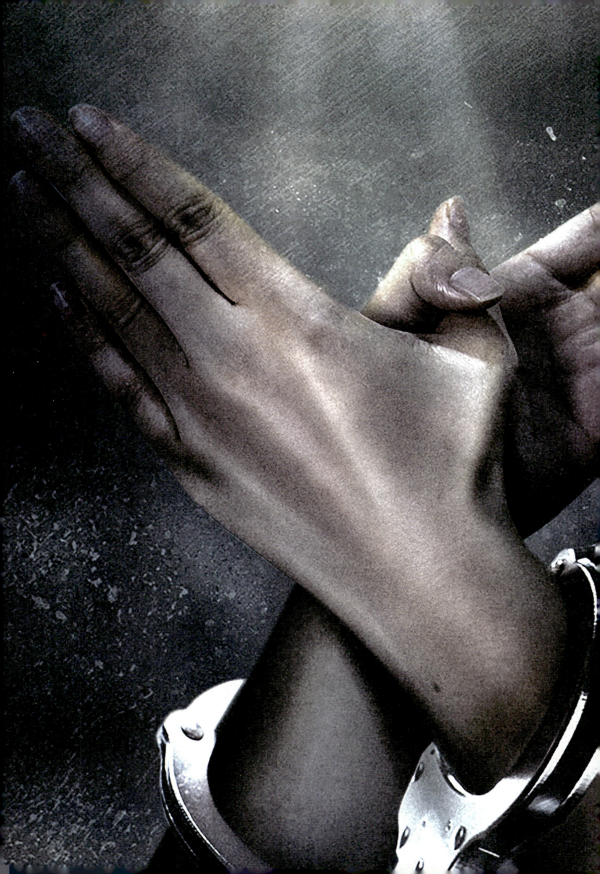

插翅难逃

以法治为利器　　让罪恶无处遁形

第六集

城市英雄
大城无小事

2019 年，全国现行命案的破案率达 99.8%，创下历史新高。但与此同时，公安机关始终没有忘记，由于受侦查能力和技术水平的限制，多年来全国仍有部分命案积案没有侦破，其中案发 10 年以上的案件就超过 95%。这每一起案件的背后，都是受害人亲属难以释怀的创伤，也给几代刑侦人留下了深深的遗憾。

随着科技手段的快速发展，命案侦破机制日益完善，公安机关具备了攻克各种命案积案的有利条件。2020 年初，公安部部署开展命案积案攻坚行动。上海民警本着人民至上、生命至上的精神，以空前的决心和力度，强力推进命案积案攻坚行动。

对办案民警而言，从选择穿上这身制服之日起，就等于选择了风雨兼程的职业生涯。他们凭着敏锐的嗅觉抽丝剥茧，无论调查取证的路途多么曲折，无论关键物证藏匿在多么隐蔽的角落，他们都要披荆斩棘，驱散萦绕在真相上空的迷雾，将罪恶的根源彻底斩断。

他们是盾，矗立在危险前沿，当险情来临时，寸步不离；他们是剑，在罪恶面前扬眉出鞘，奔逸绝尘，绝不姑息。

魔高一尺，道高一丈；坚信正义，捍卫法治。他们说：我们不会冤枉一个好人，也绝不会放过一个坏人。

"逍遥法外" 12 年，没有人能真正"逍遥"

　　《三叉戟》是近年来备受观众欢迎的公安刑侦电视剧之一。剧中，曾经叱咤风云的三位老刑警被称为"三叉戟"，他们在快退休的年纪，误打误撞办了一起大案。虽然过程曲折离奇，但他们却以忠诚、敬业和担当，完成了职业生涯最后的使命。

　　正是因为联想到剧中那三位可歌可敬的警察，节目组在跟拍徐汇分局刑侦支队现任政委陈建锋和现任副支队长倪新风、阎其成的过程中，直接尊称他们为"徐汇三叉戟"。他们共事多年，也曾多次联手搭档，破获过众多大案要案。但是，在三人心头，也积压着一件始终无法释怀的凶杀案，那是十多年前，一个花季少女的离奇死亡。

　　2008 年 10 月的一天，徐汇区某小区的清洁工在绿化带内发现了一具掩盖在冬青枝叶下的女尸。时任专案队队长的陈建锋、负责技术勘查的阎其成、负责当事人社会情况调查的倪新风，在第一时间赶到了现场。

　　包裹在绿色绒布内的女尸，被从冬青树丛中抬了出来，好几株冬青的枝条都被压断了。从技术层面而言，这些植物上应该会留下嫌疑人的生物物证痕迹，但那年上海的秋天特别炎热，加上女尸被发现前刚刚下过一场大雨，藏尸处周边的痕迹已经被洗刷一空。

　　女尸衣着完整，身边却没有任何能够证明其身份的物品，且尸体本身已

案发现场最早的影像记录

经高度腐烂，面目难辨。法医通过尸检判断，死者是一名25岁左右的女性，死亡原因为机械性窒息死亡，死亡时间为10天左右。

当时该案件的侦办方向是非常明确的，专案组几乎在第一时间就确认了遇害者身份。因为就在事发一周前，辖区派出所曾接报过一起小区人员失踪案，阎其成迅速对报案家属进行了生物物证比对，确认被害人正是租住在该小区的女子汪某，年仅24岁。

汪某是家中独女，大学毕业不久就来到上海打工。那时上海针对群租现象还没有出台严格的法规，汪某租住在一套被分隔成9个单间、如同蜂巢般拥挤逼仄的群租房里。除了汪某，这套群租房内还有其他11名租客。在汪某无缘无故失联了几天之后，她在上海的朋友选择了报警，其

在外地的父母也赶到上海了解情况，并尽可能地提供线索。

专案组首先需要弄清楚的问题是，第一案发现场究竟在哪里。小区的公共视频显示，租住地就是被害人最后出现的地方。被害人最后一次出现在视频当中，是当天下午6点07分，从1楼坐电梯到10楼，此后就再也没有看到她下楼的情景。虽然从表面上看，群租房内并没有侵入及搏斗的痕迹，但是综合判断后专案组确认，被害人的房间是第一案发现场。但是，当专案组逐一对其他租客进行作案时间调查时，11名租客全部都提供了不在场证明。

与此同时，汪某父母提供的一条线索引起了警方的注意。他们表示，女儿有一台笔记本电脑，女儿失踪之后，这台电脑也跟着不见了踪影。专案组迅速扩大了搜索范围，在小区周边开展地毯式搜查时，找到一样重要物证——一个属于被害人的手提包。但是，包里没有电脑，只有一些女性的日常用品。

专案组通过研判认为，将受害人尸体抛在小区，却把受害人的包丢到小区外面，这极有可能是嫌疑人在

清理好第一现场之后，试图制造汪某离家出走的某种假象，混淆警方视线。从这点上来看，嫌疑人非常狡猾，且具有一定的反侦查意识。

2008 年时，上海警方对汪某手提包内的全部物品都进行了痕迹显现，也提取了每一个租客的生物物证。但受限于当时的技术手段，警方并没有在这些物品上提取到具有指向性的有效痕迹物证，案件侦查工作由此陷入瓶颈。其后，这只手提包作为嫌疑人唯一可能接触过的物品，与当年提取的所有关系人的生物物证等一起，被仔细地保存在了徐汇分局刑科所。

这宗花季少女被害的案件陷入僵局，"三叉戟"组合难掩失落和沮丧的情绪。尤其阎其成还是当年将女孩从灌木丛中抬出来的民警之一，按照他的说法，真凶没有到案，没有受到惩处，"我们徐汇刑警，就相当于是欠了受害人一个债"。

12 年过去了，当年警队里三个意气风发的小伙子，已经变成了成熟干练的中年人。但那个生命在 24 岁戛然而止的女孩，却始终萦绕在他们心头，他们至今依然清晰地记得被害人父母那悲痛欲绝的哭声。

2020 年初，公安部部署开展命案积案攻坚行动，这个案件的调查工作也被重新启动。刑事科学技术的突飞猛进，让生物物证的比对成了专案组重要的突破口。在越来越注重物证的新刑侦指导理念之下，当年那只嫌疑人汲有可能接触过的手提包，显然是这个案子迎来转机的最大希望。陈建锋和他的同事们，寄希望于这个手提包通过公安部权威部门的检测，得到更进一步的解释和发现。

专案组选择将物证送往公安部物证鉴定中心。之所以如此慎重，是因为每一次检验，都可能会造成对原始生物物证的减损，甚至极有可能是破坏。"所以我们希望，既然要做，就一次做成功。"亲自跑到北京送检的阎其成说。

送检公安部三天后，2020 年 9 月 23 日，一个令人振奋的消息传来：公安部物证鉴定中心在手提包内的物品上，成功提取到了一枚微小的生物物证！这枚生物物证指明了自己在暗夜里躲藏了 12 年的主人——居住在 7 号房间的童某。

当年住在 7 号房间的共有三人，其中一人因事发时在外地出差被排除嫌疑，童某和另一同住人，也是他的同学兼江西同乡王某互相提供了不在场证明，因此两人均有重大作案嫌疑。经信息研判，童某目前在上海，王某则定居深圳，两人均已结婚生子。为了防止串供，一场两地同时实施的抓捕行动即将拉开帷幕。

嫌疑人王某现在是深圳一所学校的教师，民警们反复斟酌，到底是在王某家中还是在学校里实施抓捕。王某家中有两个孩子，大的四五岁，小的还在襁褓之中，由他的父母照料，为了避免对嫌疑人家人造成心理影响，民警决定在其工作单位实施抓捕，并制定了周密的抓捕方案。

12月8日上午8点半，上海、深圳两路专案组民警同时出发。在不打扰正常教学秩序的前提下，阎其成、沈峻等上海民警在当地警方的协助下展开了抓捕工作。民警们请校长

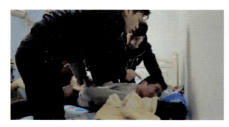

抓捕童某

给王某打电话，以工作安排为由叫来王某。为了防止走漏风声，抓捕必须即刻展开。民警们将车辆停在学校体育馆门口，接到校长电话的王某不疑有他，下课后直接走了过来。几位民警立刻上前将其制服，迅速推进车子里。整个过程一气呵成，连在附近操场上活动的学生都没留意到这里发生了什么。

"我跟你说清楚，徐汇的，2008年到现在，我们终于找到你了……"这是阎其成和同事们等待了整整12年的一刻，他几乎无法控制自己的激动。沈峻跟着接了一句："（之前）不是不报，是时候未到！"

在得知王某已到案的消息后，守在童某家楼下的抓捕小组发现嫌犯童某所在房间的窗帘直到9点半还没有打开，于是决定直接上门。面对突然到来的民警，童某表现出了强烈的抗拒，挣扎着要打110报警。徐汇分局刑侦支队队长张晟鹏亮出警官证："你看清楚了，我就是110！"

至此，抓捕行动成功告一段落，突击审讯也同时在两地进行。然而，真正的较量才刚刚开始。

生物物证直接指向的童某，在

讯问室内表现得神色如常，缄口不言。陈建锋坐在他面前："你以为12年了，就像没事情发生一样，该还的还是要还的，该给人家一个交代了！"

而在深圳，因为疫情关系，所有人进入当地派出所之前都要测量体温。上海民警和节目组编导测出来都正常，王某的体温却飙升到了37.5℃，而他并没有感冒或者感染症状，显然这只是身体的一种应激反应。这时民警们已经心里有数：王某十有八九有问题，接下来就看怎么审了。

进了讯问室，王某说得最多的话就是"不记得""没印象"。但以正常的逻辑推断，面对同一套群租房内的女子被害这种恶性案件，王某自己又曾接受过警方调查、做过笔录、采过血样，怎么可能如此轻飘飘地用一句"不记得"概括呢？！尤其是专案组民警清晰地记得，王某和童某当年互相提供了不在场证明。这也就意味着，王某至少是作了伪证，混淆了警方视线。那么，他到底是为了包庇童某还是自己也参与了杀人呢？

审讯王某的民警此时已经得知，上海方面的童某在到案后一直保持沉默，因此深圳这边的审讯就成了案件关键的突破口。民警们开始加大火力，将童某到案的照片直接展示给王某看："时隔多年，你要和老兄弟见见面吗？要去见面吗？"

这一心理攻势显然立刻见效。在看到同案犯已经落网且正在接受审讯的情况下，王某的心理防线有所松懈，吞吞吐吐地表示："他（童某）就说，找个地方把她藏起来……他叫我帮她把衣服换一下……"

这天，民警们和编导组从早上5点就开始部署和准备抓捕工作，审讯则从当晚8点开始，一直持续到第二天凌晨2点。所有人的精神都极度疲惫，同时又高度兴奋，只能靠咖啡硬撑。王某吞吞吐吐，试图编造一个自己并没有参与杀人、他进去时汪某已死、他只是帮着童某抛尸的故事。没想到审讯民警见招拆招，抓住他陈述中的细节差错，逐一击穿他的各种谎言，审讯思路严丝合缝。

上海的攻心战也在同时进行中。倪新风难以抑制内心的愤怒："（受害人是）花季少女，我告诉你，她比你小一岁。你刚刚一直在看手，你想过你这个手做过什么事情吗？你这辈子再怎样洗手都没用，洗不掉的！"他伸手拿过汪某的彩色照片，迫使童某抬起头来看。"看看这个人，看到吧？正是花样年华的时候。你要记住，公安不会冤枉一个好人，但也绝不会放过一个坏人！"

对童某的审讯同样持续到了第二天凌晨。在审讯过程中，徐汇分局刑侦支队的会议室通宵亮着灯，大屏幕上不断汇总、更新两地的审讯信息，即时制定后面的审讯方向和重点。此时专案组已经做出判断：这个案件绝不是一个人能够独立完成的，虽然生命物证只有童某一个人的，但王某同样有作案嫌疑；而且，王某的交代明显是不符合当时环境证据指向的，他并没有如实、完全地交代案情。

案发过去了12年多，每一个专案组成员始终没有忘记。而现在，虽然嫌疑人到案了，但案情似乎并不那么明朗，专案组必须刨根问底。当天，犯罪嫌疑人王某、童某因涉嫌故意杀人罪被上海市公安局徐汇分局依法刑事拘留。王某随即被押往上海，相关调查及提审工作继续展开。

从2020年12月嫌疑人到案，至2021年2月，专案组多次对王某、童某进行提审与调查。此时正值疫情期间，每次前往看守所，民警们都要身穿全套防护服。几个小时提审下来，他们往往汗流浃背、精疲力竭。

黎明前的黑暗，是最为关键也是最为艰难的时刻。为了撬开嫌疑人的嘴巴，民警们在审讯之外也做了大量工作。专案组曾做过三四次严密的侦查实验，测试根据嫌疑人供述的情况，在现场环境下能否完成作案，从而找到嫌疑人口供中的纰漏。王某被捕后，他的父母、妻子和孩子回到江西老家生活，上海民警还专程赶往江西，请王某的父母录了一段视频，劝诫王某坦白从宽。

面对家人殷殷的期盼和警方确凿的证据，王某终于败下阵来。2021年2月2日，在提审过程中，口口声声"不记得"的王某交代了新的情况。这一次，他终于承认自己不仅抛尸，也参与了杀人。

王某交代，2008年案发当天，他与童某偷偷进入被害人房间，想入室窃取被害人的笔记本电脑，不料被害人忽然返回。"她一进来，我们就把门关上，然后把她的头蒙起来，怕她看见我们。然后她就挣扎，我就用手掐着她脖

子，童某就拿被子蒙她头，然后抓住
她……估计两三分钟还是一两分钟后
她就没反应了，不反抗了……"

综合专案组调查获得的各方情
况，案情终于趋向明朗。两人将被害
人杀害抛尸后，清扫了现场，并互作
伪证，逍遥法外 12 年多。一个鲜活的
生命就这样永远定格在了花样的年纪，
而嫌疑人落网的那一天，正是被害人
的生日。她如果活着，应该 37 岁了。

2021 年 3 月 12 日，犯罪嫌疑人
王某、童某因涉嫌故意杀人罪被上海
市徐汇区人民检察院依法批准逮捕。

2021 年 5 月，被害人父母来到
徐汇分局刑侦支队签署法律文书，接
待他们的是参与过深圳抓捕及审讯工
作的专案队民警江振道。汪妈妈无法
控制自己的眼泪，她告诉江振道，这
13 年当中，夫妻俩夜夜难眠、度日
如年，可以说是生不如死。现在，女
儿虽然不能再回来，夫妻俩也已经年
近七旬，但案情真相大白，嫌疑人得
到应有的惩罚，已经是对女儿、对自
己最大的告慰了。

一页页法律文书上，是两位失独
老人苦苦等待了 13 年的真相，也是
两代刑侦民警坚持与努力的结果。倪

接待家属

新风说，对命案积案的侦破，其实
是一种传承和沿袭，"上下同欲者胜，
这是我们每一个刑警努力的成果"。

值得一提的是，造成这个巨大
悲剧的童某和王某自己，在背着命案
潜逃的这些年中，日子过得也并不轻
松。编导组看到王某的第一印象，就
是这个人非常憔悴，看上去比实际年
龄苍老得多。作为一名大学毕业生，
他在命案发生之后就跑到深圳工作，
收入和福利都不差，但他一直没买房
子，结婚生子也都非常晚。王某一家
租住在离学校有一段距离的简陋的城
中村，每天骑助动车往返。警方推测
他不敢买房、不敢买车，甚至回避疫
苗接种登记的原因，都是因为内心极
度缺乏安定感，想尽可能地避免与警
方有正面接触。

从深圳回到上海的当天晚上，王
某就被警方带到当年的案发地去指认

现场。王某能够清晰地回忆起自己与童某当年如何从楼梯间将汪某的尸体搬运下楼；能够沿着当年运尸的路线，清晰地指出哪里曾经是垃圾场，哪里曾经是灌木丛，哪里曾经是围墙；能够清晰地指出最终藏尸的地点。也许过去这些年中，他曾不止一次地回忆起当天发生过的一切，而这些都成为他日后人生无法回避的尖刺。他口口声声的"不记得"，根本没有骗过自己，更没有骗过警方。

无法忘记这一切的，还有被害人汪某的众多亲朋好友。这期节目播出之后，网站评论区有大量观众留言，其中一条来自汪某的表姐："我是那个遇害小姐姐的表姐，那年我们都在上海工作。真的太痛恨凶手了！看了大家的留言，流泪了。我妹妹真的很漂亮。当年她爸妈都憧憬她有个幸福的未来……13年，真的像一场梦！正义虽迟但到！致敬公安民警同志！"

汪某前同事的留言，也让网友对这个不幸的花季女孩有了更多的了解："她真的是个漂亮、开朗的小姑娘，工作也非常认真。当时的团队里都是年轻人，平时关系也很好（大部分到现在都还是朋友），所以事发之后大家都非常崩溃，完全不能相信朝夕相处的伙伴就这样没了。调查的时候我也接到了警察叔叔的调查电话，一度哽咽到出不了声，脑子都是晕的……就这样过去了13年，这件事一直在我心里留着一个阴影。然后今早以前的同事就这么冥冥之中于微博和B站分别刷到了破案的视频，并发到了同事朋友群里，大家13年的等待也终于有了一个正义的结果！这个美丽的'专柜小姐姐'在天之灵终于能得到安息了。"

这宗性质恶劣的凶杀案的侦破，用了13年的时间，而这只是众多命案积案当中的一例，有些命案积案侦破所需的时间更长、过程更曲折。从2020年起，在公安部部署下，"云剑2020——全国命案积案攻坚行动"拉开序幕，截至2021年6月，全国"云剑"行动共破获命案积案6270起。这些，看似只是数字的累积，但每一个数字的背后，都是刑侦民警的砥砺前行。

正是一代又一代刑警的不懈努力和接力，绳恶人以法，还被害人公道，告慰死者家属，让"魔高一尺，道高一丈"的信念，始终坚定不移。

兵分十路！
猎枪行动从崇明岛的凌晨开始

　　2021 年 2 月 6 日凌晨，美丽的崇明岛还处在一片静谧中，崇明分局的办公楼却已灯火通明。4 点刚过，十多辆汽车就依次驶出了崇明分局的大门。这一次，上海警方要追查的，是危险性极高的非法枪支弹药。

　　这次行动的起因，是崇明分局经侦支队在打击非法捕捞时意外发现，被缴获的鸟类尸体上留有弹孔，从而推测有非法枪支弹药的存在。经过进一步追查，2021 年 1 月 21 日，崇明分局经侦支队掌握了一条涉嫌非法狩猎野生鸟类的线索，其中多名嫌疑人涉嫌非法持有猎枪。

　　在警队内部的分工中，"非法捕捞"属于经侦民警的工作范围，但因案件涉及枪支弹药，刑侦民警、特警也加入了办案队伍。鉴于这些枪支的危险性，崇明分局制定了周密的抓捕计划，决定兵分十路，一早上门，力图一网打尽。之所以选择在凌晨抓捕，为的是将危险系数降到最低，趁嫌疑人还处于懵懂状态时，将其控制住，并迅速问清枪支弹药以及被捕获的野生动物藏在哪里。

　　这是近年来崇明分局组织的规模最大的一次"猎枪"行动，也是整季节目中唯一一个经侦、刑侦、特警及派出所民警联合行动的案例。为了追踪拍摄这次行动，节目组决定派出四个摄制小组。考虑到行动时天还没亮，为了更好地拍到现场，其中一组还特别配备了红外热成像仪。

　　这些非法持有猎枪的嫌疑人，并非穷凶极恶的歹徒，持枪用途也只是为了狩猎，但谁也无法预知在抓捕的那一瞬间，他们会作出什么样的反应。崇明分局经侦支队食药环侦大队长吴松华说出了大家的心声："如果犯罪嫌疑人负隅顽抗的话，这个后果是很难想象的。当时心里是紧张的，极度紧张，因为不确定的因素有很多。"

　　有意思的是，这些预想中可能出现的危险场景并没有发生。跟随警方前往主要嫌疑人之一杨某家的摄制小组，拍下了甚至有点搞笑的画面：当民警们破门而入、走到杨某床前时，他还在呼呼大睡。几个人连拍带喊，居然都没能叫醒他。

这时，住在楼下的杨某父亲来到儿子房间，向民警们解释儿子前一晚喝了很多酒。正当警方提出请杨父把杨某的枪交出来时，杨某终于醒过来了。但是，面对民警的询问，杨某却矢口否认自己有枪。

民警们非常肯定之前获得线索的可靠性，此时他们要做的，就是直接搜出枪支，那也就有了确凿的物证。在杨某家搜查无果后，凭借多年来与非法狩猎分子斗智斗勇的办案经验，吴松华提出搜查杨某车辆的后备箱。因为这些狩猎者外出打猎时非常注意隐藏自己的枪支，平时基本都是自驾出行。除了家里，枪支最可能的藏匿地点，就是车里。

果然，在搜查杨某车辆的后备箱时，吴松华找到一个破破烂烂的袋子，里面都是弹壳！还有一个枪袋，里面的枪也被民警们翻了出来。面对如山铁证，杨某再无狡辩的余地，只得低头认罪，并且交代了其余弹药藏匿的地方。

刚开始看到民警时非常不配合、表示自己对儿子的事情一无所知的老父亲，这时眼睛里已经泛起了泪光。面对已经年届中年却还在惹是生非的儿子，他无奈地念叨着："太太平平的日子不过，就是要弄得犯罪……"杨某不耐烦地打断了父亲："好了，你不要讲了，身体当心。"不知此时杨某的心里，是否有对担惊受怕的老父亲的歉疚和对自己行为的悔恨。

接到通知后，崇明分局刑科所技术员也赶到了杨某家，对从杨某处搜出来的枪支情况进行了初步判断。崇明分局刑科所痕迹室探长龚凯宇认定，这种枪支是民间自己组装制作的，虽然射程不长，但十米之内打中必死，具有很强的杀伤性和致命性。虽然名义上是猎枪，但如果拿这种枪支来搞黑恶势力或者寻衅滋事，社会危害性是非常大的。

而在另一主要嫌疑人李某家的搜捕工作，进展却并不顺利。李某家的占地非常广，主体建筑是一栋三层小楼，前院有菜地，后院有鸡棚，再往后还有一个用来养鸭的小湖。跟普通的崇明农家一样，李某家的院门也没有上锁，走进院子，通过红外热成像仪，能够看到李某就睡在一楼的房间里。民警们从一楼窗户翻进屋里，直接将还在睡梦中的李某按住制服。

但在接下来的突审中，李某一口咬定自己家里根本没有枪支，其父亲、儿子也都矢口否认。民警们翻遍了楼上、楼下每个房间，连冰箱都打开来查看，甚至爬到房顶上去搜查，两个小时过去了还是一无所获。这时，崇明分局的两只警犬也加入行动。崇明岛前一天刚下过大雨，地上非常泥泞，民警们牵着警犬，深一脚浅一脚地沿着土路，围小湖转了一圈。面对这一切，李某却显得非常镇定。

就在大家几乎想要放弃的时候，一位民警在院子角落里看到一个并不起眼的白色泡沫箱，打开后发现里面有几十只冷冻的鸟类。这瞬间调动起了大家的情绪，但经过简单查看，这些鸟类还都够不上保护动物的级别。李某则声称，这些都是朋友送的。

眼看着搜捕工作可能要落空，民警们不甘心。这时，一位在崇明岛土生土长、对当地农村生活比较熟悉的老警官，索性走进泥泞的菜地仔细查看。他注意到菜地靠近墙角的泥土堆有被翻动过的痕迹，正要上前，一抬头，发现对面墙上有很多密密麻麻的弹孔，一看就是练枪留下的痕迹，只不过这面墙被菜地隔开，人们从菜地另一边根本看不清楚而已。

这些弹孔的存在，加大了李某的嫌疑。民警们翻开墙角被几棵青菜覆盖的土堆，从中搜出两只鵟（kuáng）——这是我国二级重点保护野生动物。

虽然已经找到了足够将李某逮捕的物证，但令民警们略感失望的是，他们还是没能找到非法枪支。直到几天之后，通过跟李某儿子多次谈心，他终于承认父亲将两支枪存放在了朋友家里，警方立即将这关键物证追查到案。

在这次大规模行动中，办案民警共抓获涉嫌非法持有、私藏枪支、弹药嫌疑人 11 名；缴获猎枪 9 支，铅弹 6300 粒，猎枪子弹 447 发；查获非法狩猎的野生鸟类 185 只。

在涉枪案件中，物证检验对案件的定性及后续量刑至关重要。在对嫌疑人进行后续审讯的同时，当天缴获的枪支也被送到了市局，进行杀伤力测试。

负责涉案枪支、弹药检验鉴定工作的，是上海市公安局物证鉴定中心痕迹室枪弹检验实验室，这里也是上海枪支、弹药致伤力的唯一鉴定部门。经鉴

刑技中心枪支测试

定，崇明分局缴获的 9 支枪支都具有致伤力，其中 6 支属于以火药为动力的枪支，3 支属于以压缩气体为动力的仿真枪。

最终，嫌疑人杨某、李某因涉嫌非法持有、私藏枪支、弹药罪以及非法狩猎罪，被上海市崇明区人民检察院依法批准逮捕。

在节目之外，崇明分局的工作还在继续深入。通过对杨某、李某等人的审讯，警方摸清了上游制枪、售枪的渠道。2021 年 3 月 5 日，两名非法制造、买卖枪支的嫌疑人被抓获归案。

"捉贼先捉赃"，这个被老百姓普遍认可的道理，放到民警们的工作中，就是对物证搜集的高度重视。因为案件类型不同，办案民警每天进行的调查工作可能不尽相同，但其中始终不变的，就是要掌握关键的物证，让罪恶直接暴露在阳光之下。任凭再狡猾的犯罪分子，面对客观存在的物证，都会失去狡辩的底气。当然，对物证的搜查、提取，也越来越考验民警们的技术、智慧和胆量。

昂贵的美白针剂，竟然堆放在简陋的城中村？！

爱美之心人皆有之，让自己变美的方式却不尽相同。随着国内医美行业迅速发展，美白针、瘦脸针、水光针等注射型医美产品的受众越来越广。国家对医疗器械、医美药品都有严格的法律法规，但有一些不法分子却看中了其中商机，为了牟取暴利，铤而走险。还有一些美容店在不具备相关资质的情况下，通过非法途径，购买来路不明的美容针剂。这些做法，都极有可能对消费者的健康造成难以估量的伤害。

有可靠线索显示，徐汇区某美甲店就曾经出现过这样来路不明的针剂。徐汇公安分局经侦支队食药环侦大队民警燕阳上门查访，在询问美甲店老板是否买过玻尿酸、水光针等产品时，女老板一开始矢口否认，但明显非常心虚。

燕阳也不跟她多啰嗦，直接亮出底牌："我跟你讲，我们没有这些证据的话，不会来找你的，知道吧？你现在好好想一想，这些东西买过吗？"女老板这才不得不承认，自己以前用这些产品给一些很熟的客人做过，现在已经不敢做了。

徐汇分局经侦支队调查后发现，女老板用来注射的针剂是通过微商网购获得的。根据其提供的信息，警方追溯到了发货源头以及团伙主要成员两名。其中老板吕某负责联系客户，员工白某负责听令收发货，两人之间可能有亲戚关系。

这次的物证，远在近千公里之外的省市，为了获取关键证据，专案组民警立即起程。2020 年 12 月 14 日，抓捕小组抵达当地。这一次，他们首先要调查的是囤积药品的仓库究竟在哪里。

由于发货时间不规律，嫌疑人又具有一定的反侦察意识，经常搬迁仓库，上海民警只能采取最原始的办法，守在白某家门口，等她下一次去仓库拿货的时候再悄悄跟着过去，把仓库所在地给摸出来。

12 月的北方，天气寒冷异常，抓捕小组半小时换一次班，目不转睛，轮流蹲守。白某在离家不远的一家美妆店里工作，出门上班都是靠步行。警方估计仓库不会就在她家附近，如果白某要去仓库，那一定会用到车。在刺骨的寒风中坚守了整整两天，终于看到白某要开车离开。

此时民警们就在不远处的一辆面包车里。如果开着这辆面包车跟上去，目标太大，很容易被白某察觉，而且如果遇到狭窄的小巷子也开不进去。事出紧急，一位民警随机应变，就近刷了一辆共享电瓶车，跟上了白某的车子。

这位民警当时连手套都没戴，顶着寒风跟了半个小时，最终到了一个类似城中村的地方。而白某出入的屋子跟其他普通民居不同，门口安装的是遮盖严密的卷帘门。警方的大部队很快也跟了上来，大家判断，这里正是嫌疑人存货发货的仓库，里面藏着案件的重要物证。

　　第二天一早，抓捕行动正式开始。根据公安机关异地办案协作机制相关要求，在当地公安机关的配合下，民警兵分两路，分头前往吕某及白某家。

　　面对警方的询问，吕某百般抵赖，说白某是自己的弟妹，自己现在没有仓库，且早已经不做医美生意了。但在办案民警对吕某住处进行搜查的过程中，其手机里的大量转账记录和发货指示，已经无声地说明了一切。

　　面对民警的不断问询，吕某依旧抱着侥幸心理，故作镇定。此时另一路民警已经找到了她的员工白某，但跟吕某一样，白某也百般辩解，言之凿凿地表示自己根本没有什么仓库钥匙。

　　"不到黄河心不死"，两名嫌疑人都拒绝交代实情。此时的关键突破口，就是找到这批非法销售的针剂，用物证说话。于是，办案民警直接把两人带到了囤积货物的仓库外面，告诉白某：你的老板吕某就在那边的车上，你没钥匙也没关系，我们有权力直接撬门！

　　眼见再也无法隐瞒，老板吕某也落网了，之前还坚称自己没有钥匙的白某，只好掏出钥匙，打开了仓库的门。

　　现场拍下的场景，令见多识广的民警们也有点目瞪口呆：在这个不起眼的城中村小屋里，堆满了各种美容针剂。这些来路不明、有些还打着外文标签的医美药品，连生产厂商都真假难辨，还有许多需要全程冷链的注射针剂，就被随意搁置在简陋的货架上。店里的水泥地面上，还有大量已打包而未发货的快递包裹。

　　一个存放在仓库里的手机引起了民警的注意。这个手机上保存有大量的发货单据，明确显示客户下了订单之后，吕某就指示白某发货，整个流程暴露无遗。

　　眼看警方人证、物证俱全，吕某只得如实交代。据悉，吕某和白某都在美妆店上过班，因为工作关系，渐渐熟悉了医美行业。吕某发现，这一行业面对的客户群多为年轻女性，她们有相当强的消费能力和消费意愿，普遍能够接受注射美白针、肉毒素等药品。看到医美行业所存在的巨大利润空间，吕某、白某不顾自己一无销售医美药品的许可，二无帮他人注射药品的资质，三无合法买卖药品的渠道，擅自从网络上大量采购美白针、肉毒素、玻尿酸等药品，再加价卖给客户或其他下游商户，从中牟取暴利。

直至被警方找上门来，吕某和白某还没有意识到自己的所作所为会带来什么严重后果。在她们眼中，这就是一批运进内地的"水货"而已，又不是假冒伪劣产品，就算注射了，能有什么大不了的副作用呢？

但在警方看来，这批"水货"问题多多。首先，吕某根本没有能力去倒查这批货物在境外的生产、销售渠道，在境外是否合法、是否正品，都需要存疑；其次，对于那些明确标明需要全程冷链的针剂，吕某和白某天真地认为当地的气温已经很低了，根本不需要动用冰柜，罔顾很多快递是要运到南方地区的，而收货地的气温有 20 多摄氏度，这些只经过简单包装的针剂运到当地很可能就已经变质了。此外，货架上居然还有医用注射针，这些针头、针管的安全性和卫生性，都缺乏保障。

经过专案组统计及相关鉴定，现场共查获各类美容针剂 2400 余盒，涉案金额共 33 万元。这些针剂均无相关行业备案，并且其中大部分产品根据功效、使用方法等，根本无法被认定为"药品"。如果注射使用，不仅功效得不到保障，大量注射甚至会严重影响人体健康。

2021 年 5 月 7 日，经上海市徐汇区人民法院判决，吕某因犯非法经营罪，被判处有期徒刑两年三个月，并处罚金十万元；白某犯非法经营罪，被判处有期徒刑一年八个月，缓刑两年，并处罚金两万元。

从上海到北方，民警们终于找到了这些在徐汇区小店内出现的不明美容针剂的来源。但工作还没有停止，对于本次缴获的所有美容针剂，经侦民警还将继续追查源头，从下游直接打到上游，斩草除根，将此类产品对普通群众的危害降低到最小。

当然，通过这一集中对非法美容针剂来源的呈现，节目组也希望给所有爱美人士提个醒：注射医美产品应前往正规医院或有相关经营资质的美容机构，切勿贪图便宜注射无相关保障的产品，以免造成不可挽回的损失。

毕竟，真善美，真，永远是排在第一位的。

在上海五万公安民警中，有这样一支队伍，虽然他们很少亲自为犯罪嫌疑人戴上手铐，但是几乎在每一次锁定犯罪的背后，都有他们专业技术的全力支撑。

他们，就是刑事科学技术民警。除了人们最熟悉的法医，还有毒化、视听、枪弹、文检、指纹、电子物证、理化、心理测试、生物物证室等各支专业队伍。

他们出现在刑事案件的第一现场，勘查取证，让物证"开口说话"；他们是被害人在这个世界上最后的"代言人"，尸体上所能表现出来的一切蛛丝马迹，都将成为他们分析判断的线索。

他们既是铁血刑警，也是科研尖兵。他们以刑技之名，维护法治；以科学之术，伸张正义。

他们深知，在自己面前的，不仅仅是一起起刑事案件、一个个犯罪现场，而是那些曾经有梦想、有理想的鲜活的生命。所以，他们总是全力以赴，为生者权，替逝者言，让真相不会隐于沉默之中。

他们的工作，让人们总能坚定这样的信念：没有一种黑暗不可逾越，没有一个真相不会到来。

19 年，
"人死了，案不死！"

　　2020 年 12 月中旬，正是新年前夕，可是松江分局重案队队长朱宇和松江分局刑科所所长、法医王涛，却并没有过年的心思。一起积案卷宗里 19 年前的人口失踪案摆在他们面前，让他们既燃起了破案的职业兴奋感，也隐约感到了案件背后的沉重和难度。

　　这是个有点令人匪夷所思的失踪案：2001 年，松江区一位 38 岁的女性徐某突然失踪。徐某和丈夫吴某都是本地人，蹊跷的是，面对妻子的突然失踪，吴某却从未报过警。这是一个再婚家庭，徐某与前夫生有一女，嫁给吴某后又生了一个儿子，一家四口住在徐某娘家的房子里。徐某去世时，两个孩子都还未成年，都由吴某抚养。事发 8 年之后，也就是 2009 年，吴某准备再婚，徐某的娘家人才到派出所报了失踪。娘家人同时指控，吴某很可能就是凶手，因为两人夫妻感情不好，经常争吵，且事发后，吴某还装修过房子。

　　松江警方曾传唤过吴某，但苦于当时没有直接证据，屋里又住着两个未成年的孩子。当警方想先在外围深入调查时，吴某自己却遭遇车祸身亡了。这个案子也就由此耽搁了下来。一晃，已经 19 年了。

　　通过卷宗，民警们了解到，当初徐某离家的时候，没有带走任何东西，包括衣物和身份证件，且徐某的两个孩子当时还未成年，一个母亲能够做到这么多年杳无音信，已经遇害的可能性极大。但在没有找到徐某的尸骨之前，这些都只是合理推测而已。

卷宗显示，在徐某失踪之后，吴某突然对所居住的房间进行了水泥浇筑。而且令人奇怪的是，吴某家西南、西北两个房间的地势都低于客厅，落差约30厘米，正常来说如果要抹平的话，应该两个房间都浇筑水泥才对。但吴某只浇筑了西北房间，西南房间将近20年了，还是没有浇平。由此，警方初步怀疑，徐某已经遇害，而且被埋尸在西北房间底下的可能性比较大。

这些疑点的梳理，让朱宇和王涛精神一振。为了弄清楚这间可疑的房间现在是什么状况，他们决定先着便装前去打探一番。

徐某和吴某的旧居，是一栋简陋的二层小楼。这里原本是一个露天的猪圈，后来利用猪圈的围墙当外墙，搭建起了这栋堪称危房的房子。通过底楼打开的窗户，朱宇和王涛发现，一南一北两个房间的地势高低果然有所不同，但是落差目测可能只有12厘米——这样的高度，似乎并不足以藏匿一个平躺的成年人。

王涛随即提出，虽然落差并不是很大，但如果嫌疑人在浇筑水泥的房间里再往下挖呢？那藏尸的可能性还是有的。现在唯一能给出答案的，就是挖挖看。不过，因为房子的地基和外墙本身都不牢固，只挖中间还好，如果贴近墙根挖，极有可能破坏房子本来就已经不够稳定的结构，甚至可能造成坍塌。

如果不挖，警方最大的疑问就得不到答案，真相就很难揭开，但是如果挖了却没有找到尸体，后续家属肯定要向警方讨要说法——民警们面临着两难抉择。要想解决这个问题，首先得征求现任房主的意见。

通过属地派出所，民警们了解到，这套房子现在由徐某儿子继承，一直出租给他人居住。母亲失踪时，他才13岁，19年来，他也一直很想知道母亲的下落。虽然眼下警方分析给出的线索多少让他难以接受，但是通过警方细致深入的说服工作，他最终还是同意了挖掘自家老房子的方案。

2020年12月20日，房子清空了租客。为了不惊扰邻居，最大程度保护失踪者家人的隐私，民警们特地着便装，和工程队一起，借着房屋修缮的名义，提前暗暗上门做勘查工作。为了不破坏老房子的承重墙体，警方特别提醒工程队，挖到靠近墙壁时要留出来一条边，工程队领导也认可了民警们的这一判断。

王涛回到刑科所后，列了一份须带物品的清单：勘查箱三个，执法记录仪三个……按图索骥备好了所有的设备和工具。万事俱备，所有人都在等待第二天的到来。

商讨挖掘计划

12月21日，恰逢冬至，按照传统习俗，这是中国人祭拜已故亲人的日子。这个无意中的巧合，是不是预示着这个失踪母亲的陈年旧案，真能在这一天重现真相呢？上午9点，包括亲属在内，所有人抵达现场。细心的王涛在离墙约10厘米处画出一圈白线，提醒施工人员注意在线内开挖，尽量不要动摇墙体；一旦发现异常，就立刻通知警方。

发现形状各异的钢筋

挖掘工作从屋子的中间开始，慢慢向四周延伸。施工人员很快就挖到了原先的楼板地面这层，发现吴某在原先的水泥地上铺了一层塑料纸，然后又在上面浇了一层水泥。施工人员告诉警方，铺这种塑料纸有可能只是出于防潮的考虑，应该跟案件无关。

寒冬腊月天，小屋里异常寒冷。

挖掘工作进行到一个小时的时候，王涛突然发现了异样。其他被挖掘开来的区域都是砖块堆砌，但西北角却出现了六根钢筋，而且长短曲直不一。"如果说它是一个正规工程的话，钢筋应该是事先准备好的，规格相对来说会比较统一。但这六根钢筋的粗细、长短都不一样，所以说在材料的使用方面，就地取材的可能性比较大。"

钢筋所在的区域相对干净，不像其他地方那样都铺有砖块和碎石，显然属于混凝土浇灌而成。警方当即要求施工人员将钢筋覆盖面周围的砖块、碎石剥离，随着挖掘，钢筋混凝土区域渐渐呈现出一个人体的形状，民警们的心顿时揪了起来。

在窗外的王涛看到这里跟同事说了句"一个人躺下来肯定够了"，被身边的小吴反驳："不一定。"其实从进行挖掘开始，小吴就一直站在屋外，默默地等候着结果。虽然同意警方进行挖掘，但从感情上来说，小吴非常不愿意相信这里会是母亲的埋尸地。他告诉王涛，这里原来是养猪的，地面上有泔水槽、出粪口之类的框架结构也说不定。

在场民警们的心态也是忐忑且纠结的。朱宇在接受节目组后采时形容那几个小时大家的心情"就像坐过山车一样"，"上上下下、上上下下，突然之间一个兴奋点来了，然后一盆冷水浇下来，又被扑灭了"。他们好不容易才争取到房主同意挖掘，当然

挖到衣服等物证

希望能挖出一个结果，但这同时也意味着一个生命确实是被害了，这又是大家从情感上不愿意看到的悲剧。但如果什么都挖不出，警方之前的推测被全盘推翻，那徐某到底去了哪里呢？这个失踪案又该怎么解开呢？

在这个疑窦丛生的混凝土区域，施工人员细心地做着清理工作。此时距离施工队开挖已经过去三个小时，朱宇和王涛同时发现了一个极深但又很狭小的坑道，而这个坑的长度，差不多就是一个成年女性的身高。在坑道中，药瓶、布料、鞋子一样接一样地出现。有一样物品出现时有人喊了一声"骨头"，大家定睛一看，却只是一个扳手。

随着越来越多物证的出现，王涛阻止了施工人员的挖掘，自己拿着一个小铲子仔细排查。没过一会儿，一具已经白骨化的尸体就从铲子之下的泥土中显露了出来。2020年的这个冬至日，失踪者以一种异常惨烈的方式，沉默地出现在人们的眼前：在死者的颈部位置缠绕着一团电线圈。

屋外，朱宇向徐某的儿子、闻讯赶来的女儿和其他家属进行了告知和安抚。朱宇还善意地提醒徐某的儿

子，如果还有其他亲属要过来看看就请通知尽早过来，稍后尸体就要转移到警方做进一步检验了。

在王涛和朱宇的坚持下，这个困扰多年的谜题终于有了答案。此时，徐某的家人都陷于难以言说的悲痛。然而，在让徐某终于可以有尊严地入土为安时，他们还要面对另一个残酷的事实。

由于案情重大，刑侦总队刑技中心的法医也赶过来，和松江刑科所一起进行了尸骨检验，并于当天晚上汇报了初步的检验结果。王涛认为，事实基本印证了他和朱宇的判断："从现场来看，这个坑的位置 170 厘米乘以 40 厘米，跟尸体的头至脚的长度和宽度，非常贴合。所以说嫌疑人挖这个坑肯定是为了抛尸。抛尸和浇筑水泥地的行为，从这个角度来看是有关联的。"

通过勘测，刑侦总队刑技中心法医室探长王黎扬初步判断，死者系被勒颈致死。从尸骨上看，除了一些被泥土侵蚀的痕迹之外，没有看到很明显的刀捅刺或者钝器打击的痕迹，只发现一圈电线。"一个正常的一米六左右女性的颈部周径差不多是 33

埋于地下的疑似作案工具

厘米，现场电线的周径已经远远小于一个正常女性的颈部周径了。所以我们最后推断出她的死亡原因，可能是勒颈导致的机械性窒息死亡。"

根据综合判断，徐某的丈夫吴某具有重大作案嫌疑。但是因为吴某已经死亡，基于更严密的办案精神，作案和埋尸过程中，是不是还有同案犯参与，或有其他见证人，警方仍将进一步侦查取证。

一个几乎被遗忘的案子，得益于公安民警永不放弃地寻求真相，才让逝者得以重见天日。对于徐某的子女来说，最大的安慰可能就是终于确认妈妈并没有抛弃他们，妈妈是不得已走的。且在当天的挖掘结束之后，警方也要求施工人员将地面回填成最初的样貌，完成之前对外所讲的"房屋修缮"的说法，希望将对受害人家属的负面影响降到最低。

王涛

真相，永远不应该被埋没。王涛说："她被掩埋在这个地下 19 年，罪恶也被掩埋在地下 19 年。今天我们通过挖掘，让她重见天日，也让罪恶暴露出来，我觉得这充分体现了我们公安机关打击犯罪、维护公平正义，以及敬畏生命、追求真相的决心。"

追求真相的背后，是民警们的大胆假设、小心求证，更是民警们不放弃、不推诿的职业担当。要知道，这是一次结局指向并不那么明确的行动，如果事实并非如他们所料，现场什么都没有挖到，他们极有可能受到受害者家属的抱怨或者索赔。但是，他们不计个人名利得失，义无反顾地为了真相前行。

朱宇用一句话概括了这次侦破行动："人死了，案不死。"

从港剧观众到女法医，她实现了少女时代的梦想

上海女孩吴瑕的少女时代，正赶上港剧《鉴证实录》热播。剧中由女演员陈慧珊饰演的法医"聂宝言"知性、专业、维护法治和公平的正义形象，让十多岁的吴瑕深深着迷。高考填报志愿时，学业优秀的吴瑕只有一个心仪的专业，那就是四川大学华西医学中心法医专业。

经过五年扎实的本科学习之后吴瑕回到上海，却面对一个非常严峻的考验：这一年，全上海只招一名男性法医。为了坚持自己的职业理想，吴瑕决定"曲线救国"，做出了一个在外人看来可能很"固执"的决定：报考上海公安高

等专科学校二专。

再次毕业后，吴瑕先是到基层派出所当民警。三年后，杨浦分局刑科所招法医，吴瑕立即报名。终于，在经历了本科到专科、七年求学、三年民警的辗转之后，吴瑕终于如愿成了一名法医，实现了自己少女时代的职业梦想。

在《法医图鉴》播出后，吴瑕这段略显波折的职业道路引来很多网友鸣不平：为什么女性的职业道路就比男性艰难？为什么法医行业居然也存在性别歧视？以此向吴瑕本人求证。吴瑕却坦言："网友们可能并不了解情况，我觉得这不能说是性别歧视，甚至我自己都会说男性确实更适合这个工作。"

男女的体力差异，是其中最重要的因素。基层法医的主要任务之一就是要出现场，在进行尸体检验之前，很多时候都需要进行搬动、摆放的工作。为了最大限度保持尸身完好、不破坏生物物证，在搬动时某些部位需要小心避开，非法医专业的同事可能做不到这样仔细。比如，遇到自缢现场，一个人把绳子剪断，另一个人要把尸体抱下来，而这个"抱下来"的工作绝大多数时候都是由法医去做的。一个男法医基本可以独立完成，而女法医往往需要同事来搭把手。

此外，法医要前往的第一现场可能处于各种各样的环境之下，比如工地、野外等，再加上随身携带装备，这些都需要强大的体力支撑。

正是因为工作强度大、责任重，每天的工作都是对体力、脑力的巨大挑战，法医工作可谓一直在高压中前行，女法医更是凤毛麟角。但好不容易才进入法医队伍的吴瑕却乐此不疲，如今37岁的她，是上海为数不多、依然活跃在勘查现场第一线的女法医，也是杨浦刑科所的中坚力量。

2020年年末，吴瑕收到五角场派出所的求助，希望可以帮助一名无人认领、过世多年的女子做身份鉴定。

这名女子的"身世"堪称离奇。2016年冬天，这名女子被朋友送进杨浦区肺科医院就医，几天后就因全身多器官功能衰竭而病逝。但由于当时她用的是假身份证，医院方面一直无法核实她的真实身份，当初送她入院的朋友也不见了踪影。

四年来，医院和辖区派出所始终没有放弃对这名女子身份的追踪。直到 2020 年冬天，派出所民警在失踪人口信息中找到了线索，并联系到了该女子可能的家人。吴瑕和同事们要做的，就是把千里之外送来的该女子父母的血样和在医院里的该女子遗体进行生物比对，以确认他们是否具有亲缘关系。

在前往医院的路上，吴瑕从辖区民警处得知，线索另一端的人家，曾于 2015 年在湖北省报过失踪，但五年来一直没有找到亲人。不管这名女子是不是他们要找的人，这好歹是一条积极的线索。吴瑕非常感慨，如果警方和医院不是都这么认真，直接将该女子当无名尸给处理了，那就彻底断绝了她"回家"的路。这在讲求"叶落归根"的中国，无论对该女子，还是对苦苦寻找她的家人都将是难以弥补的遗憾。

在医院幽暗的深处，那名女子已经静默地躺了四年。因为医院太平间的保存条件有限，且该女子病逝时的身体状态本来就不是很好，当"她"出现在吴瑕面前时，已经有点腐败了，这使得提取生物物证比普通情况要困难一些。吴瑕原本首先考虑提取颊黏膜，没想到打开女子的衣物时却发现，"她"的肋软骨已经局部暴露在外，吴瑕当即决定直接提取软骨。

完成提取后，吴瑕和同事马不停蹄地赶回刑科所。实验室里，三份相距千里、生死相离的检材，凝聚了法医和家人共同的期待。

吴瑕和同事们原本以为这只是一个极其普通的亲缘鉴定，没想到经过了一天一夜的实验，得出的结果发生了新的意外。原来，遗体生物样本与父母样本相对照，都各有一个点位不一致。简单的理解就是，"她"在遗传过程中，无论是从父亲这边还是从母亲这边，都发生了极细微的变异。

虽然样本其他比对数据都已经达到了国家标准，基本可以确定死者

吴瑕（右）在太平间提取无名女尸肋软骨

与父母的亲缘关系，但这 0.1% 的不确定，是吴瑕在职业生涯中从未遇到过，在相关记载中也比较少见。这让吴瑕心里打上了一个问号：万一呢？万一不是呢？

在法医眼中，"失踪人口"并不是冷冰冰的四个字，而是一个家庭刨根究底的寻找。为了确保万无一失，吴瑕决定通过手算，与实验数据进行再一次对比检验。"因为计算机后台计算的程序，是程序员事先设定的，不能确定它是否能够正确运算出现突变的这种情况。所以我们决定用手算的方法，对它再进行一个验证，能让我们最终的结果更可靠一些。"

和吴瑕一起迎接这项挑战的，还有同一办公室的女法医金彝。金彝是从事 DNA（脱氧核糖核酸）检验的"老法师"，两人共事多年，在生活中互相了解，工作中互相补位，是合作默契的黄金搭档。这一次，她们要手算的计算量，相当于 60 个四位数的四则混合运算。这样的检验，机器 2 秒钟就能得出结果。相比之下，用手算，吴瑕和同事面临最大的挑战还不是速度，而是准确性，任何一步出错，都会导致前功尽弃。而这不仅

吴瑕（左）和金彝（右）在进行手算

仅会影响一次计算结果，更会影响到一个失散多年、生死相离的家庭能否真正团聚。

两位女法医显出了学霸本色，利用工作间隙和休息时间，两天一夜，她们仔细核对了每一步的公式，终于算出了结果。机算和手算都显示，遗体的确有两个点位发生了遗传变异，死者的身份得到了确认。

吴瑕激动地说了一句：Bingo（太好了）！

这时金彝才说，其实在手算之前，自己心里也是有底的。吴瑕也表示，虽然有底，"总归希望得到一个说服力更强一点（的证据），说服自己吧"。

这个不明身份、因突发疾病而在上海过世的异乡女子，终于在四年后叶落归根，回到故乡的土地。这对吴瑕和坚持了四年的警队同事以及医院来说都是一种安慰。正如吴瑕

吴瑕

所说："对于我们来说，无论是生是死，他们都有回家的权利。我们希望尽我们的所能，让所有的人都找到自己的家，都回到自己该去的地方。"

法医工作需要高度严谨，每次给出结论时都要附上各种限制性的定语，这点给跟拍的编导们留下了深刻印象。事实上，这也是吴瑕和她的同行们很少看刑侦剧尤其是法医相关文艺作品的原因。吴瑕笑言，普通观众看刑侦剧是为了探秘、满足好奇心，而自己看刑侦剧往往是各种捉 bug（错误）。"我跟同事们聊过这个问题，我们看刑侦剧就不断地觉得 bug 太多了，简直看不下去。举个简单例子，很多刑侦剧里都有法医到达现场，瞄一眼尸体，就告诉你这人是哪天几点几分死的。观众一看，觉得这法医好牛啊。但在我们的实际工作中，对死亡时间的判断是一个非常复杂的过程，而且也不是法医一个人可以做到的。我们要结合很多的调查信息以及尸体情况才能得出结论，但无论如何也不可能精准到几点几分。"

吴瑕还真的遇到过死者家属拿着这种"刑侦剧法医"的标准来问自己：人到底是几点几分死的？尤其是涉及工伤认定或其他责任判定的案件，精准到几分几秒的死亡时间确实会影响到赔偿金额。这时吴瑕只能告诉家属，法医不能出具一个特别标准的死亡时间。"他们就特别不理解，说你看人家某某电视剧里面的法医，人家几分几秒都能说出来，你们怎么就做不到？"

在夸张的文艺作品之外，像《法医图鉴》这样的纪录片，呈现了法医工作的真实场景，这无疑是对某些刑侦剧中法医形象的一种纠偏。虽然自己当年就是看港剧才走上法医之路的，但吴瑕依然想对那些留言想要报考法医专业的网友们说，不要只看到文艺作品中法医光鲜的一面，"其实不仅是法医，警察这个行业背后都有很多艰苦的不为外人知晓的地方，大家一定要考虑周全"。

许文婷（左）在现场勘查

面对这样一项又苦又累的工作，吴瑕和她的同行们选择了坚守。虽然出现在勘查现场的女法医数量并不多，但还是有很多女法医在实验室的检验工作中发挥着女性特有的细致和耐心。嘉定分局刑科所年轻女法医许文婷，就是这其中的一员。

作为生物物证方面的法医，许文婷的工作是对现场勘查、采集回来的物证进行实验分析、获得数据，以此助力案件的侦查和突破。最近，许文婷聚焦在一些陈年积案上，她打算对那些物证进行重新梳理、提取和检验，用新技术再做查验，以寻求新的突破口。这样的工作枯燥且工作量巨大却又是必须要做的。

于细小的物件入口，去挖掘和发现真相，这已经成了法医们工作的常态。许文婷说："我觉得最大的价值，就是通过我们得出的结果，能够比中嫌疑对象，给办案人员提供一些有力的支撑。"

工作仍在进行，吴瑕、金彝、许文婷们每天都在不懈努力，默默耕耘。她们心中有爱，眼中有光；她们有废寝忘食直抵真相的"侠骨"，也有和风细雨敬畏每一个生命的"柔情"。这些法医们工作的实验室，构成了犯罪分子看不见的另一张天网。

一个落水者的生前身后事

作为上海的母亲河，黄浦江，一方面给这座城市带来了璀璨美丽的风景，另一方面，也被不少痛苦失意之人当成了最后的归宿。每年，都有若干尸体从江里被打捞上来，等待着被归因、被认领、被重新安放。

为了守护黄浦江的纯净和安宁，边防和港航公安分局特别设置了一艘具有简单验尸功能和办公环境的船只，5 名法医 24 小时不间断地在江面上轮流值守。这艘船的停泊地，被称为"法医码头"。法医们要在第一时间对从江里打捞上来的尸体进行预处理，预判是刑事还是民事的可能性。

"法医码头"

这个小小的"法医码头"，见证了形形色色的落水者们最后的样貌。水上作业条件艰苦、环境复杂，而在等待工作电话召唤的时间里，它又是沉默而孤独的。

然而"码头"的法医们宁愿忍受孤独，也不愿意接到跟警情相关的电话。但这样的电话，还是会不时响起。

2021 年 3 月 6 日 14 点 36 分，边港航分局接到报警，称黄浦江徐汇水段有一具浮尸。

为了保持现场及尸体体表的痕迹完整，民警们的打捞工作持续而缓慢地进行着，直至傍晚，才泊船靠岸。这时，边港航分局刑侦支队法医孙连杰敏锐地发现不寻常的痕迹：尸体脖子上绕了一根皮带，而这根皮带缠绕的手法，正常情况下是在水里形成不了的状态，因此需要判断其死亡原因到底是溺水还是缢死。

因为这根皮带的状态指向刑事案件的可能性，边港航分局专门召开了案件研讨会。民警们分析，如果是简单的皮带勒死，其实根本用不着打结，尤其是皮带上本身有孔，穿孔一勒，马上就可以收紧了。所以当前的侦查方向，首先要确认死者是谁，然后再查明他是生前遇害被人推入江中，还是自己投江的。

民警询问家属

法医们根据经验判断，死者的死亡时间在一个月以上。在失踪人口信息库里，民警比对到了跟死者面部特征非常接近的王某，他的家人在两个多月前报警称其失踪，王某的儿子还留下了 DNA 样本。

王某妻子在接到警方电话后立刻赶到现场，第一时间指认尸体所穿的鞋子、羊毛衫，确实都是丈夫生前所穿的。因为尸体已经面目模糊，出于严谨考虑，孙连杰还是提取了死者的生物物证，交由上海刑侦总队刑技中心 DNA 实验室，与王某的儿子进行比对。通过比对，基本可以认定未知名男性死者就是王某。

边港航分局的民警们见过了太多崩溃的死者家属，哭的、闹的、嚷着要跳江的，都有。王某的妻子也不例外，她嘶喊着王某的名字，一下子瘫坐在地上。等到她渐渐冷静下来，

边港航分局刑侦支队民警冯纲和徐乾臣才开始询问情况。

王某的妻子告诉民警，丈夫生前是上海一家医院的保安，性格非常内向，作息也很有规律。两个月前，王某留下遗书离家出走，遗书中有"为什么我老是犯错""问自己我应该做什么"等句子，并且对自己在妻子生日前一天选择离开表达了深深的愧疚，还在遗书上写下了自己的银行卡密码。这张银行卡，王某平时都是放在钱包里随身携带的，但这一天出门前却将钱包留在了家里。此外，王某平时都是带饭去上班的，失踪那天，连饭都没带。

王某的其他家人也纷纷向警方表示，王某生前确实性格内向，并且家族史中也显现出一定的精神疾病倾向。王某弟弟说哥哥非常"傻"，非常自卑，好几年前就说过"活着没意

思"之类的话。

民警通过公共视频追踪，找到了王某生前留下的最后影像。当天晚上，他从家里出来后，一路骑车到滨江步道。凌晨3点，他爬上河堤后就再也没有出现过。

孙连杰通过检测也发现，虽然死者脖子上绕了皮带和衣服，但这两点造成的伤都不至于致死。而结合同事们提供的现场调查信息，以及其他一些佐证，包括王某留有的遗书和公共视频提供的一些信息，考虑他是自杀的可能性更大一些。

孙连杰和同事们推测王某最后的情况大概是这样的：他因为坚决求死，先是想用皮带勒死自己，但发现行不通，于是就跳了江。

最终，警方排除了这个案件他人作案的刑事成分，也解释了家人们心中的疑问。而令编导组印象深刻的，除了王某家人听闻噩耗时的悲痛，还有他们对王某"爱恨交织"的复杂感情。

认尸之后，王某的妻子不舍得立刻离开现场。节目组女编导上前安慰她，也打开了她的话匣子。她说自己跟王某从结婚第一天就开始吵架，现在儿子都30多岁了，夫妻俩吵了一辈子，"真是够够的了"。但看到王某用这种极端的方式离开，又写下那样的遗书，淳朴的妻子还是伤感不已。

王某的弟弟显然也很清楚哥嫂之间的矛盾，他直言跟哥哥这样的人生活确实非常辛苦。但他转而又说，哥哥虽然脾气不好，但小时候对自己是真的很好。有一次哥哥骑车带他外出，摔倒时宁可自己撞到石头上，也要护住弟弟，后来哥哥腿上留下了一道长长的疤痕。就是这道见证兄弟亲情的伤口，后来成为亲属认尸的重要证据之一。

一个鲜活生命的逝去固然令人唏嘘，但生者还须带着遗憾和感伤继续好好生活。

在"法医码头"这个大多数人都无法适应的岗位上，孙连杰一待就是13个年头。大学时原本想学计算机的他，当年是被调剂进入复旦大学医学院的。2006年大学毕业后，他只当了半年医生，就主动转行，选择了法医这个职业。

他在日常生活中不善言辞，却更能沉下心来，运用手术刀这个法医们的第11根手指，读取逝者留给这个世界的最后信息。

在生命的最后关头，那些投水的人们到底在想些什么？他们是真的毫无求生的念头吗？这是很多死者家属都会追问，甚至自责的问题。通过多年工作的经验，孙连杰给出了一个意味深长的答案：事实上，从很多尸体身上都能看出逝者曾激烈挣扎的痕迹，可见他们还是有求生本能的，只可惜为时已晚，给家人留下了深深的遗憾。

也正是因此，孙连杰在节目中特别提出，千万不要把赴死当作一件值得称颂或者美化的事情。"生死是一件大事，当一个人碰到一些挫折、一些困难时，可以想法去找找身边的人，包括家人、朋友倾吐，把这个坎过了，过了这个坎其实也就把这件事放下了。不要一时冲动，去做一些让家人后悔、让自己后悔的事情。"

像王某这样落水的情况是警方经常会遇到的案件，而且并不是每一起落水案件都有明确的死亡原因，很多时候都需要通过进一步的检验来排除刑事案件的可能性。为了更好地服务快速研判案件性质，法医们也在努力突破现有的技术壁垒，这时的他们不仅是警察，还要兼任科研工作者。坚持勘验和科研"两驾马车"并行，已经成为法医们的自我要求和职业方向。

在浦东分局刑科所，因辖区内水域众多，刑科所所长、法医田露和同事们一直在研究溺死案件鉴定当中一个重要的痕迹物证——硅藻，并曾发表过相关论文。硅藻是广泛存在于水中的一种具有色素体的单细胞植物，人在溺水的时候，它会伴随呼吸进入体内。所以如果死者体内检验出多量硅藻，就可以佐证是生前溺水，反之则是死后落水。两种情况下，接下去的侦查方向和定性就完全不同。

但是，现有的硅藻检测，只能通过解剖之后提取脏器组织进行，而并不是所有家属都同意对尸体进行解剖。为了突破这个限制，在更短时间内做出预判，田露和他的团队最近正在进行一项新的科研实验，希望在不解剖的前提下，通过对心脏血液的提取，初步检测硅藻含量。这种提取方式，就像临床上

硅藻实验

田露（左）与同事讨论案件

的微创手术，创口不会影响到遗体的完整。目前他们的设想已经在预实验阶段得到验证，接下来将扩大样本数量，继续论证。如果成功，这项研究可以为溺水案件的定性提供新的解题思路，有助于更快速地做出初步判断。

这已经是田露担任法医工作的第 22 个年头了，"法医田露"在业内已然成为一个响当当的名号。从临床医学毕业之后考入中国刑警学院法医系，多年的一线工作，铸就了他缜密、严谨的性格以及碰到问题就喜欢打破砂锅问到底的职业习惯。法医的

日常工作本就非常辛苦，而田露和同事们之所以在繁忙的现场勘查、检验之余，还愿意抽时间、花精力去做科研工作，是因为在他们看来，基于工作实践的科研，既有利于反哺现场工作，有利于团队建设，也有利于法医的个人成长。按照田露的说法："实验室的工作和我们现场的工作之间，完全是有积极促进作用的，我们愿意去做这些有益的尝试，把它做精做强。"

而在上海刑侦总队刑技中心，几代法医都在钻研通过肋软骨来确认遗体年龄的技术，并致力于将这项技术逐渐数据化、标准化，可供同行们参照。这项刑事科研技术在全国都处于领先地位，也为侦查员后续追溯被害人身份提供了强有力的技术支撑。

年轻的法医许路易在对松江分局送来的一份生物物证进行取样时，就用上了这项技术。物证是一份肋软骨样本，来自一具不明身份且已近乎腐烂的遗体。许路易小心翼翼地查看，表示"要选取它最优的一个截面"——这个术语可能会让观众不知所云。但许路易随即给出一个数据：一个横截面要多宽呢？答案是精确到

2 毫米。

通过肋软骨检测，许路易得出结论：死者死亡年龄为 52 岁。这显然比警方最初判断的"50 岁左右"精确了很多。许路易说："其实对于未知名尸体，最重要的就是寻找他的身份信息，对年龄做出第一时间的判断，将来有助于侦查员进行尸源的寻找，（他们的）工作压力也会小很多。"

在许路易看来，法医的每一次现场、每一次勘查，都是为一个逝去的生命做最后的代言。在《法医秦明》系列第一部，就将法医的职能之一定义为"尸语者"。

许路易（左）在提取肋软骨

"抽丝剥茧解尸语，明察秋毫洗冤情"，《法医秦明》中的这句话，不只是文艺作品的夸张说法，而且是王涛、吴瑕、孙连杰、田露、许路易们实实在在的工作和生活写照。他们的初心和情怀，始终是让无声的证据开口，解开受害人的生前身后事，让世间不留疑惑和假象。

第八集

致命的程序

数字如海，信息如林，去伪存真，洞察暗流

城市英雄
大城无小事

上海，是我国的国际经济、金融、贸易、航运和科创中心。这里拥有众多金融机构和日趋完善的市场体系，是国内乃至整个亚洲地区经济最为活跃的城市之一。

每一天，无数交易在这里达成，也有种种危机隐在繁华之后。尤其是随着经济、金融与科学技术的不断融合，各种新型的经济犯罪层出不穷。

数字如海，信息如林。当繁杂的信息遮蔽真相，如何才能去伪存真？当潜藏的危机沉于日常，如何才能洞察那些令人难以察觉的暗流？

1999 年，上海市公安局经济犯罪侦查总队组建成立。20 多年来，上海市公安局经侦总队深耕经济犯罪领域，曾创造了 12 小时追赃 9 亿元、60 小时急速境外追逃、3 天全额挽损 20 亿元等骄人战绩，飞速成长为上海公安机关打击经济犯罪的中流砥柱。2021 年以来，全市公安经侦部门累计侦破各类经济犯罪案件 5200 余起，为国家和人民挽回经济损失 140 余亿元。

从老百姓日常需要的饮用水，到特殊时期必备的口罩，再到名牌包袋、日常烟酒……凡是侵害消费者人身安全和财产权益，破坏正常的市场经济秩序的违法犯罪行为，都将成为经侦民警的打击对象。

案值无论多少，案件不分大小，任何时候，只要百姓需要，那一抹警察蓝就会出现。他们以智慧和汗水、责任和担当，为城市经济发展保驾护航，守护好百姓的钱袋子。

案值 90 亿元的涉税大案，令观众直呼"不明觉厉"

　　这期节目播出后，弹幕中出现最多的评论是"没看懂""知识盲区""太高深了""看不懂，但我大受震撼"，诸如此类。也正因为如此，上海市公安局经侦总队五支队探长马梦龙向犯罪嫌疑人严正以告的这句话——"我跟你说专业一点，也请你把我们考虑得专业一点。我们是经侦总队的，涉及发票、涉及税的，更是我们的主业"——被众多网友津津乐道，称其是"用专业的气势实力碾压犯罪分子"。

　　说"专业"，是因为该案案情复杂，涉及环节多，确实不在普通观众的认知范围之内。要解开这个谜团，我们不妨先从"进项发票""销项发票"说起。

　　用本案中的情况来举例。如果我是一个电解铜生产商，我有一笔市值1000 元的电解铜要卖出去，那我就要为我的买家开具销项发票（对我来说是销项，对我的买家来说就是进项）。这张发票上有两个关键数字，一个是电解铜价格 1000 元，还有一个是增值税额 $1000 \times 13\% = 130$ 元。这 130 元不归我，是要上交给国家的。但我手上还有一张进项发票，证明我购买了市价 500 元的原材料，这张进项发票上也有两个关键数字，一个是原材料价格 500 元，还有一个是增值税额 $500 \times 13\% = 65$ 元。那么，我要上交给国家的增值税额，就变成了 $130 - 65 = 65$ 元。但如果我进项发票上的市价是 800 元呢？那我购买时已经缴纳增值税额 104 元。我还是 1000 元卖出去，我要上交给国家的增值税额就变成了 130−104=26 元。

简而言之，我要缴纳的增值税额，等于我所开具的销项发票上注明的税金总额，减去我所收到的进项发票上注明的税金总额。那么，我的进项发票越多，金额越高，我要缴纳的税额不就越少吗？道理确实没错。但如果进项发票金额高到不正常了，那肯定也会引起税务部门和公安部门的注意。

2020 年初，上海市公安局经侦总队在分析本市大宗商品交易领域相关数据时，就发现大量"黄金""有机化学"等品名的进项发票最终却变更为"电解铜"品名的销项发票品，流入了有色金属交易市场，且票面对应的电解铜数量，已接近全国电解铜产量的五分之一。与税务部门共同研判后，他们认为这些发票来源可疑，可能存在虚开增值税专用发票的犯罪行为。

民警在走访电解铜相关企业的时候，发现在一家有色金属仓储公司的业务大厅里，有一名举止奇怪的编外人员。这名编外人员甚至搬来了小桌板，在公共大厅占据了一席之地，俨然一副常驻办公的样子。他甚至比柜台内的业务员还要忙碌，就连下班都比业务员晚。

通过调查，民警们得知，这是一家运输车队的负责人，他的车队专门从事有色金属的物流运输。但是，一个做物流运输的人，怎么会在仓储公司长期驻扎呢？警方初步研判，此人肯定不只是负责物流运输这么简单。

在不确定仓库是否与此人有关联的情况下，为了不打草惊蛇，民警决定绕过仓库进行外围调查，直接跟踪这个车队的运输车辆。调查发现，该车队主要的贵金属入库都在宝山，运输内容包括锌、锭等原材料。

一般的有色金属交易时，出于成本考虑，都不会将实物运出仓库，只是在上下家之间进行仓单的转移。而这支车队，将有色金属实物从一个仓库运出来，又运到约五公里外的另一个仓库去。这种在正常人看来"多此一举"的行为背后到底藏有什么猫腻呢？

车队运输日夜不停，警方的跟踪排摸也风雨无阻。跟踪的民警们目击了车队在不同仓库之间将货品倒来倒去。原来，这支车队频繁反其道而行之，不计成本地将甲仓库内登记在 A 公司名下的货，运进相隔不远的乙仓库，并以

B 公司的名义登记存入。其目的，是利用出库再入库的间隙偷梁换柱，将没有发票的"裸货"和其他来源的发票进行配对，最终营造电解铜产品信息与发票品名、金额、数量一一对应的假象后，再以略低于市场价的价格对外出售。

排摸

经过周密侦查，民警发现这是一个涉及变票虚开、洗票过票、配货配票、票货分离、运输车队等多个环节的有色金属交易领域虚开增值税专用发票的犯罪产业链。本案的涉案价税合计 90 亿余元，造成国家的税款损失十几亿元，案件之大，涉案人员之广，都是近年来所罕见的。

2020 年 12 月 30 日，经侦总队会同浦东分局进行了精心部署。这一次，他们决心对这个虚开增值税专用发票案件进行上下游的全面打击，以精准捣毁整条犯罪产业链的每一个环节。

2021 年 1 月 6 日凌晨 4 点，经侦总队五支队与浦东分局经侦支队共 130 名民警，兵分 12 路，会同税务部门，携搜查证，同步开始了对过票平台、受票方、车队等整个团伙的全链条打击收网工作。其中最远的一路

前往 1000 公里以外的北方城市，25 名上海民警和当地民警一起冒着严寒同步抓捕——这一天，也是当地天气预报最冷的冬日。

这座北方城市的抓捕对象之一尚某，是一家实体企业经营者。其公司从废铜里提炼出电解铜出售，原材料成本很低，她就向他人大量购买进项发票后带票出售，以此偷逃税款。当经侦总队五支队民警陈彦希问她是否知道"某集团有限公司"时，尚某表示"我们经常在那儿提货"。这显然是在撒谎，因为尚某提的并不是实实在在的"货"，而是"某集团有限公司"的发票。

另一个抓捕对象郎某，系票货分离团伙负责人。其公司将正规电解铜货物和发票分开出售，以谋取更高的利益。节目组拍下了经侦总队五支队探长马梦龙与郎某这段精彩的现场

抓捕现场马梦龙（左）与郎某（右）对话

对话——

马梦龙：有没有事你自己想清楚，这么多人千里迢迢，那么冷的天过来找你。我跟你说得专业一点，也请你把我们考虑得专业一点。我们是经侦总队的，涉及发票、涉及税的，更是我们的主业。你卖这个东西是正常卖的，是吧？

郎某：不是正常的。

马梦龙：怎么不正常？

郎某：卖的干货。

马梦龙：好，卖的干货。你既然都提到干货了，什么是干货，你解释解释吧。

郎某：就是这个铜不带（发）票。

眼见上海公安从天而降，郎某知道纸终究包不住火，自己的罪行已尽在民警掌控之中。

此时，上海的抓捕也在同步进行之中。车队实控人刘某，在明知他人虚开发票的情况下，收取高额运输费，为犯罪行为提供便利。民警从刘某家中以及车辆后备箱中，搜出了大量账本、发票、公章、空白合同等证物，刘某狡辩这些公章、发票都是客户的。经侦总队五支队探长栾德良判断，这些虚开企业的工商资料、公章都在她这边，是为了虚开分子更快地流转发票，"在这个过程当中，她肯定是知情的"。

在对过票团伙成员李某成公司的搜查过程中，同样发现了虚开发票的证据。李某成所在的过票团伙，把上游其他品名如"黄金""有机化学"的富余票，变更品名为"电解铜"的发票提供给下游。

和车队、李某成双向对接的用票团伙成员李某，正是将没有发票的裸货和虚开的发票配对的直接联系人。李某早年做的，就是废旧电解铜回收生意，两年前来到上海从事虚开发票的犯罪活动。他所在的团伙涉案金额达2亿元，非法获利多用于他个人挥霍。在对李某家搜证的过程中，民警发现，他和家人的吃穿用度都是奢侈品，开的也是豪华跑车，但现场却没有发现相关票证。民警随即前往李某的公司继续查证，果然，发现了他靠虚开发票牟利的物证。

当天，共有 18 名犯罪嫌疑人被抓捕到案。身处千里之外的尚某、郎某等 5 名嫌疑人于当日被带回上海审讯。北方城市的站台上，零下 19℃的气温，也无法阻挡民警们胜利收网后的高涨热情。

至此，侦查时间长达一年的有色金属虚开发票案顺利告破。这个链条的大致情况如下：

尚某，从废铜里提炼出电解铜出售，并通过购买进项发票抵扣应缴增值税额，偷逃税款。

郎某，票货分离团伙主力。他手上既有电解铜产品，也有相应发票，却不肯合法销售。一方面，他将未开具发票的电解铜"裸货"，以市场价 94% 的价格卖给李某；另一方面，又以收取 7% 开票费的方式，向零散实体加工企业虚开"电解铜"品名的进项发票。

李某收到"裸货"，却没有进项发票，怎么出手呢？于是李某找到了李某成。李某成所在的团伙，大量采购上游富余的"黄金""有机化学"

在嫌疑人公司搜证

等进项发票，在没有真实业务往来的情况下，通过多个空壳公司之间的交易，将进项发票品名通过层层洗票的方式变更为"电解铜"品名发票对外虚开，洗票过票，并从李某手上收取 4%—5% 的开票费。这也就是为什么上海警方会发现电解铜进项发票的总金额已经超出正常范围的原因。

现在李某团伙"裸货"有了，发票也有了，下一步就是配货配票。为营造所购"裸货"信息与虚开发票的品名、金额、数量一一对应的假象，李某团伙通过支付高额运输费的方式，指使以刘某为首的运输车队运输"裸货"出库，随即变换企业抬头，重新入库，获得新的入库单。然后，再以市场价格出售。

我们再用具体数字来简要梳理一下这个案件的主体部分。

比如，郎某手上有总价 1000 元

的电解铜和与之相对应的电解铜发票。他将电解铜"裸货"以940元的价格卖给李某，又把1000元的电解铜发票以70元的价格卖给多家零散实体受票企业，最终到手是1010元。

李某花940元买了"裸货"，又以4%—5%的开票费，向变票虚开、洗票过票的李某成团伙购买1000元的电解铜发票。我们这里假设开票费是4%，那么李某需要支付给李某成团伙40元。随后李某将总成本980元的货物，以1000元的市场价销售，获利20元。当然，李某还需要支付给刘某高额的运输费用。警方在随后的调查中发现，这个链条上的每个犯罪团伙，均能获得票面价格1%左右的高额利润。

本案中，上海警方会同税务稽查部门捣毁了这一涉及有色金属交易领域虚开增值税专用发票犯罪产业链的各个环节。截至节目播出，公安机关已经冻结了涉案资金1700余万元，并对18名犯罪嫌疑人以涉嫌虚开增值税专用发票罪移送检察机关审查起诉。

近年来，除了直接损害人民群众财产安全的经济犯罪外，犯罪分子还常常把作案目标投向国家的钱袋子。虚开发票，这些事情听上去或许离普通老百姓的生活很遥远，但事实上，它给人民群众带来的影响却远超想象。虚开增值税专用发票损害的是国库收入，而我们的生活补助和城市建设，无论是中小学教育设施的添置，还是城市高架、地铁的建造，都离不开国库资金的支持。犯罪分子动国家的钱袋子，最终损害的是普通老百姓的切身利益。

正如观众们所见，有色金属行业产业链链条长、业务环节多，涉税违法行为可能分布在货物进销、运输等多个环节，且行为方式多样，案情错综复杂。但魔高一尺，道高一丈，违法犯罪分子依然无法逃脱经侦民警和税务稽查部门的法眼。通过这期节目的播出，上海经侦民警以专业、敬业、乐业的精神状态，赢得了电视机前广大观众的赞誉。

谁在滥用
老百姓的医保卡？

将罪恶的黑手伸向国库的除了前述虚开发票者，还有医保诈骗分子。

2020 年底，上海市公安局经侦总队接到市医保局移送的线索，有多个医保账户存在异常配药行为，不符合正常用药需求。在这些异常配药背后，究竟潜藏着怎样的风险隐患和犯罪行为？是不是出现了又一伙医保诈骗分子？

所谓"医保诈骗"，是将本应用于给每一位群众治病的医保基金，通过配药的方式套现。这种无本而万利的诈骗模式，严重损害了群众的切身利益。按照市局食药环侦总队喻檬的说法："虽然他骗取的是药，但这个药转卖了以后其实就是钱，所以这个危害性是比较大的，等于直接把国家的钱给骗走了。"

历经数月的缜密侦查，食药环侦总队从 600 多个疑似医保诈骗的账户里，筛选出了 70 名重点可疑人物和两家诊所。

2021 年 4 月 14 日，上海市公安局食药环侦总队牵头全市八家公安分局，对涉嫌犯罪的个人和医疗机构展开集中收网行动。按照部署，杨浦警方负责对涉案的药贩和"黄牛"进行抓捕。

在抓捕犯罪嫌疑人陈某的过程中，面对陈某的极力反抗，民警最终在路边将其制服。在陈某家中，民警经过现场搜查和取证后，发现了大量药物。正是这些医保药品，经过陈某和同伙的非法出售，产生了巨额利润。

与陈某一同被抓获的，还有与他住在同一小区的嫌疑人——药贩子黄某。他低价收购陈某等人的医保药品，再以高价卖出。当民警问其药品从何而来时，黄某谎称"就是从马路上收的"。但在黄某的手机上，民警发现了不少关于药物交易的聊天记录。黄某这才不得不承认，在他们购买药物之后，"会有老板过来拿的"。

在这条环环相扣的医保诈骗产业链上，陈某、黄某等药贩子显然并非最后的终端。他们低价买来的药，又去了哪里呢？

逃跑的陈某被制服

在嫌疑人住处搜到的药品

姜某是陈某的下家之一。从姜某的住处，民警搜出了大量的药物，大多是中老年人常用的糖尿病、心脏病等慢性疾病药物。面对民警，姜某坚称，这些药是家人和自己服用的，但这已经远超日常所需的服用剂量。尤其当警方拿出一瓶治疗心绞痛的药物问姜某是否患有心绞痛时，姜某却一脸茫然，不知道警方为什么这么问。试想，如果是家人和自己日常服用的药物，怎么可能连病症、药名都不清楚呢？！在显而易见的证据面前，姜某终于放弃狡辩。

这些寻常人家常用的医保药品，经过套现，产生了巨额利润，令犯罪分子不惜以身试法。可是，这么多的医保药品，到底是从哪儿来的呢？

在前期对可疑账户的研判中，民警发现，有两家民营诊所频繁开具药品处方，开具的理疗项目也金额巨大。民警调取了这两家诊所的公共视频，在海量的视频素材里，关注到了一些反常现象：有一名中年男子与诊所工作人员十分熟识，每个月会多次持医保卡到诊所配取大量药物，仅当年1月份就配了六次药。通常而言，医疗机构配药的疗程是一到两周，一个月去两三次就已经足够用了，像这样一个月去六次，显然是极不正常的超额配药行为。

更令人吃惊的是，每次配药的时候，这名男子都会从兜里掏出厚厚一叠医保卡交给收银台，目测有数十张之多。除了自己隔三差五地看"病"，此人还会定期带不同的人来诊所配药。而且奇怪的是，他每次配完药，都没有把药取走，而是空手而回。所开的理疗项目，也都没有实际使用过。

种种迹象显示，该男子极有可能是和医疗机构内外勾结，实施团伙作案。

从熟门熟路配药的药贩子入手，民警揭开了一条内外勾结诈骗医保基金的黑色利益链。除了利用医保基金配药牟利的药贩子之外，利益链的一端，就是个别明知故犯的诊所从业人员。食药环侦总队迅速对涉案诊所的相关人员展开调查取证和抓捕工作。

民警在这家民营诊所的病历、药库出入库明细清单中，发现了大量伪造的病历和诊疗记录。该诊所收银处的收银员费某承认，视频中的药贩子又叫"卡头"，有好几个人，每个月他们定期过来配药时，都由她接待。统计完每个"卡头"的金额后，费某会将表格移交给财务，从而计算、分割销售利润。

在长达11个月明知故犯的造假中，为了所谓的"创收"，这家诊所下至收银、财务，上到诊所的法定代表人，竟然集体参与了套骗医保基金的犯罪行为中。在审讯中，诊所的法定代表人李某承认，诊所与多个"卡头"勾结，疯狂套骗医保基金，然后再按事先约定的比例私分非法所得。

个别为了三五百块钱而出借自己医保卡的普通老百姓，因为贪图蝇头小利，成了诈骗医保基金犯罪团伙的帮凶；诊所方面明知有人空刷医保卡，骗取医保基金，却仍然为了获利而与他们配合作案；而药贩子们一边挖着医保基金这块大奶酪，一边把非法配得的药品套现牟利。在整个过程中，药品极有可能受到污染或失效，最终损害的是病患的健康。

自2020年11月至今，上海警方在全市范围开展多批次集中收网行动，成功侦破诈骗医保案件50余起，抓获涉案人员200余人。

在这条骗取医保基金的犯罪链上，每个环节的犯罪成本都极低，可以说是一种无本万利的诈骗模式。但医保基金本是国民福利，是人民群众的"看病钱""救命钱"，当它屡屡被套现，会严重破坏医疗保险行业的管理秩序，造成医保基金的重大损失，最终损害的是广大参保人员的合法权益。

在严厉打击医保诈骗分子的同时，警方也提醒广大市民，妥善保管好本人的医保卡，切勿因贪图小利而对外出借；如发现非法收购、贩卖医保药品的违法犯罪线索，请及时向公安机关举报。我们的利益，也要靠我们自己来维护！

全国首例
"奶茶加盟店"大骗局

在生活节奏飞快的都市，喝一杯奶茶，已经成为许多人的放松方式，茶饮店也成了年轻人的社交新宠。有不少网红奶茶店甚至因为生意火爆而排起长龙。

但，小小的奶茶铺，能给人带来片刻轻松，也会给一些人带来烦恼。2020年12月，大量刚刚加盟的奶茶店铺发生异常关停的现象，松江分局九亭派出所也陆续接到受害人的报案。

2020年12月30日，汪某来到九亭派出所报案。他表示自己最初在网上看到一家自称可以介绍做奶茶店加盟服务的公司，该公司声称与某知名品牌奶茶都有合作关系，但知名品牌奶茶已经没有加盟名额了，所以他们正在主推一款第三代品牌，并邀请汪某前往公司实地考察。在公司里，一位招商经理热情地接待了汪某，向其出示了知名品牌招商授权书，并展示了第三代品牌奶茶的宣传视频。招商经理向汪某承诺，他若加盟后，公司会统一安排选址筹建，配发生产设备，供应产品原料，并提供培训指导、技术支撑、运营管理、广告宣传等全方位配套服务，汪某只要加盟就能轻松盈利。

创业心切的汪某支付了总共8万元的加盟费和押金，抱着一腔热情开出了小店。店是开了，但在众多已有一定名气和消费者基础的奶茶店品牌中求生，并不容易。且该公司之前承诺过的百家加盟店齐开、进行大规模宣传的营销策略，统统没有兑现。眼看着经营上毫无起色，再拖下去也只是赔本，汪某只得无奈关店。

从意气风发地加盟投资，到最终关店一败涂地，这其中不过短短三个月。表面上看来，这个案件更像是没有经验的创业者投资失败，但经侦民警发现，诸如此类的奶茶店铺加盟商户"异常关停"情况不在少数，可能存在风险隐患。循着汪某当时的招商网页一路追查，经验老到的民警一眼就发现，这根本就是个虚假品牌招商网站！

经侦总队四支队副支队长何悦奇打开汪某提供的网页，网页上弹出来各种对话框、线上客服等花哨内容，"这些其实都是有问题的"。何悦奇介绍说，正规品牌招商网页的界面都做得很干净，网页下方会标注 ICP 备案情况，加盟商可通过备案号查询到备案公司信息，而本案所涉虚假品牌招商网页并未标注备案情况，这都是汪某在付款加盟之前没有注意到的细节。

为了深入了解对方的招商套路，民警邓丹丹特地在网站上输入了自己的电话号码，守株待兔。不一会儿，电话就打过来了。果然如汪某之前遇到的那样，对方表示申请加盟知名品牌奶茶是百分之百通不过的。邓丹丹立刻表示自己资金有限，预算只有 30 万元左右，而且也没有实际经验。对方立刻介绍："申请咱们公司内部孵化的第三代品牌嘛。现在咱们上海这边，已经开始内部发展了。"

对方在电话中的种种话术，果然和受害人所陈述的如出一辙。民警们敏锐地意识到，这可能是个从未见过的新型套路加盟诈骗模式：先是以自己拥有各种大牌加盟机会的名义，

民警与诈骗团伙通话假装要加盟

吸引关注；而后以投资者加盟大牌的资质不够为由，力推他们所谓的成长空间巨大的不知名奶茶品牌；再以小投入大回报等说辞，引诱创业者冲动投资。

这一系列操作，对于没有加盟经验的创业者而言非常具有诱惑力。但这些闻所未闻的奶茶品牌，到底有没有加盟资质呢？

按照我国《商业特许经营管理条例》第七条规定，特许人从事特许经营活动应当拥有至少两个直营店，并且经营时间超过一年。警方介绍，这就是通俗所讲的"两店一年"，"我要有两家（或以上）直营店，至少一家店的经营要满一年，我才可以做加盟"。

警方注意到，在汪某与对方所签的合同上，根本没有出现任何"加盟"的字眼。虽然内容确实是加盟，

但合同所用的说法是"城市合伙人"。正是通过这种概念混淆、打擦边球的做法，该公司在短短三年时间换了四家公司、四个品牌，这显然是消极履约或者不想履约的一个最直接表现。

明明没有加盟资质，却大张旗鼓地骗取所谓的加盟费用，这一点，直接将案件性质从简单的投资失败转变成了恶意的刑事诈骗。有了这个办案锚点，民警们立即将注意力锁定在公司负责人王某身上。

调查发现，王某先后开设了四家公司，还找了一群中介帮忙。为了全面掌握犯罪团伙的套路，民警们开始对王某名下的公司逐一进行摸排。但这些办公区域早已人去楼空，有的还被物业彻底打扫过，什么线索、痕迹都没有留下。

不过，在王某退租不久的一间办公室里，民警们有了重大发现。在

在诈骗团伙废弃的办公室搜到话术本等证据

一堆被丢弃的纸质材料当中，有若干"品牌推广中心话术""结业证明"的文件。从这些文件中可以看出，该公司专门有个话术团队对中介人员进行全方位培训，包括"不赚钱怎么办""后期不管我怎么办""投资人想关店退费怎么处理"等加盟人最为关注的难题，他们都有统一的回复套路。

这些书证，是将这种套路加盟案件定罪的铁证。固定了所有证据后，民警立即动身，前往王某名下一家公司的所在地。没想到，大楼物业工作人员先给警方提供了一条线索：就在前几天，有人跑到公司办公室申诉，而公司则声称要起诉这些人。

频繁发生的事件充分表明，加盟套路给广大投资者带来的不仅仅是经济的损失。很多人怀着创业的梦想，拿出了自己乃至全家人所有的积蓄，却被骗得颗粒无收、走投无路，加盟商内心承受的痛苦和压力可想而知。

"绝对不能放过这些骗子"成了此时经侦民警们最坚定的信念。一切取证工作已经就绪，专案组兵分多路，立即奔赴各地，同时展开抓捕。

经过审讯，一个分工明确的犯罪团伙逐渐浮出水面。急于投资的受害

者在虚假品牌招商网站留下的信息，全都进入所谓的"招商公司"，并通过全程一站式服务、投资加盟、稳赚不赔等宣传话术，一步步将受害者带入这个名为招商、实则诈骗的加盟圈套。之后，另有一个营销团伙，通过雇佣水军排队购买等方式，营造"一杯难求"的热销假象。而王某所在的品牌公司，则最终引导对方签订加盟合同，获得的加盟费在三者当中分成。

最终，上海市首例以虚假品牌奶茶招商网站吸引加盟商、虚构履约能力骗取加盟费的套路加盟合同诈骗案，在三个月内实现告破。上海公安共前往四地，捣毁了多个虚假招商网站，查获大量虚假授权文书、合同文书、话术清单、贴牌奶茶等涉案物品，涉案金额高达 7 亿余元，涉及被害加盟商 8400 余名。目前，王某等 57 名犯罪嫌疑人已因涉嫌合同诈骗罪，被依法移送检察机关审查起诉。

日常生活的日渐科技化，前沿技术的不断与金融业融合，在给人们带来各种便利的同时，各类新型经济犯罪也开始层出不穷，从而给经侦民警带来前所未有的挑战。这起"奶茶

抓捕多人

店加盟骗局"在全国范围内还没有过类似判例，何悦奇说："我们是第一个吃螃蟹的人，可参照的案例比较少，也没有经验可以复制。"

这种现象之所以会首先在上海出现，当然与上海快速发展的城市经济和开放包容的城市环境密切相关。众多年轻人怀着希望和梦想，在"北上广深"这样的一线城市打拼，自主创业是不少人安身立命的开始。如果这个"开始"被诈骗分子所利用，那受害人被剥夺的不仅是金钱，还很可能是他们的青春和梦想，他们对城市生活的美好期待。幸好，经侦民警及时出手，令无数创业者化险为夷。

责任总能打倒困难，热爱总能抵挡寂寞。在老百姓追梦的路上，在机会与风险共存的城市生活中，公安民警，是人民群众永远的守护者。

第九集

此情可"鉴"

在纷繁复杂的都市中
捍卫真正的爱情

关于爱情，人们总有很多想象：心动、浪漫、甜蜜、沉醉……在上海这座总面积 6340 平方公里的东方都市，每天都有各种各样的情感故事在发生，从突如其来的邂逅，到浪漫的约会、甜蜜的誓言，恋人们拥抱幸福、感受温暖。

然而，有些时候，真挚的感情却成为被人利用的弱点——犯罪分子利用人们对爱情的向往与信任，利用人们对感情盲目的追逐，布下骗局，伤害也随之而来。

好在，在你被爱情冲昏头脑，在你被假象蒙蔽之时，有一群人在默默警醒你、守卫你。或许，你曾误解他们的紧追不放，你曾不愿相信骗局的险恶用心，但他们以高度的责任感，铲奸除恶，让你跳出"爱情"的陷阱，真正拥抱岁月静好。

震惊！
亲密爱人竟是衣冠禽兽

　　半夜迷迷糊糊醒来，却发现相亲认识的男子全裸地站在床边，居高临下地看着自己，他的脸，越来越近……这样的画面，哪怕是出现在一部电影里，也绝对能让观众恐惧到惊叫。但如果有一天，这样的事发生在你身上，你会怎么样呢？

　　2020 年 12 月 13 日，26 岁的苏小姐带着疑惑走进了虹口公安分局四川北路派出所。几天前，她通过某微信公众号组织的相亲交友活动认识了男子杜斌，两人就餐后，杜斌散步送她回家。她清楚地记得，刚刚离开餐馆时自己的精神状态还不错，但临近小区，她就仿佛"断片"，再有记忆，就是半夜醒来，看见杜斌光着身子站在自己的床边。

　　是情到浓时难免忘我，还是中了圈套遭遇不法侵害？苏小姐当场质问杜斌，对方却说，考虑到她不胜酒力，他喂她吃了两次醒酒药。苏小姐由此更加怀疑，自己会不会是服用了某种药物才失去了意识？

　　离奇的案情，严重的后果，引起虹口公安分局刑侦支队的警惕。通过调取相关公共场所视频，从警 22 年的虹口分局刑侦支队重案队探长王季仲和何孙丞、吴继力等几位民警发现，事发当晚 8 点 25 分，苏小姐与杜斌一前一后走出咖啡馆时，状态还相当正常。但 20 几分钟后，两人走进苏小姐家小区时，苏小姐的脚步开始踉跄，需要杜斌搀扶才能前进，连家门钥匙都是由杜斌从她包里翻出来的。

这不对劲！苏小姐在如此短时间内陷入昏迷状态，被下药的可能性很大。在对杜斌的身份进行调查后，民警发现了蹊跷——"杜斌"是假名，男子的真名为窦某某，33岁，本科学历，长期无业。为什么窦某某要用假名相亲？民警推测，他使用假名、假身份证以及未经实名登记的微信，很可能因为他是多次作案的惯犯。

果然，在民警对窦某某日常行动轨迹的调查中发现，他的行踪遍布整个上海，短短几天内与多个女性频繁约会，"他用尽一切手段，规避自己的真实身份，非常狡猾！"

不能再等了！12月14日，窦某某在进入长宁某小区后失去了踪迹。该小区并不是窦某某的居住地，他为何出现在这里？为了尽快找出窦某某，民警们快速部署，当天晚上就在该小区设伏。其中，民警何孙丞和李亦舟先行进入小区实地排摸。

戏剧性的是，刚走出小区监控室没多远，窦某某和一名女子就出现在了前方。这个突如其来的发现，让网友的心情和办案民警一样难掩激动："前方高能！""这不是巧了吗？"

的确，事后在和编导们分享这个"意外发现"时，何孙丞也显得十分兴奋，眉飞色舞地重现了当时他和搭档李亦舟之间的眼神交流，"其实也是出乎意料的，没想到正好碰见，我就使了个眼色给小李（暗示他），小李就说嗯嗯嗯……"

"就是他，就是他，就是他！就在我们前面！"透过镜头，两位民警的窃窃私语也让网友乐开了花，"得来全不费功夫！"两位民警默契十足又不动声色地跟了上去。他们观察发现，与窦某某同行的是一位年轻姑娘，两人手挽手，举止亲昵。难道这是窦某某的"新猎物"？

情况紧急，民警决定当即实施抓捕。"警察！叫什么名字？""这是你的谁？"

面对民警的质问，窦某某不慌不忙，还直指身边的女孩是自己的"女朋友"。而这位被窦某某形容为"女朋友"的年轻姑娘，看到从天而降的便衣民警，第一反应则是"碰到坏人"了，哪怕民警出示了警官证，她还是下意识地拨打110求助，"您好，我在江苏路长宁路，有一群人上来说是警察，然后我不太清楚什么情况，也不太确定这些人是不是警察身份"。

对此，弹幕里的网友忍不住隔空点赞，夸她"有自我保护意识"，"警惕性很高，找110是对的"。而在何孙丞看来，姑娘的心态也完全可以理解，她的行为值得肯定，"他们俩正常谈恋爱，突然有一群人不穿制服从天而降，把他（男朋友）摁在墙上。作为正常人，第一反应她觉得会不会是遇到坏人了"。

当民警们决定前往姑娘家中搜查窦某某的背包时，"女朋友"依然再三阻拦："我们等一下警察吧，等警察的确认。"相比之下，身为嫌疑人的窦某某显得"淡定"许多："没事没事，你们开（包）吧。"

很快，民警从窦某某包中找到了几种与作案有关的药物、大量电话卡。有眼尖的观众发现，这些药物中甚至有专治失眠的处方药，"一次只能吃三分之一，半个小时就昏昏沉沉了"。此时，窦某某即使再三狡辩称

在"女友"家中搜查窦某某的随身背包

从窦某某随身背包中搜到的药品和电话卡

"我平常吃的"也无济于事了。

眼看日常接触中彬彬有礼的"男朋友"被警方控制，原以为只是遭遇了一场小纠纷的年轻姑娘显得十分震惊。当此前接警的江苏路派出所民警赶到现场证实便衣警察的身份时，她依然神思恍惚，忍不住追问，"我接触下来这个人还好，他什么情况？"

可惜，民警们后来的一系列发现，证明了这位"女朋友"的痴心错付。甚至可以说，窦某某的秘密就像个"无底洞"，越查越多，越查问题越严重。

比如，前往窦某某的暂住地进行搜查时，民警搜出了五块硬盘、一

在窦某某住处搜到大量存储卡、电话卡

审讯窦某某

台照相机和大量的电话卡。这些硬盘内存有大量窦某某侵犯女性的视频；不同的手机卡则对应了他与不同女性的聊天记录，甚至有相当一部分聊天记录已经被窦某某给删除了。

窦某某如何能够成功骗到那么多不同的女性？搜查过程中，警方发现了大量伪造身份信息的材料。英国剑桥大学、美国哥伦比亚大学……他利用 PS 技术，制造出一批虚假的名校学历证书，还标榜自己毕业于"金融管理专业"获得了"机械工程理学学位"等等，更伪造了存款 200 万元的手机截图。这些伪造的资料相当拙劣，

连弹幕里的网友都不忘"打假"："机械工程怎么会是理学学位？离谱！"

那么，这个所谓的高学历、高收入"海归"，真实的面目到底是什么？节目中的一个小细节足以说明问题——走进窦某某的出租屋，房内的情景令民警和编导们颇为震惊，在这个十多平方米的小房间里，地上堆满了一团团的垃圾，几乎让人"脚不沾地"。仔细看，地板上还有疑似老鼠屎的黑点，床边上丢着吃了一半的"陈年泡面"，异味可想而知。在这个堪称"灾难"的房间里，民警们还发现，窦某某的睡衣、香水都是不知真假的"奢侈品名牌"，他平日的伪装跃然眼前。

然而，面对如山铁证，窦某某在审讯中依然坚持表示，自己虽然和多名女性发生了关系，但主要是喝酒"灌醉"的，没有给对方下药。

"你走在马路上，想到就吃一片（安眠药）？随身携带，是为了随时取用方便。走在马路上，心情好，来吃一片？然后就睡了？"面对民警质问，窦某某的解释越发苍白，只能反复推说自己因为不更换包袋，所以才随身携带这些药物。

很快，民警通过检查窦某某的

手机聊天记录，找到了更多受害者。尽管在节目成片中没有披露，但在跟拍的过程中，编导们发现，这些女性受害者大多非常优秀，有着良好的教育背景、优渥的收入，她们的生活更称得上是多姿多彩，健身、学习小语种、插花……她们怀揣着美好的憧憬，以为找到了一份门当户对的爱情，却被卷入了一场噩梦。正如办案民警总结的那样，窦某某是有意识地寻找高学历、家庭条件良好的女性，"小姑娘从来没接触过这种人，觉得约出来吃个饭没怎么样，但谁知道就碰到一个像他这样的人"。

更令人痛心的是，为了保持伪装，窦某某往往选择在独居女孩的家中"下手"。女孩们在发现被侵害后，大多先反思是不是饮酒过量才有了意外，有些人在与窦某某对质后也无奈地自认倒霉，直到警方找上门来才如梦初醒。

受害者许小姐告诉警方，她与窦某某是在线下的相亲活动中认识的，当时他称自己是哥伦比亚大学研究生毕业，还出示了银行存款 1300 多万元的记录。

抓捕时和窦某某在一起的"女朋友"梁小姐，形容对方看起来"人畜无害"，但仔细回想才恍然大悟。她解释说，警方抓捕当天，她之所以和窦某某在一起，是因为那天下午自己身体不适，有些感冒。窦某某听说后，主动前来探病，还在梁小姐家为她点了外卖。恰恰是在这个过程中，茶杯离开了梁小姐的视线，她也缺失了一段清晰的记忆。如果不是配合警方进行身体检查，梁小姐根本想不到，让她人事不省的并不是感冒，而是窦某某暗中下的药。经检查后发现，梁小姐的身体里残留了尚未代谢完毕的镇静类药物成分。

受害人胡小姐在面对民警的询问时，痛心地承认自己当时"智商为零"，对方倒了水自己就喝了，一切开始都是模糊的了。被害人顾小姐说，"我都没觉得他是以这个为目的的骗子，正想认真找男朋友就碰到这种事"。被害人姚小姐更是痛心而愤怒："他还是人吗？"

更不堪的是，窦某某所拥有的安眠、镇静药物，有不少都是欺骗、利用年轻女性得来的：他以失眠为借口，要求受害人到医院代开需要处方的安眠药，随后又将这些药物用在了受害人和"新猎物"身上。经上海市公安局物证鉴定中心鉴定，窦某某身上查获的药物中检出了安眠镇静类药物成分，服用后可让人迅速昏睡，失去反抗能力。

证据面前，窦某某终于无法再狡辩。据窦某某供述，通过下安眠药，他与十几名女性发生过性关系。警方发现，在女性意识昏迷后，他还进一步摆布对方并拍下照片。对此，民警在审讯时也忍不住怒斥："你这是为了满足自己的兽欲啊！"随后，窦某某因涉嫌强奸罪被检察机关提起公诉。

窦某某的所作所为，给被害女性造成了严重的身心伤害。这个案例实际上也给更多年轻人提了个醒：在没有充分了解对方的情况下，一定要加强自我防范意识，不过多透露单独居住等个人信息，更不要随便饮用别人递来的饮料。

"棋逢对手"的"中年爱情"，破财又伤心

爱情不是年轻人的专属，即使步入人生的黄昏，人们对情感的需求依然热烈而真挚。然而，这份对真情的渴望，有时却会被人利用，甚至成为诈骗团伙的目标。

2021 年 5 月 11 日，上海市反诈中心监测发现，市民郝女士疑似在诈骗投资软件上进行多次转账——这是遭遇"电信诈骗"最切实的证据，如果不及时阻止，受害人的损失可能会更大。为此，值班长刘旭峰立即拨打了郝女士的电话。

然而，面对反诈民警的来电，52 岁的郝女士显得格外镇定，一天之内陆续转账五万多元的她，不仅表示自己仍在正常上班，还拒绝了民警上门的要求。

郝女士的反应令刘旭峰颇感诧异：一般情况下，电信诈骗被害人接到警方提醒后，要么是惊慌失措，要么会怀疑警察的身份。偏偏郝女士的表现十分笃定，甚至不想寻求真相。

为防止她继续转账，刘旭峰联系了郝女士居住地所在的中山北路派出所，

一同前往郝女士家中当面劝阻，"如果不能及时干预的话，我觉得她可能会继续加钱进去，想着骗子把她的钱再还给她。"

民警电话劝阻

遗憾的是，郝女士并不在家，接到中山北路派出所民警电话时，她再一次一口咬定，自己没有被骗，还飞快地挂断了电话，"到目前为止，我也没感觉到我被骗，再见"。

必须要和郝女士面谈！这不仅是警方工作的规定流程，也是民警们当时心里最迫切的想法。他们开始了苦口婆心地劝说，并表示愿意到郝女士的工作场所交流，好不容易才说服郝女士下班后来派出所。

民警当面劝阻

一个小时后，郝女士出现在了中山北路派出所。此时的她，态度终于有所软化，甚至主动承认，"可能我真的被骗了，我自己不知道"。

为什么郝女士在民警反复提示下依然对被骗一事半信半疑？又是什么让她改变了心意？面对民警的问询，性格直率的郝女士一股脑地将自己的经历说了出来。原来，人到中年，从事美容行业的她有了寻觅另一半的愿望。于是，她在交友软件上发布了一条想要认真找伴侣的信息。很快，一

名叫"惊蛰梁佑城"的男子联系了她。

男子自称 49 岁，和郝女士一样有下象棋的爱好。两人在线上切磋起来，小胜几盘的郝女士心情不错，男子更夸奖她"很厉害"。从此，男子每天对郝女士嘘寒问暖，一步步赢得了郝女士的青睐，两人之间也越发浓情蜜意。郝女士告诉警方，她是诚心诚意想要找配偶，也觉得彼此有共同语言，"他还说要跟我结婚呢"。

有了感情基础，郝女士自然对"惊蛰梁佑城"的建议欣然接受——他向郝女士推荐了一款名为"华泰柏瑞"的应用软件，邀请她一起参与"博

彩"。按照郝女士的理解，每次投资都是押宝，买对了，就能获得本金和收益；买错了，投资自然就没有了。跃跃欲试的她一开始充了2000元，成功押宝后顺利地提现了；第二天，她又充了1万元……再后来，为了进一步提高收入，她听从男子的建议充了5万元。

没想到，5万元入账后，提现却出了问题。软件显示，必须往账户充足20万元，才能在48小时内提现，郝女士一下子就懵了。这时，"惊蛰梁佑城"及时出现了。他安慰郝女士说，自己会给她的账户充10万元，其余的两人可以一起想办法。

从小赚一笔的喜悦，到无法提现的焦灼，再到"知心爱人"的大方相助，郝女士的心情有如过山车。看到软件上显示"惊蛰梁佑城"为自己充入了10万元，她十分感动：这个人帮了我！不久后，男子再次表示，又为郝女士借到了25000元，让郝女士自己解决剩下的15000元。眼看账户的"余额"与目标只有15000元的距离了，郝女士心动了：再充一次，整整20万元就能一起取出了，为什么不呢？

看到这里，很多弹幕里的网友已经识破了"骗局"："这不就是帮忙砍红包、返现金的套路吗？"还有网友感同身受地表示，自己也吃过同类诈骗应用软件的亏，"我也被骗过，存整才能提现，其实连APP都是假的，后台可以改账户里的数字，太危险了"。

遗憾的是，在"惊蛰梁佑城"的引导下，郝女士最终往该软件充值75000元。在她看来，对方能用真金白银帮助自己，肯定不会是骗子。但出乎她意料的是，所谓借钱帮她充值，都不过是犯罪团伙诱骗她继续投资的手段而已，她所获得的柔情蜜意从一开始就是骗局。

用民警们的话说，"华泰柏瑞"这款应用软件就是犯罪团伙自行操控的，他们惯用的伎俩就是先吸引客户开户充值，参加投注赌博。随后，犯罪团伙会故意在赌博过程中让客户大幅度获利。等客户放松了警惕，再想将盈利提现，软件就会要求客户必须满足几十万元的整数金额才能提现，以此引诱客户继续充值。接下来，客户一步步深陷其中，犯罪团伙则会迅速关闭应用软件，消失得无影无踪。换言之，这是一个典型的"杀猪盘"，诈骗分子把交友、恋爱的过程视为"养猪"，放长线诱骗受害者，等到钱财逐渐落袋，就"杀猪清盘"。

看到郝女士的经历，弹幕里又是心疼又是惊叹，"这个阿姨挺可爱的"，"阿姨一看就是明事理的人"，"没想到这个年纪吃了爱情的苦头"，"希望事情过去以后阿姨依然相信爱情"。

75000 元，对于任何一个打工人来说都不是个小数目。普陀分局中山北路派出所巡逻队民警宋斌至今仍然庆幸及时找到了郝女士，"如果我们不找到她，她可能还以为自己没有被骗，可能还继续往这个账户里打钱"。至节目播出，这起案件还有待进一步侦查，郝女士损失的钱款，警方也在密切追查中。

警察找上门来，嫌疑人却只想过个"5·20"？

除了受害者的真情被人利用，在警方办案过程中，还曾见到不法分子错位的真心。

因为谐音"我爱你"，5 月 20 日这一天，对恋人们而言往往具有浪漫的意味。2021 年 5 月 20 日清晨，上海市公安局经侦总队周密部署了一场抓捕行动：犯罪嫌疑人武某今年 30 岁，经营一家小公司，牵涉到了一起非法套现的案件。

所谓非法套现，是指违反国家规定，将信用卡中的钱套取出来，以现金形式支付给持卡人的一种行为，这种行为扰乱了正常的金融秩序。根据先期调查的情况，嫌疑人武某所经营的公司使用移动支付终端非法套现，还收取 5% 到 18% 不等的手续费。

"5·20"当天早上 6 点不到，经侦总队的民警们已经出现在了武某家楼下。7 点左右，民警们敲开了武某的家。令所有人意外的是，眼前的武某打扮得西装笔挺，头发油光锃亮、整整齐齐——一大早就精心装扮，武某是有什么重要的安排吗？

对于突然上门的民警，武某显得十分疑惑，压根儿不觉得自己"犯了什么事"。而在与警方交流的过程中，他要么是一问三不知，要么是"我忘记了"，唯一说得清楚的竟然是："警官，我全力配合，我能过个'5·20'吗？"

都什么时候了，居然还想着过"5·20"？

原来，武某有一个相处了数年的女友，"5·20"当天武某正准备向她求婚，清晨的"梳妆打扮"也是为了留下美好的回忆。在前往武某公司的路上，武某一个劲地讨饶："因为真的

嫌疑人在家中被抓捕

嫌疑人说想过"5·20"

马上要结婚了……"对此，上海市经侦总队一支队一大队民警陈力歌好气又好笑："看你的表现了！别说今年的'5·20'，明年的'5·20'，你也要想想办法了。"在陈力歌看来，武某虽然满心期待美好的爱情，却连最基本的遵纪守法都没有做到，"如果连自由都失去了，那就什么都没有了"。

果然，民警们在搜查武某公司的过程中，查到了公司近期的流水，用事实击溃了武某的谎言，"你不是说你收五六个点的手续费？这个点数怎么十几个点呢？"

对此，武某试图狡辩，称自己收取的手续费最高不超过10%。话音未落，民警又眼尖地发现了财务记录里的证据："那这（18%）是什么呢？这不是（写着）已放吗？"

无奈，武某只能徒劳地继续撒谎："为什么会有一个18%呢？我们公司是不会超过15%的……我不知道。"

随后，民警还在武某公司财务室里查获了一个疑似用于套现的移动支付终端。在要求武某解开密码时，自称"会全力配合"的武某表现得推三阻四，接连不断地以"我忘了"进行搪塞。紧接着，民警又搜出了七台

移动支付终端。结合移动支付终端的交易记录和进出流水账目，警方证实武某利用移动支付终端，虚构交易，为客户提供信用卡套现服务，在一年半的时间内非法获利 200 余万元。

获利 200 余万元，这是什么概念？即便是按照平均 10% 的手续费算，套现的资金就有两千多万，更何况武某财务记录中还有大量手续费高达 18% 的记录。

如此一来，武某心心念念的"5·20"最终只能在经侦总队度过，"都到这里了就别想太多了，交待清楚就行了！"而身在审讯室的武某此时还在念叨："我这个 5·20 过不了了……"当民警质疑他"头脑只有 5·20"时，他依然滔滔不绝："过个节吧！不过节估计老婆就没了。"

对此，民警们连连摇头，违法犯罪了，还谈何爱情？弹幕里更是一片"女方快跑"的呼声，"还好还没结婚，不然就坑了一个姑娘"。更有网友犀利点评，说不定"想过 5·20"也只是武某的借口，"其实也不一定有多爱未婚妻，就是给自己找个求饶的理由"。

有意思的是，除了武某的女友，

搜到用于套现的移动支付终端，嫌疑人却一问三不知

武某公司的员工也因为这次抓捕行动"幸运快跑"。民警们搜查武某位于闹市区的公司时，发现这是一间刚刚租赁的新办公室，连装修都还没彻底完成，很多公司员工也都才上了几天班。

换句话说，武某原计划是事业、爱情两手抓，既要在"5·20"求婚成功，又要在这间高档办公室再次出发，用豪华的门面营造出公司颇有实力的形象，继续吸引客户在此"套现"。然而，在违法犯罪的事实面前，武某的想象终究只能是泡影。目前，武某因涉嫌非法经营被检查机关批准逮捕。

这个故事也真正让观众思考，什么才是真正的爱情？它不是虚伪的甜言蜜语，也不是某个特殊日子的仪式感，而是在遵纪守法的基础上，两个人之间真诚的信任、坚实的依靠、安稳的陪伴。

第十集

假日征程

随时待命，日夜兼程　为守护万家灯火

城市英雄
大城无小事

传统节日绵延千年而不绝，它是中国人最隆重的情感和精神仪式。在节假日里，亲朋好友欢聚一堂，出行购物娱乐，享受美味佳肴，人们的身体和精神都能得到暂时的休憩和欢愉。

然而，对于人民警察来说，节日，却有着更多的附加含义：它意味着更多的人群在城市里流动，更多的大型活动在城市里举行；意味着会有更多蠢蠢欲动的不法分子借着假日经济的火爆以身试法，铤而走险；意味着会出现更多的突发事件，会面临更严峻的安全隐患。

假日时光，谁不想陪伴在家人身边？但是，制服在身，就有职责在身。一旦有警情召唤，岗位有令，他们就得马不停蹄，赶赴现场，踏上守护万家灯火的征程。

他们中的很多人，已经很多年没有回家过春节了，甚至对他们来说，年夜饭都是一个奢侈的名词。他们放弃了节假日的休息时间，用坚守和担当，托起了千家万户的幸福安康。

城市的平稳有序和繁花似锦，离不开人民警察的默默守护。他们并非生而英勇，却始终选择坚定无畏。

"老父亲式"的缉毒警
和追求刺激的女孩

因为缉毒警察的特殊身份，在播出这集节目时，他的脸上打着马赛克，名字则被简化成了"小吕"，但在节目播出后，喜欢他的观众给了他新的称呼——"老父亲式" / "爹系"警察，他在节目中的这场审讯也被称为"爹式"审讯。

其实，这只是小吕从警的第九年，做缉毒警的第八年。在八年的缉毒警生涯中，小吕见过了太多年轻气盛、无知无畏的嫌疑人，从年龄上来说，小吕充其量就是个大哥哥。在为这些小朋友感到惋惜的同时，小吕也本着"能挽救一个算一个"的想法，进行过很多次苦口婆心的审讯和规劝。

节目组跟拍到的这次审讯，发生在 2021 年的元宵节。

2021 年 2 月 25 日，元宵节前一天，小吕所在的闵行分局刑侦支队缉毒队监控多时的一名毒品买家终于有了动静。这是一个年轻的女孩金某，她从境外购买新型毒品，为了躲避风险，还故意留了离家有一段距离的收货地址，等货到后又找了跑腿送到自己手上，可见有一定的反侦查意识。现在，警方得到线索，金某当晚会在上海市中心某酒吧内，出售这批毒品。

这种新型毒品有一个貌似朴实无害的名字："蘑菇素"。

办案民警第一时间赶到酒吧进行蹲守，等待金某现身。晚上 11 点过后，一个身穿黑色紧身衣、染着金色长发的女孩出现在了民警视线中。在这个熙来攘往的公共场合，金某公然兜售新型毒品，而当被问及"这个东西到底致幻吗？肯定上头吧？"时，金某大言不惭地回答："不致幻的，它等于是一个温和一点的（毒品）。"

但在缉毒警察眼中，金某的话纯属无稽之谈。小吕直言，"蘑菇素"实际上就是一种致幻类的毒品，较其他类型的毒品具有更强的成瘾性，而且对身体的伤害可能也更大。随后的调查证实，金某公然宣称"蘑菇素"无法检测出毒性，还是"合法"商品，并非因为她对这种毒品的危害性一无所知。警方在侦查过程中发现，金某经常在网络上搜索"什么是毒品""怎么规避贩毒风险"等内容，说明她就是在想怎么钻法律空子。

眼见金某要下楼离开，小吕和同事们立即在酒吧门口对其实施抓捕，并从她身上搜出三包看似正常的卷烟。金某承认，自己在烟丝里夹杂了致幻物质，所用原料都在她的家中。这时，金某居然还想跟警方讨价还价，声称只要这回放自己一马，她就可以提供多少毒品情报。

警方严词拒绝并告知"我们知道你家住哪"之后，金某只得上了警车。凌晨1点，民警到达金某家。在金某陈设布置略显稚嫩和学生气的卧室里，民警从她床下的抽屉里搜出三种不同类型的成瘾致幻物质。

与卧室风格相对应的是，金某也是一个面容姣好、穿着时尚的女孩。年纪轻轻的她怎么会和罪恶的毒品纠缠到了一起呢？

通过询问，民警们得知，金某读初中时就被父母送出去留学，但她无心向学、精神空虚并沾染上了毒品。眼看着学业一无所成，于是在两年前辍学回国，后交往了一批同龄玩伴，过着夜夜笙歌的糜烂生活。耐人寻味的是，金某与父母同住，大半夜家里来了这么多人，动静不小，可她父母竟然都没有出来查看一下出了什么事。一问之下，原来金某经常晚上带人来自己家玩闹，父母已经见怪不怪，也不愿意管她了。

在回警局的路上，小吕问这个看上去有点嗲气的女孩："小金，我倒想问问你，你一直在卖这种（毒品），你图什么？"

金某不以为然地回答："玩了就会很开心，然后心情会比较好一点，就很

'愉悦'（非正常亢奋）的感觉。"

小吕接着问："你怎么一直在追求这种上头、精神'愉悦'的感觉呢？"

金某却反问了一句："那不然追求什么？"

听到一个年轻女孩如此轻描淡写、若无其事地形容自己的所作所为，车上所有人都沉默了。小吕从事缉毒工作八年，已经见过不少像金某这样的少男少女，他们认为微量毒品能解脱烦恼、带来快乐，甚至坚信自己绝不会上瘾，最后却陷入了万劫不复的深渊。他们自以为是的刺激、前卫、个性，在缉毒民警们看来，只不过是无知无畏、虚张声势罢了。

2月26日凌晨，金某被带进了闵行分局颛桥派出所。审讯开始时，天色渐亮，这已经是元宵节当天了。

在翻看金某与他人聊天记录的时候，金某的一段话引起了警方的重视。小吕特意拿出来问她："你在微信当中曾经提到过，你想让大家在阳光下吸大麻，这句话是什么意思？你想干吗？做上海大毒枭？你才几岁？"

金某避重就轻："这个只是一个玩笑……"

小吕追问："每年在中国都要牺牲很多缉毒警，你知道吗？"

金某继续为自己开脱："但那种都是冰毒什么的。"

在金某的陈述当中，冰毒、摇头丸这些才是毒品，而"蘑菇素"不是。但其实最近几年冒出的所谓"奶茶""邮票"，都和冰毒一样属于新型毒品，且隐蔽性更强。"蘑菇素"中含有的塞洛新，是国家管制的第一类精神药品，致幻毒性比摇头丸更强，极易损害中枢神经，导致精神类疾病。金某自己也承认，她已经有了狂躁的毒瘾症状。在同龄人奋斗拼搏的时候，她却在毒品的泥沼里慢慢沉沦。

民警随后对金某家中搜出的毒品进行称重，并由她签字确认。谁知金某做出了一个令人意外的举动：她在物证袋上潦草签下的居然是自己的英文名字。

结合警方之前掌握的信息和当天的审讯过程来看，金某这样做根本不是因为年少无知，而是故意挑衅。这种对法律没有丝毫敬畏的举动，令小吕愤怒

"爹式"审讯

至极："你签英文名？谁告诉你，允许签英文名的？你是中国人还是外国人？"

面对仍执迷不悟的金某，小吕语重心长、晓之以理："我们边防的解放军战士，跟你年纪一样的，为了守卫祖国的领土，牺牲在那边。你在追求新型毒品给你带来的'快乐'，人家跟你一样的青春、一样的年纪，为国家做出了贡献，你为国家做出了什么？不要说从国家这么高的高度来说，你为你的家庭做出了什么贡献？你爸妈养育你到现在，不是为了让你坐在这里，不是想看着你进看守所。光荣吗？你还快乐吗？……"

虽然有出国背景，但金某并非生于富贵之家。据了解，金某的父母曾经出售了一套房屋，凑了钱才供女儿出国读书。家人宁可节衣缩食，也希望女儿能够学有所成，那是一家

人对未来的美好期待，但是年轻的她却没有把握住命运的馈赠。这时，小吕又告诉金某，当天正是元宵节，在同龄人都和家人团圆、享受天伦之乐的时候，她却坐在派出所里接受讯问。这，难道也是她追求的终极"快乐"吗？

庆幸的是，金某遇到的这群缉毒民警都有一副热心肠。他们在与穷凶极恶的犯罪分子打交道时毫不手软，对年轻的小金却给出了足够的耐心。在节目播出后，这段对话被网友们称为"爹式"审讯。

"爹式"，是因为小吕和他的同事们发自内心地为这些正当青春年华却不知珍惜的年轻人感到痛心。在工作中，小吕看到过很多像金某这样外表光鲜、内心空虚的年轻人。有个跟金某差不多年龄的小姑娘，为了追求"上头"的刺激感，购买、使用了大量笑气。她出门的时候总是打扮得年轻靓丽，缉毒警上门搜查时，却发现她家垃圾成堆，家里还养着五只猫，到处都是粪便，根本都不清理。

这个"圈子"的生活基本都是昼夜颠倒的。他们往往白天昏睡在家，晚上七八点醒来，化妆出门，去酒吧

呼朋引伴；喝到上头，再找一家宾馆，在宾馆房间里集体吸笑气；如果还不过瘾，就玩"红眼皇后"（一种新型毒品）……毒品，已经成了他们的生活和交际方式。在警方已掌握的信息当中，金某是典型的"以贩养吸"，她曾经将"红眼皇后"推销给身边超过30个同龄人。

这些本该拥有大好前途的年轻人，何以沦落至此？小吕分析其中原因：内心空虚、贪图虚荣，法律认知薄弱，以及进了错的"圈子"。"他们追求灯红酒绿，渴望奢华的生活。甚至连驾照都还没有，却觉得借一辆兰博基尼开到酒吧门口是很拉风的事情。"

而在这种"拉风"的另一端，如小吕在审讯中所说的那样，是无数边防战士、缉毒警察的日夜奋战乃至牺牲。缉毒警是我国风险性最高的警种之一，小吕做了八年，"浑身上下都是伤"，却依然坚持奋战在这个岗位上。"缉毒工作没有尽头，但我还是认为，我们能多抓一个毒贩，就等于是救了一批人。我们也总归希望这种小朋友进来一次，被我们说一说，他们能改一改。毕竟他们还小，人生路还很长，能救回来一个算一个，能救多少救多少，这个是我们的初心。"

对于缉毒警来说，打击毒品，不仅是在遏制犯罪，更是在挽救一个个年轻的生命，以及他们背后的一个个家庭。沾染毒品害人害己，小吕和同事们真诚地希望，通过这次处理，能让金某远离毒品，尽快回到正常的人生轨道上去。

这里特别要提到的是，近年来，随着时代及互联网的发展，所谓"新型毒品"层出不穷，伪装性也越来越强。事实上，这些所谓"新型毒品"，多为二类精神麻醉类管控药物。这些药物原本只应用于医疗领域，后来被不法之徒当作旧型毒品的替代品。很多"新型毒品"的提供者们，都会打着"无害""使用新提纯技术""不会上瘾"的幌子，蒙蔽那些跃跃欲试又缺乏常识的年轻人。而为了获取强烈的快感，他们甚至采用超剂量、配酒、配功能饮料等方式吸食。绝大多数年轻人最初在沾染毒品的时候，都像金某这样只是抱着"试试看""绝对不会上瘾"的侥幸心态，但最终却沉迷其中而无法自拔。

又是一个元宵之夜坚守在岗位，这已经不知是小吕和同事们的第几次假日出击了。其实，对于每一名人民警察来说，这都是再正常不过的事情。每逢重大节庆假日，成千上万名上海民警虽然与家人近在咫尺，却不能团圆。他们始终坚守在打击违法犯罪和维护社会治安的第一线，默默守护着这座超大型城市的有序运转、祥和安宁。

跟他谈情说爱的，居然是他"女朋友"的男朋友！

李宗盛在歌里唱过，"爱情它是个难题，让人目眩神迷"，上海男子张某一度认为自己是个幸运的"解题者"。当很多同龄人还在家人的催促下注册交友网站或者尴尬相亲时，张某却通过网络直播间认识了一位年轻漂亮的"女朋友"。

每天，只要"女朋友"上播，张某就全程观看，在"女朋友"跟他人PK（对决）时使劲刷礼物；"女朋友"下播，两人就通过微信联系，对方的甜言蜜语，让张某如沐春风。

只是没想到好景不长。张某在"女友"的直播间里刷了两万多元的礼物之后，对方的微信回复越来越迟，越来越少，直至根本不再理睬他。张某这才意识到，自己很可能遇到了网络诈骗。

2020年9月6日，郁闷的张某前往松江分局洞泾派出所报案。

果不其然，经过侦查，松江分局刑侦支队反诈专班的民警发现，张某遭遇的是一种新型的直播间网络诈骗。键盘手冒用女主播的身份，在与张某聊天的过程中，不断"培养"两个人的感情，目的就是为了让张某去指定的直播间刷礼物，帮助主播完成所谓"工作业绩"。

松江分局刑侦支队反诈专班民警吴悠悠破解其中套路：被害人会被女主播告知，"我明天要到这个直播间去直播，然后会有一个任务和考核。如果我通过了，我就能在这个直播间继续工作下去了"。然后让被害人来这个直播间为自己刷礼物。

根据报案人提供的线索，民警找到了诈骗团伙中的女主播。一般而言，直播间主播都有两个人，一主一副，而平常一直开播的女主播叫"北北"。通过北北所在的直播平台"美刻"直播间，上海警方顺藤摸到了藏匿于南方某市的诈骗软件幕后技术公司。

5月18日，松江反诈专班踏上了前往该市的收网抓捕之路。姚百松、吴悠悠这组要去抓捕的，正是主播北北和海燕所在的犯罪团伙。

因为诈骗团伙往往分布在全国各地，这样的出差，对反诈民警们来说，已经是家常便饭了。一年365天，他们有两百多天都在路上跑。从警10年的姚百松，还给自己起了一个响当当的口号"反诈在路上"，每次出差都会发一张照片作为留念。因为忙得无法照顾家人，姚百松没少被妻子抱怨。他告诉只有两年警龄的年轻同事吴悠悠，这次，自己其实是被老婆从家里"赶"出来的。

原来，姚百松原本已经答应妻子出差前在家待儿天，多抽点时间跟两个孩子相处，没想到临时接到通知去开会，回到家已经大半夜了。妻子又生气又委屈，干脆从里面反锁了门，姚百松无奈，只能到办公室睡了一晚，早上直接跟同事们会合，出发上路。——"在路上"，这简简单单的三个字，不仅反映了反诈民警们日夜奔波的状态，也能想见其背后家人的辛劳付出。

虽然家里的事情还没解决好，但一旦进入工作状态，姚百松立刻打起了十二分的精神。

5月23日，趁着夜深人静、无人值守，他们对窝点进行收网前的最后一次摸排。

一年365天，反诈民警有两百多天都在路上

嫌疑人租赁的办公室在19楼。为了不打草惊蛇，两人兵分两路，分别前往17楼和18楼进行摸排和部署。大楼每个楼面的户型布局都基本相同，两人仔细查看了楼层的电梯、洗手间，以及嫌疑人办公室所处的相应位置，确保每个逃跑位置都有警力把守。

出于职业敏感，姚百松甚至把这层楼的垃圾桶都打开看了一下，没想到在一个垃圾桶的最上面发现了一束鲜花，估计是刚过去不久的"5·20"礼物，便果断决定抱走。在电梯里，姚百松还跟同事开玩笑，说如果能把这束鲜花带回家给老婆，不知道她会不会愿意原谅自己。

下楼集合时，远远看到吴悠悠走过来，姚百松又改了主意，决定把花转送给吴悠悠。"因为我们俩是搭档，整个出差都很辛苦，正好又赶上节日，他也不能陪他的女朋友过节，

结束摸排后的小插曲

所以送他一束鲜花。"

吴悠悠惊讶地看到老大哥突然抱着鲜花出现，当得知这束鲜花来自垃圾桶时，心里真是又好气又好笑。不过，同事之间说说笑笑，倒也有效地缓解了连续出差的疲劳和紧张。

偶尔放松一下心情之后，紧张的收网行动即将开始。5月24日下午2点，根据公安部异地办案协作机制的相关要求，在当地公安机关的配合下，松江反诈专班分四路，分别抓捕为直播平台提供技术支持的团伙和三个主播团伙。

姚百松、吴悠悠这组，根据摸排路线，顺利来到女主播北北和海燕所在的办公区域。快速控制住现场后，姚百松和吴悠悠默契地分头展开工作。

姚百松在现场人员中找到了女主播北北和海燕，立刻展开讯问。"知道你们是骗人吗？""你是主播，同时你有没有兼职业务员？""所有（私聊），都是你下面这六个键盘手替你聊的，是吧？"

面对民警的所有问题，两名女主播始终沉默不语，但民警还是通过搜查，找到了她们诈骗的证据。在现

场的电脑和嫌疑人的手机里，民警发现了大量亲密、诱惑性的聊天内容。这些聊天记录都表明，每个女主播都配备有多名代聊人员。

那些被年轻漂亮的女主播们迷得大把花钱的受害人很难想象，跟他们网恋、暧昧的对象，根本不是北北和海燕本人，有时是其他女性，有时甚至是男人。

女子罗某就是帮主播代聊的"枪手"之一，她矢口否认自己和别人暧昧，只说是"普通聊天"。但当姚百松打开她的微信聊天页面，诸如"我可以在你怀里，你可以抱着我""我比较保守、比较害羞、比较慢热，所以我不太热情，也不太喜欢随便"等露骨的聊天内容，将她的聊天性质暴露无遗。

受害人更加不会想到的是，这种诸如"我比较保守""不太喜欢随便"的句子，根本不是"枪手"们的个人发挥，而是出自该团伙自制的"工作手册"，或者叫"话术手册"。

吴悠悠在现场收集犯罪证据时，就搜出了这样的"话术手册"。在这些手册当中，从怎么打造不同女主播的个人人设，到对什么类型的男人应

每个女主播都配备有多名代聊人员

该说什么话，再到如何根据与受害人的认识时间、聊天内容来提出进一步的打赏要求，都有堪称"完善"的应对体系。"话术手册"同时也有规定，"枪手"们与聊天对象"培养感情"的流程，就是七天一个周期，如果聊天对象迟迟没有打赏的实际行动，就会被迅速抛弃。公司电脑里还有一个文件夹，存有每个女主播各种尺度的自拍照和小视频，"枪手"们视与聊天对象的发展进度，可以发给对方相应尺度的影像，循序渐进地吸引对方上钩。

在这种深谙人性的"话术手册"的指导下，"枪手"们在短时间内就能够营造出跟聊天对象"谈情说爱"的假象，继而引导对方慷慨解囊。

事实上，这种由犯罪团伙控制的小众直播间，本身就是为诈骗打造的。主播团伙从直播平台方以极少的

手续费，购买钻石等打赏礼物，团伙成员假扮成"粉丝"，在网上对决中为一名主播刷礼物，制造被害人所支持的主播即将"败北"的假象，诱惑被害人一掷千金——被害人当然也并不知道，在该团伙的操纵之下，被害人无论花多少钱，都是没可能让自己支持的主播胜出的。直到团伙认为再刷下去就要露馅儿了，才会结束这场对决。随后，直播平台会根据观众打赏，支付给该团伙一定比例的费用。

民警随即将所有嫌疑人带到当地分局进行审讯。这时，北北终于开口了，但她坚持说自己并没有参与诈骗活动，都是代聊人员以自己的名义与粉丝们聊天。不过，她的抵赖很快就被主犯刘某戳穿了。

刘某透露，像北北、海燕这样的主播都有"业绩保底"的要求，如果一场直播收入在两万元以内，主

审问女主播

播是没有抽成的。要想获得更高的收入，主播就要加很多人的微信，私下联系，然后分给不同的人帮忙代聊。就连北北的男朋友康某，都是她的代聊之一。

一个男人，居然靠假装成自己的女朋友跟其他男粉丝聊天来赚钱，这种做法实在令人匪夷所思。吴悠悠在接受节目组后期采访时也提到这一点："这个主播男朋友也是她手下的键盘手，这个还是蛮震惊的。他让自己的女朋友去赢钱，去当主播骗人，自己在背后还冒充女朋友的身份去骗人，诈骗分子为了骗钱真的是不择手段。"

目前，直播平台"美刻"已经关停，共70多名犯罪嫌疑人被抓捕，平台上的三个主播团伙也被一网打尽。离开之前，姚百松还特地买了一份小礼物，准备回到上海后向老婆"负荆请罪"。

虽然只做了两年反诈民警，但吴悠悠完全能理解包括老大哥姚百松在内所有反诈民警们的这份心酸和不易。诈骗案的嫌疑人往往分布在全国各地，反诈民警们也就跟着到处跑。有时候A地的案件刚刚完结，刚跟家人说好了要回去，结果领导一个电

话打过来：B 地发现了嫌疑人，你别回上海了，直接去 B 地！这种情况多了，家人难免会有抱怨和不满。他们面对犯罪嫌疑人时永远坚定硬气，面对家人却怀有太多的亏欠和愧疚。

但是，侦破案件之后油然而生的自豪感，还是将他们与这份艰苦的工作紧密地结合在一起。吴悠悠说，唯有真的热爱，才能抵消所有的苦和累。"每次研究案情，对诈骗分子的人物形象、地点位置做出研判，再去踩点，再将他们绳之以法，这整个一套流程走下来，我们是非常有成就感的。归根结底还是要喜欢这份工作。"

因为热爱，吴悠悠更想把这份工作做好。当下反诈工作的难点之一，就是高科技诈骗手法的层出不穷，反诈民警们必须与时俱进，充满紧迫感。比如，现在电信诈骗非常多，法律专业出身的吴悠悠，到了反诈岗位上之后，已经学习了两年多计算机知识。"我们经常说，如果不学习的话，就要被狡猾的诈骗分子骗过去了。"

每一句来自受害人的真诚感激，都是反诈民警们继续工作的动力。像这个案件中的受害人张某，是一个典型的宅男，本身收入不高，相貌也不出众，现实生活中没有女朋友，直播间女主播用几句甜言蜜语，就让他感觉找到了"真爱"。他总共送出两万多元的礼物，在男粉丝当中消费金额并不算高的，也因此逐渐被女主播的代聊们冷落。但这两万多元却是他辛苦好几个月的收入。当警方告知他女主播们的真相时，张某的难堪和沉默令人同情，也令人更加憎恶那些骗钱、骗情的诈骗团伙。

从古至今，人们寻找真爱的脚步从未停止。在网络时代，网聊、论坛、直播间等的先后出现，确实给交友带来了很大的便利。但在充分享受这种便利的同时，警方也提醒人们，要时刻擦亮眼睛，分辨人情真假。否则一不小心，很可能会像那些直播间的男粉丝们一样，陷入诈骗分子敛财的陷阱，最终落得人财两空的境地。

没有一种"瞒天过海"
能躲得过"火眼金睛"

就餐购物、走亲访友，常常是节日期间不可缺少的一部分。不过，趁着食品、烟酒、保健品等流通量大增的势头，一些不法分子也打起了歪主意。为了保障市民舌尖上的安全，2021年春节前夕，上海公安机关针对各类食品、药品、侵犯知识产权犯罪等展开了严厉打击行动。

新年前夕，上海市经侦总队食药环侦支队民警在市场检查中发现

民警在市场检查中发现了一批来路不明的酒

民警驶入地下车库，一连蹲守了五个多小时

了一批来路不明的白酒。这批白酒的瓶口密封性差，酒瓶上的贴纸做工粗糙，民警初步判定这批酒应为假冒品牌产品。经侦总队食药环侦支队和静安分局当即成立专案组，经过对送货车的跟踪布控，最终锁定货源为奉贤某居民小区。

2021年1月29日早上8点，经侦总队食药环侦支队食品犯罪侦查大队大队长、行动组组长杨海庆带领两组警力前往嫌疑人所在地。为了不打草惊蛇，一辆车在小区的出口处附近蹲守，而静安分局经侦支队食药环侦大队民警宋涛和邬善龙则驾驶另一辆车驶入了地下车库。节目组也派出两名编导，各跟一辆车行动。

地下车库十分昏暗，两名民警开车兜了一圈，才在一个角落里找到了嫌疑人的送货车，于是选在离送货车不远又能直接看到电梯间的位置蹲守。但这个小区到底是小作坊所在地，还是主要嫌疑人之一罗某自己居住的地方，宋涛和邬善龙都不是很有

把握。不过，大家也很清楚，当天的目的任务只是摸排，不管是假酒加工点也好，仓库也好，都是为进一步行动做好准备。

20分钟之后，一辆白色越野车驶入车库。一个叼着香烟的中年男子将一批打着"泸州老窖"标记的箱子推出了电梯，装进越野车的后备箱。这辆越野车并非在录的嫌疑车辆，民警们初步判断应该是前来拿货的车辆。装完货后，越野车驶离车库。

又过了大约15分钟，之前停在车库的小货车和罗某日常使用的一辆白色轿车先后开出车库。出人意料的是，两辆车驶出小区门口时，却朝着一左一右两个方向分头开走。此时地面上只有一辆侦查车，为了密切追踪嫌疑人的动向，警方迅速做出选择，跟上了罗某驾驶的白色轿车。

罗某显然非常小心，白色轿车开得很慢，在有些拐弯的地方表现得非常犹豫。警方耐心地保持着适当的距离，一路跟在后面，直到白色轿车拐进了一家园区。

此时如果侦查车也跟着进入园区，很可能就有暴露的风险，情急之下，侦查车只得停在路边，由一名侦

嫌疑人从货车上搬下大量货物的视频

查员下车单独走进园区。机智的侦查员佯装跟人通电话，全程打开手机拍摄视频。节目中播出的园区内的一段视频就是这位侦查员提供的。

从手机视频中可以看到，白色轿车停在停车场的角落里，而在间隔几个车位的不远处，竟然停着之前朝另一个方向开走的小货车！这种"殊途同归"的做法，可见是两个开车人事前商量好的，为了避免暴露，才分两路抵达同一个地方。罗某下车后，从小货车上搬出几箱酒，送到园区里面。

嫌疑人这种短短几天内频繁出货、送货的做法，引起了警方的高度警惕。为防事态生变，警方当即决定实施抓捕。

杨海庆在接受节目组后采时详细解释个中原因。民警们当天原本只是在做外线排摸，但是在外线排摸

过程中，发现假酒发货量突然之间剧增。考虑到这段时间也有其他假酒团伙被警方端掉的消息传来，犯罪嫌疑人大量出货是否意味着计划潜逃？窝点里到底有多少假冒货物？籍贯是外地的嫌疑人们是不是按惯例要回家过年？这些异常，都倒逼着警方提前收网，将原定的排摸行动升级为收网行动。

当天中午 12 点，前来支援的民警会同上海市市场监督管理局执法人员，集结到奉贤的这处可疑窝点楼下。在车库里，从早上 8 点多一直等到下午 1 点半的宋涛和邬善龙，以及另一名节目组编导，终于等来了行动的号角。

在地下车库里，看到一拥而上的民警，罗某明显慌了神。在民警的押送下，罗某来到楼上的房间。打开门，节目组编导和民警们都惊呆了：

藏匿窝点一片狼藉

这个藏匿窝点一片狼藉，在不足 20 平方米的客厅里，随意堆放着多种品牌白酒的外包装、空酒瓶、瓶盖、纸箱；已经加工好的成品酒码在房间一侧，仿冒品涉及剑南春、五粮液、茅台等多个知名品牌。

经过质监局工作人员鉴定，现场的几种酒均涉嫌假冒注册商标。上海市市场监督管理局执法总队食品流通支队陆玮指出，这些假酒外包装和正品外包装上的油墨是有差异的，正品外包装上的油墨是一个个小点组成，而假酒外包装都是用刷子刷出来的。如果只看这些假包装可能还看不出区别，但如果与正品相对照，基本就可以根据做工来分辨真假。

虽然人赃并获，但民警们此时心里并不踏实，因为罗某的同伙不在房间内。就在罗某还在对同伙的去向含糊其辞时，屋外传来声响，房门突然打开了。自投罗网的胡某被民警一把制服。眼看着警方将自己平时的行程掌握得清清楚楚，胡某无从抵赖，只得承认这里同时也是自己做灌装酒的地方。

民警要求胡某现场演示他制假的全过程，用以确定证据。结果啼笑皆非地发现，所谓"五粮液"，就是将一瓶金六福直接倒进回收来的空瓶里去。这样，一瓶七八十元的金六福，被灌入回收来的高档酒瓶中，加贴上标签，摇身一变，就成了售价上千元的"五粮液"。而假冒"茅台"的过程更加简单粗暴，直接用低价的大桶散装酒往回收来的茅台瓶子里倒。还有"剑南春"，是用了一半绵竹、一半金六福勾兑而成的。这些散装酒，都是胡某等人从网上买的。胡某还透露，他在灌装的时候也会区分不同的香型，比如买来的低价酒是酱香型的，那就只充作酱香型的高价酒，这样更有欺骗性。

在一堆包装当中，编导还发现一个类似吊针、吊瓶的仪器，定睛一看，竟然是"医用排便清肠器"！胡某表示，这个可以用来将低价酒泵到名牌酒的空酒瓶里去。真不知道那些买了"名牌酒"的人，看到这里会作何感想。

连一个警方预想中的"小作坊"都没有，成箱假冒的中高档白酒就这样被炮制出来，通过罗某妻子所开的烟酒店和网店，以市场价约一半的价格流向市场，堂而皇之地登上老百姓

胡某现场演示制假全过程

的餐桌。

随后，民警前往罗某妻子的烟酒店，对店内涉嫌售卖的假酒进行查处并没收，一举打掉一个生产、销售假冒中高档品牌白酒的产业链，涉案金额 800 余万元。

公安干警们的工作从无节假日之分。这边，打击假冒食品的箭还在弦上；那边，又有了新的案情线索。

2021 年年前，依托"警、税、海关"三方联合研判机制，上海市公安局经侦总队发现名为"海善皓"和"海藤盛"的两家海产品出口公司存在异常。上海市公安局经侦总队立即联合上海市税务局稽查局、上海海关

风控分局成立专案组。

　　"海善皓""海藤盛"这两个抬头，在一年左右的时间内，总共出口了3亿元规模的海产品，品名主要都是以冻鱼为主。经过研判，专案组发现，"海善皓"和"海藤盛"两家公司为同一实际控制人颜某，看似正常的出口模式背后，存在着不合常规的操作。

　　其中，"海善皓"作为一家上海企业，它上游的供货商是某市的企业或者是渔民，在采购了相关的水产品、海产品之后，运输至上海。经过相关的分拣、加工之后，再运输至宁波。海产品保鲜期短、冷链运输成本高，"海善皓"为什么舍近求远，从外地某市的渔民手中采购原料后，不惜奔波数百公里，先运到上海生产加工，再去宁波报关出口呢？

　　为了解开企业这种反常操作背后的谜团，经侦总队五支队民警展开了多方走访调查，更多的疑点浮出水面。

　　根据在册记录，"海善皓"加工厂占地一万多平方米，每年要在园区里加工价值上亿元的海产品。但现场所见，园区内外冷冷清清，厂房的墙面上张贴了很多醒目的招租广告。招工广告更是蹊跷，居然是"牛排车间招工"——这显然与其主营的海产品业务风马牛不相及。厂区内既没有运输海鲜的车辆往来，也没有看到员工工作的忙碌景象。在民警们看来，这家工厂完全就是一个空壳，没有实际加工业务。

　　翻开"海善皓"从渔民手中收购的海产品清单，渔政监察大队的执法人员立即发现了问题。上海市农业农村委员会执法总队五大队大队长赵刚指出，清单上的几种鱼都属于深海鱼、远洋鱼，像鱿鱼、大目金枪鱼等，要么是远洋渔船捕回来，要么是从国外进口。上海目前的远洋渔船都在国有企业下面运营，"海善皓"是怎么从普通渔民手中收购到这些深海鱼的呢？这其中到底有什么猫腻？

　　海产品出口领域有非常多专业性、特殊性的东西，经侦总队五支队通过渔政系统和其他行政部门进行系统查证，发现这些上游供货的所谓"渔民"本身居然是没有渔民资质的，也没有挂靠任何的渔船，甚至有些人已经死亡。

"海善皓"的出口生意到底是真是假？从春节到五一劳动节，经过几个月日夜兼程的内查外调，真相逐渐浮出水面。原来，"海善皓"犯罪团伙主要盘踞两地，在上海设立加工厂，外地同伙负责虚开发票。"海善皓"首先非法获取报关单证、然后，上游虚开企业自行匹配虚开农副产品收购发票，最后，"海善皓"将非法获取的报关单和发票向属地税务部门申报出口退税，退税赃款再分成。

警方发现了大量肆意虚开的农副产品收购发票、增值税专用发票及伪造的出库单

2021年5月23日，经侦总队五支队会同青浦分局共出动20名警力，前往外地某市。在当地公安机关的配合下，专案组分四路，对四名重点嫌疑人的居住地进行了排摸。

一切准备就绪，5月25日凌晨4点，两地展开同时收网。

在上游虚开企业执行人郑某处，警方发现了大量肆意虚开的农副产品收购发票、增值税专用发票及伪造的出库单。据郑某交代，当地的公司正是在颜某的授意下成立的，目的就是为"海善皓"虚开发票，而她的另一身份，是颜某的嫂子。

警方也发现，案件中的大部分嫌疑人都具有家族关系、裙带关系，为了保证资金的安全性，同时也为了"肥水不流外人田"，所以他们更倾向于选用"自己人"从事核心工作。

与此同时，在上海宝山区某小区，抓捕小组对"海善皓"犯罪团伙主要成员——实际控制人颜某、公司主管许某进行了抓捕。其中，许某主要负责的是公司的日常管理，公司是否有实体加工，他是最清楚的。

这一次，警方终于进入了"海善皓"的巨大厂房，而且毫无意外地发现，大部分车间都处于停摆状态，流水线停工，冷库里也没有任何海鲜冻品。转了一大圈后，民警们终于找到了一个亮着灯、似乎正在使用中的车间。令人啼笑皆非的是，这唯一一间在使用的车间，加工的不是海鲜，而是牛排！

报关出口额高达3亿元、套取上

千万元国家退税款的"海善皓"，如警方先前所料，就是一家空壳公司。目前，16 名犯罪嫌疑人因涉嫌骗取出口退税罪，被依法逮捕。行动当天，除了"海善皓"，还有四个同类犯罪团伙也被一举捣毁。

市经侦总队历时近半年时间识破迷局，本轮集中收网行动，一举捣毁共五个虚开骗税犯罪团伙，抓获犯罪嫌疑人 46 名，捣毁犯罪窝点 19 处，涉及出口企业 24 家，涉案出口总额达人民币 50 亿元，骗税金额 2 亿元。

从春节忙到五一，上海警方这一轮的努力，终于有了一个圆满的结果。其实，由于职业的特殊性，每年节假日，公安机关都是一级备勤、一级加强。一旦有警情召唤，岗位有令，他们立马赶赴现场。而在巨大的精力、体力压力之外，他们还要面临巨大的脑力挑战。

在跟拍这轮经侦行动的过程中，编导组印象最深刻的，就是经侦民警们每接触一种新型犯罪，都需要迅速学习和掌握多个相关领域的专业知识。比如，在"海善皓"案件的侦破过程中，民警们先后到渔业部门、税务部门走访调研，还曾到港口集装箱码头现场勘查。"按照他们自己的说法，他们做的就是'用脑子抓人'的工作。他们跟犯罪分子之间不仅有体力对决，还有脑力对决。只有深入到不同的领域、比犯罪分子更吃透规则的时候，他们才能做到一击即中，箭无虚发。"

见

微 知 著

耐心　　细致　　坚持

研判　侦查　取证　抓捕

审讯　　劝导　　教育

事 虽 微 而 必 虑

行 虽 小 而 必 防

城市的五光十色是绚丽繁华的见证，也是人间百态的缩影，然而在光鲜背后，也隐匿着常人难以察觉的罪恶和危险。这些隐患虽小，却与百姓的生活息息相关，稍不注意就会造成难以挽回的损失。

在万家灯火中，始终有一抹红蓝色的警灯日夜穿梭，奔波向前。他们以敏锐的触角发现细小的危险，用智慧和勇气与罪恶过招，及时筑牢城市的安全堤坝。

事虽微而必虑，行虽小而必防。这，就是他们的日常工作。

他们以耐心和细致，在平凡琐碎的工作中筑守着城市安全防线。侦查、抓捕、取证、审讯、移送法办。再小的案子，他们也要一丝不苟，严格按照法律程序完成结案。

他们昼警暮巡，于隐蔽细微处抽丝剥茧，寻求真相。他们说："搞刑事工作，就是要把藏在细节里面的魔鬼给揪出来。"

他们心细如发，从纷繁琐碎中见微知著，打击罪恶。他们说："就像世界上有白天也有黑夜一样，犯罪如黑夜一样无法全然驱逐，但身为警察，就要为老百姓的暗夜行路提供最温暖可靠的路灯。"

减肥药经销商中，惊现著名"网红"郭某某

"出现了心慌、手抖、头晕等症状。"

"一吃就拉肚子，后悔死了！"

"吃了三天了，感觉脑子里混混沌沌的，不知停药以后能不能恢复过来。"

…………

这些令人触目惊心的评论，说的都是在网络上热销的一款"减肥糖"。吊诡的是，虽然有这么多严重的副作用被曝出来，但这种减肥糖还是在很长一段时间内持续热销。原来，利欲熏心的微商们一直在大力删除差评，并用"只要吃了就会瘦，99% 的回购率""咱家脂肪最顽固的顾客，吃一盒也瘦了四斤，其他顾客吃一盒基本都能瘦六七斤"等极具煽动性的宣传语，吸引了一批又一批的新客户。

减肥，已经成为很多女性生活中永恒的主题。其实大家都心知肚明，减肥这条路根本没有捷径可走，无非就是管住嘴，迈开腿，少吃多动。但是，这需要有抵御美食诱惑的意志和坚持不懈运动的毅力。能做到这两样的人，在人群中只占少数。因此，市面上各种号称能让人"躺着都能瘦"的减肥产品，总能成功吸引减肥人士趋之若鹜，这款减肥糖的热卖就是佐证之一。

然而，就像那些屡次被删但依然层出不穷的差评所揭露的那样，这些以"轻松瘦""快速燃脂"等为卖点的产品，往往暗藏危机。

2020 年 11 月，浦东分局经侦支队民警接到举报，举报内容正是这款主要通过微商销售的减肥糖。它的外包装花花绿绿，很能讨女性用户的喜欢，即便每盒售价 699 元，也依然有不少客户"上钩"。警方发现，在相关评论中，既有人声称自己"瘦了 30 斤"，也有人称自己服用后有特别明显、严重的副作用。

浦东经侦民警根据以往办案经验，在看到评论症状时，他们推测这些是消费者服用了含有非法添加物的减肥产品所导致的不良反应。于是，民警黄帅帅和他的同事们顺着线索展开了调查。

药品检验，当然是最快、最直接的判断方法。来自张江药检所的检测报告显示，这款减肥产品含有国家明令禁止的添加剂——西布曲明。西布曲明原本是一种用来治疗抑郁症的药物，后来一些别有用心的人发现它对减轻体重有效果，就把它当作减肥药来研发。但是，科学家很快发现西布曲明的风险远大于收益，其副作用包括危害人体的心血管、肾脏、肝脏等，甚至可能导致猝死。

这样的减肥产品一旦大量流入市场，必然会对消费者的身体产生不可估量的伤害。经过综合研判，犯罪嫌疑人范围涉及生产商、供应商、分销商等多环节。2021 年 3 月，浦东经侦开展集中收网行动，各路人马分赴全国各地，在当地警方协助下，对涉案人员开展全链条集中抓捕。

生产源头是民警们打击的重中之重。在山东、云南、四川公安机关的配合下，上海经侦找到了三个非法生产基地。现场警方发现了大量制作减肥糖的原材料、糖沙、包装纸等，而所谓的主要"原材料"，就是一些搅拌好的粉末，混合糖沙放进压片机，就可以直接做成药片。

这些玫红色的小药丸经过分装后，就变成了看上去价值不菲的减肥糖，被发往全国多地的网络经销商。在发给多个经销商的微信中，都出现了诸如"减肥效果确实很好，但你自己不要用"的提醒，可见他们完全清楚这种减肥糖的副作用。为了逃避快递查验，明知故犯的嫌疑人还把它们装进打着"猫粮""狗粮"等印记的包装袋里。一整袋"狗粮"包装的减肥糖，按照市场价，差不多可以卖到上百万元。

这些看着甜美却极可能对人的生命造成威胁的小药丸，上游生产商的成本最低一粒只要 0.8 元，经过两级分销商的加码，最终以约 69 元一粒的高价，到达顾客手中。罔顾消费者性命的背后，无疑是巨额利润给犯罪嫌疑人带来的诱惑。

在到案的销售商中，有一张大众熟悉的面孔——"网红"郭某某。早在"网红"还没有成为一种职业的时候，郭某某就因在网络上以"中国红十字会商业总经理"的虚假身份炫富而成名。年纪轻轻就混迹于名利场的郭某某，很快就走入了歧途。2015年，她因开设赌场罪被判入狱五年。

2019 年出狱后，郭某某在社交平台发布所谓"致歉"视频，高调回归人们的视野。在这则视频中，她声泪俱下地表示，对于以前的自己，觉得"很幼稚、非常不可理喻"，但是现在自己沉淀了很多，对家人和社会都非常愧疚。她连说"对不起"，希望获得大众原谅，并希望大众以后能够看到她的改变并再次接受她。

但从事实来看，五年的监狱生活并没有教会郭某某真正地审视自己。高调复出后，她依旧不停地在网

民警查验减肥药

郭某某在看守所接受审讯

上炫富，过着声色犬马的生活。她对博出位、夺人眼球的套路非常熟悉，不放过任何一个可以依靠自己的"名声"掘金的机会。调查发现，郭某某起初只是利用自己的网红身份为这款减肥糖做代言，但在发现其中巨大的利润空间后，她便跻身分销商行列。终于，在出狱一年半后，年轻的郭某某再一次让自己身陷囹圄。

在讯问室，郭某某貌似无辜地再次摆出"网红"姿态。面对态度敷衍、气焰嚣张的郭某某，浦东分局经侦民警金喆对她作出警示，要求她不要再跷二郎腿，并严肃告知："你

们销售的这款减肥糖果也好，胶囊也好，里面含有国家明令禁止添加到食品里面的成分西布曲明。"

郭某某称自己2021年1月20日才开始卖这款减肥糖，直到被警方逮捕时都是"懵的"，但面对警方确凿的证据，郭某某逐渐认识到自己的违法行为，也清楚了个中利害关系，她说道："我是认罪认罚的，不能说因为自己不知道就不认罪。"

一味追名逐利，沉迷于自己营造的美梦之中，让自己生活在所谓名人的虚幻中，最终也将咽下苦果。在到案的嫌疑人中，像郭某某这样指望以走捷径的方式谋取不当利益、漠视道德和法律的人不在少数。

黄帅帅特别解释说，很多嫌疑人最早都只是消费者，自己吃了减肥糖后发现虽然有副作用，但也确实有减肥效果。长期吃药是一笔不小的开销，于是他们在明知有各种副作用的情况下，却隐瞒真相，不断在朋友圈售卖，还积极发展身边的家人、朋友、同事加入。"主要是以年轻女性为主，发现这个产品利润高，所以很多人后面转化为生产者和销售者。"为了满足一时的欲望和利益，他们不仅害了自己，还害了不少亲朋好友。

62名涉案犯罪嫌疑人因涉嫌生产、销售有毒有害食品罪，已被警方依法移送检察机关起诉。2021年8月13日，上海铁路运输法院公开审理了这个销售有毒有害食品案件，"郭某某又被抓了"也成为当天网络的热搜话题。

当初接触这个案件时，谁也没有料到，这一粒粒小药丸的背后是一个最终涉及5000万元、严重侵害国家食品安全监管制度、扰乱市场经济秩序、损害社会公共利益的经济重案。但每一个小案子，都可能关系着一群人的安全和未来。正是本着"民生无小事"的原则，上海警方顺着一条小小的线索顺藤摸瓜，最终挖出了这个可能造成危害社会的巨大隐患，

庭审实况

保障了人民群众的健康和安全。

为政之道，民生为要。保障和增进民生福祉，是一个国家、民族发展的根本目的。但民生工作又是一项长期、艰巨、复杂的系统工程，为此，公安干警们始终保持着恪尽职守的工作态度和见微知著的高度警醒，为广大人民群众的美好生活保驾护航。

"你在我心目当中不是十恶不赦的人"

在一间间小小的讯问室里，民警们交手过太多狡猾的嫌疑人，也见识过太多复杂的人性。有时候，他们要与犯罪分子斗智斗勇，展开无声而激烈的心理博弈；有时候，他们也会春风化雨、安慰体谅，动之以情、晓之以理，给当事人一些知错认错的空间。

在他们身上，有法治的力度，也有法治的温度。

2021 年 3 月 20 日，上海公安局浦东分局刑侦支队二队的民警接到一个入室盗窃的警情。受害人称被盗相机一台，镜头一只，价值 15000 元左右。而被盗地址，是一家餐饮店为员工提供的集体宿舍。

这是一栋六层楼的白领公寓，受害人是一家餐饮店的员工。他和其他四名同事一起，住在二楼由店主提供的员工宿舍里，失窃的照相机就放在床头背包里，一般很少有人会去翻动。通过现场勘察，民警们确定门锁没有被破坏的痕迹，嫌疑人应该是用钥匙开门进入的。

通过二楼走廊的公共视频，浦东分局刑侦支队二队民警乔治和李斌强发现了一个可疑的身影。在案发时间段里，在二楼进出的只有这一个人。此人不仅对现场环境相当熟悉，而且还有进入房间的钥匙。民警们推断，此人之前可能也居住在这里，他是否也是这家餐饮店的员工呢？

结合此人进出宿舍的时间、体态，并根据走访结果，民警们很快锁定了一个名叫罗某某的餐饮店前员工。离职后，罗某某已经在闵行区一家酒店重新上班了，民警在这家酒店附近发现了他的行踪。

在酒店值班经理的配合下，乔治和李斌强进入后厨，刚一进去，迎面就碰到嫌疑人。罗某某承认自己之前在那家餐饮店上过半个月的班，还保留着宿舍钥匙，而且事发当日也确实进过宿舍，但对进屋之后具体做了什么，却一直含糊其辞，甚至问了民警们一个后来被很多网友评论"白给"的问题："是他那边不见了东西是吧？"李斌强想要给他一个主动坦白的机会，便对他说："你是要争取从宽，还是要跟我抵抗到底，现在就给你选择了。"但此时的罗某某选择了沉默。

民警抓捕嫌疑人

作为重要物证的失窃相机，是否就在罗某某手中呢？无论案值多少，追踪赃物的下落是刑警办案必不可少的一个环节。在罗某某住处，民警们并没有找到相机，这让案情顿时有点复杂起来。

罗某某的沉默，以及在他住处没有发现失窃相机等状况都没有使李斌强心浮气躁。在回警局的车上，李斌强反而心平气和地和罗某某聊了起来："我不认为你是一个十恶不赦的（坏人）。一个人，在一刹那，做了一件错事，我不认为这个人一辈子会做坏事。但如果我找到你了，你还不认为这是错，还不想争取一个改正的机会，那你就没救了。举个例子，你现在就在坑里面了，你靠自己是爬不上来的，我手伸过来了，你也不接，你也不想在下面用力，那你就会永远在坑里面，上不来了。"

在接受节目组后采时，李斌强如此解释自己的苦口婆心："从我工作的角度上来说，我需要犯罪嫌疑人供述赃物的去向，帮助我找回被窃的赃物，返还给被害人。第二个，我发现犯罪嫌疑人的本质并不坏，还是可以帮助一下的。"他希望通过一步一步的引导，给罗某某一个主动交代的机会。

确实，罗某某并不是一个惯偷，此前也没有任何案底。他有不错的手艺，还有一份稳定的工作，却因为一个错误的行为，走上了人生的岔路。幸运的是，在这个岔路口，他遇到的是李斌强这样循循善诱的民警。

在讯问室里，眼看着罗某某已经开始动摇，李斌强又耐心地打起了感情牌："我这个警官，从头到尾没有骗过你，我始终告诉你的是我想拉你一把。为什么？（因为）你在我心目当中不是十恶不赦的人，也不是经常干这个，不是靠这个为生的人。你是想找工作的，凭自己的手艺吃饭的，凭自己的体力吃饭的，只是可能一时糊涂了做了错的事情。将心比心，我有亲戚也是做厨师的，所以我知道你们做厨师的很辛苦。否则的话，你又不是我亲戚，你好坏关我什么事啊。我希望你这件事情了结掉了，出来了，你还能记得我这个承办人的好。不要想到这个承办人，坏得不得了，又凶。（而是）反过来想，这个承办人还好他当时拉了我一把，我听了他的，还好。"

动之以情，晓之以理，几番推心置腹的交谈之后，罗某某终于低下了头，说出了实情。"当时也是头脑一热，刚好看到他那个包，自己就看了一下，刚好看到那个相机……又想到，他们那个工资有很多没给我，然后我就想着……就有这种报复的心理。"

因为和前同事发生矛盾而离职，随后又为了报复而盗窃。罗某某以为这只是一时冲动、顺手牵羊的小举动，其实他已经给自己的前金蒙上了灰色。

在坦白案情之后，罗某某向李斌强讲述了自己的苦衷和感激："很多人干坏事不一定是他的本意，他很多时候是……走错了路。真的，我出来那么多年，我再苦、再难都不会掉眼泪。真的，哥，真的，我特别特别地感谢你，这是真的。哥，如果是有一个人，肯那么用心地来教导我的话，我感觉我不会走得比人家差。"

但做错了事情，就必须付出应有的代价。正如李斌强告诫罗某某的那样："有的时候，是要靠自己把握方向的。你不能指望每次在岔路上面，正好有个人给你指了一个正确的方向。"

嫌疑人对民警坦白、感谢

在李斌强和民警们的殷殷教导、耐心感化之下，罗某某迷途知返，他一声声地叫着李斌强"哥"，真挚的感激之情溢于言表，连观众都为之动容。但是，李斌强们的耐心和包容，只针对罗某某这样幡然醒悟的嫌疑人，而对某些沉沦迷途、不知悔改的嫌疑人，民警们会毫不留情，重拳出击。

在面对另外一起盗窃案时，警方的态度就大不相同了了。

2021年3月15日晚，周家渡派出所接到一起入室盗窃报警，民警们立刻驱车前往。报案的是一对60多岁的老夫妻。经初步盘点，除了现金，他们家中还被偷了名牌手表，以及若干外币、纪念币、玉石挂件等物品。

回忆事发过程，老太太惊魂未定，声称自己刚进浴室准备洗澡时，就听到外面有人敲门，她以为是快递，就没理睬。直到丈夫回来发现被盗，老太太才意识到刚才进门的是小偷。明知房间里有人，小偷居然还如此大胆入室盗窃，幸亏老人家没有与窃贼碰面，否则后果真是不堪设想。

民警们勘查现场后发现，门锁没有被破坏，现场也没有被大范围翻动过的痕迹，可见窃贼对老人家中存放财物的位置猜得很准。因此，现场的痕迹取证条件并不理想。经过仔细勘验，浦东公安刑科所的民警只在房间里提取到一枚完整的鞋印。而在这枚脚印旁边，还有另一个不太完整的鞋印。

让警方没想到的是，这两组脚印不仅出现在案发老夫妻所住的10楼，而且在上下几个楼层都有。派出所民警与刑侦民警一起，把老夫妻家的全部房间、所在楼道等嫌疑人可能出现过、可能会踩到的地方都看了一遍，却没有其他新的发现。两名嫌疑人如此小心谨慎、蹑手蹑脚，且经验丰富、心理素质极好，种种迹象表明，他们很可能是惯犯。

在调看小区案发时段的公共视频时，警方发现了两个可疑分子，他们在案发前曾在小区里徘徊，具有重大作案嫌疑。尤其是其中一个人将连帽衫的帽子拉起来，把自己的脸捂得严严实实，在人群中显得格外突兀。

经过比对，这两名嫌疑人分别是曾某和宋某。曾某因盗窃曾五次入狱，宋某也有过"四进宫"的经历，两人都是惯偷。民警调查后发现，这两个人最近都住在临近上海的一座城市。浦东公安刑侦支队二六队探长金陆骏带队，立即前往实施抓捕。

根据掌握的线索，宋某和曾某在当地的落脚点就在车站附近。依托长三角区域警务联动机制，在当地公安机关的配合下，民警在公共视频中找到了两人的行踪。锁定两人的住处后，金陆俊立即部署抓捕。然而就在警方采取行动之前，两名嫌疑人离开了暂住的酒店，打车走了。

他们打车是要去上海继续作案，还是只在当地活动？这关系着金陆俊和同事们究竟是掉头回上海，还是继续留在当地蹲守。金陆骏分析认为，从两人的作案规律来看，上海只是他们的一个作案地点，他们的落脚点肯定不在上海。"他们每次做完案，都要回到自己的落脚点。所以说我们决定要抓捕的话，最好的方案就是在落脚点守候伏击。"

当天下午两点，上海方面传来消息，两名嫌疑对象在上海普陀区出现。而三个半小时之后，两名嫌疑人再次回到当地车站，入住附近的一家酒店——这完全印证了金陆骏的判断。警方当即进入酒店，将宋某和曾某堵在房间内。在房间的床底下，找到了作案工具和外币等赃物。

即便已经进了属地派出所的讯问室，宋某依然信口雌黄，面不改色地表示自己这几天根本没去过上海，"我一直就在广东那边，兄弟……"对面的浦东分局周家渡派出所民警傅振良立刻弹回："谁跟你是兄弟啊？！"

而在另一间讯问室，浦东分局刑侦支队二队探长高智俊对曾某的讯

抓捕现场

问也并不顺利。面对环顾左右而言他的曾某，高智俊表现得非常从容，用不急不缓的口吻展开心理战："你要站在我的角度想，我为什么来找你，中国十四亿人口我为什么来找你呢？还有宋某，因为你们是好兄弟啊，好兄弟就是要在一起啊。"

在警方的经验当中，像这种有前科的嫌疑人，特别是盗窃案对象，基本上都是不会轻易认罪的。他们通常会怀着侥幸心理，认为警方掌握的证据不足以给自己定罪，所以会"咬死"，直到最后一刻。

宋某和曾某也是如此，虽然警

审讯

刑科所足迹实验

方一再告知"你现在的态度，决定了你进去之后关多久"，但他们依然拒不认账。曾某甚至放出"狠话"，企图自证清白："公共视频那么多，对不对？你做了你就是逃不掉的。"被高智俊立刻接住话茬："你看你的思想还停留在公共视频上面，科技真的是在进步的，中国前两天跟美国谈话，你看了吗？作为中国人，大家都很自豪对吧。中国为什么那么硬气？就是因为我们强大了，公安系统也在强大起来。"

曾某和宋某虽然拒不吐实，但抵赖就可以撇清他们吗？抓捕现场寻获的鞋子，和作案现场唯一的完整鞋印，究竟匹不匹配？在床底发现的作案工具和疑似赃物，又和宋某、曾某有没有关系呢？回到上海之后，这些证物被送到了浦东分局刑科所。

刑科所民警将案发现场拓取的鞋印和嫌疑人的鞋子花纹进行足迹实验，以分析确认和当时留在现场的鞋印是否吻合。与此同时，刑科所的民警还从赃物上面提取到了报案人、曾某和宋某三方的生物物证。

一起零口供的入室盗窃案，在

锲而不舍的追捕和科学严谨的检测之下，终于水落石出。日前，宋某、曾某因涉嫌盗窃罪，已被检察机关批准逮捕。

在打击犯罪的道路上，民警不放过任何小错，更不会姑息任何大恶。这两起盗窃案，呈现出来的是两种不一样的人生选择。其实，面对不同性质、不同态度的犯罪嫌疑人，民警们的态度、手段和处理方式也是不同的。他们会用情和理晓以利害，也会用矛和盾震慑邪恶。这当中，考验他们的是职业智慧和社会责任感。

一次"听壁脚"挽回了 82 位老人的养老钱

2020 年 12 月 15 日，徐汇分局天平路派出所的民警走进了一家开在社区里的"理财公司"。他们还没来得及细问，坐在厅里的好几位老人家先不耐烦了，直接不客气地要求民警们赶紧走开，不要耽误自己赚钱，还低声抱怨："搞什么事情啦？"

老人家万万没想到的是，民警们的一次"搞事情"，为他们挽回了数以万计的养老钱。事情，源于民警们"听壁脚"（偷听别人的私语）触发的职业敏感。

在平常的工作中，除了接受群众报警，民警们还经常会在巡逻中发现细小的警情线索。就在 12 月 15 日当天，徐汇分局天平路派出所的民警在街面巡逻时，听到一小区里有两位老人低声在交谈，不时提到"钱""理财"等字眼，立刻引起了他们的注意。经询问后知道，老人是想要找开在社区里的一家公司做投资理财。

考虑到近年来频发的金融诈骗，这种针对老年人的理财投资背后，是否有什么陷阱？民警们在心里打了个问号。

看到民警走进"理财公司"，几位老人生怕错过发财机会而显得不耐烦，公司员工却面色大变，言语之间遮遮掩掩，还谎称这些老人只是他们的"朋友"。民警觉得这家公司很可能存在猫腻，于是将公司员工带回派出所调查，同时立即通知徐汇分局经侦支队到场甄别。

现场发现的资料显示，这家隐藏在居民小区内的公司，全名为"上海新泾贸易有限公司"，主要以外汇、货运、二手车等业务吸引客户投资。但是这家公司获准经营的范围，仅是投资咨询、商务信息咨询，并未取得金融许可资质。而经侦支队的民警却从相关宣传资料上，发现该公司承诺高息收益以吸引客户，目标客户几乎都是 60 岁以上的老年人。现场还发现了多份借款合同，且借款人都是老年人。显然，该公司已涉嫌非法吸取公众存款。

公司营业执照显示，其法定代表人为丁某，而丁某有诈骗前科。在掌握基本情况之后，经侦支队民警立即着手调查公司负责人丁某，与此同时，对几名员工的调查询问也在天平路派出所进行。

据涉案公司员工透露，该公司招揽生意的方法非常简单，很多网站上都有卖二手车、出租房子的人留下的电话信息，该公司员工就将这些人视为潜在客户，打电话过去吸引对方投资。而最终被发展成为"客户"的，基本都是六七十岁的老人。

在警方看来，这其实就是一个比较典型的非法集资类案件，以高额的利息为诱饵，承诺保本付息的形式，诱骗缺乏金融常识和防范意识的老年人上当。面对员工轻描淡写"发展客户"的说法，徐汇分局经侦支队政委常捷愤怒地反驳："为什

经侦民警现场调查

审讯涉案公司员工

么找六七十岁的（老人）？你怎么不发展我成为你的客户？为什么要针对六七十岁的人？原因你心知肚明，可还是针对老年人，还在坑骗人家的养老钱！"

那么，这家公司到底有多少老年客户？这些老人的钱都被拿去做什么了？只有找到公司负责人丁某，才能找到答案，替老人们追回财产。这一边，派出所民警继续在公司所在地守候伏击；另一边，经侦民警已经赶往丁某家。

但两路民警都没有等到丁某的身影。不仅如此，丁某似乎察觉到了什么，手机也关机了。紧接着，民警又赶到丁某公司的注册地，发现那里早已废弃多时。当天，民警在几个丁某可能的藏身之处都没找到丁某。他究竟去了哪里，会不会已经潜逃了？

12月16日一早，"猫鼠大战"继续进行。民警判断，丁某虽然将自己的手机关了机，但他还是需要与他人联系的，因此极有可能与朋友在一起，于是决定从跟他关系密切的朋友入手。

经过侦查，民警发现前一天下午，丁某果然去过朋友家。通过对丁某与朋友的行动轨迹走访调查，民警得知丁某和朋友上午离开，先后到过附近的小饭馆和足疗店，然后又不知所踪了。民警判断，这两人应该还在附近活动。当天下午4点多，沿街走访的民警得到线索，丁某和朋友在一家咖啡馆出现了。

看着从天而降的民警，丁某大吃一惊。他原本以为关掉手机、借宿朋友家，他就能继续逍遥法外，万万没想到民警能在这么短的时间里找到他。当警方拿出手铐时，丁某居然还很要面子地问了一句"可以下去再铐吗"，被警方一口回绝："这还能讨价还价？！"

但是，已经被戴上手铐、进了派出所的丁某依然试图规避事实，声称自己并没有违法，也不知道"非吸"（非法吸收公众存款）的说法。

那到底什么才算是"非法吸收公

抓捕嫌疑人丁某

众存款"呢？

违反国家金融管理法律规定，向社会公众（包括单位和个人）吸收资金的行为，同时具备下列四个条件的，除刑法另有规定的以外，应当认定为《刑法》第一百七十条规定的"非法吸收公众存款或者变相吸收公众存款"：

未经有关部门依法批准或者借用合法经营的形式吸收资金；通过媒体、推介会、传单、手机短信等途径向社会公开宣传；承诺在一定期限内以货币、实物、股权等方式还本付息或者给付回报；向社会公众即社会不特定对象吸收资金。

上述情况被法律定义为"非法吸收公众存款"。

丁某的公司既非银行，也非正规金融机构，却明目张胆公开吸储，显然已经触犯法律。面对警方确凿的证据，丁某不得不低头认罪。

警方调查发现，该公司已经吸纳了 82 位被骗老人总共 1300 多万元资金，这些款项绝大部分都已被丁某挪作他用。其中被骗金额最大的一位老人总共投资了 289 万元，而丁某只兑付了 7 万多元，其余 280 多万元都不知所踪。

上海有近 600 万的老年人口，其中大部分仅靠退休金和存款生活。他们抵抗风险的能力最弱，却最容易被不法分子盯上。一旦遇上类似的骗局，遭受的就是经济和精神上的双重打击。所以，任何涉及老年人的案件都备受民警们重视，一发现苗头就不遗余力予以打击。2021 年 6 月 21 日，丁某因涉嫌非法吸取公众存款罪，被徐汇区人民检察院批准逮捕。

古人告诫"勿以恶小而为之"，这是因为，一个人因为一时冲动或一念之差犯下的错误，很有可能会付出惨痛的、远远超过当事人自己预料的代价。

而对民警们来说，则是"不以案小而不为"。每个怀揣除暴安良的初衷投身警队的民警，在实际工作中，大部分时间面对的都是一些琐碎细小的案件。

这些案件，完全不像影视剧中表现得那么轰轰烈烈，却同样考验着他们的智慧、技能和耐心。

　　因此，在一个个"琐碎细小"的案件背后，是民警们全心投入、一追到底的敬业精神和执着信念。

我的签笔

第十二集

城市真英雄
大城无小事

当你问，是什么让警察矢志不渝，坚持追凶？是什么让警察披荆斩棘，无畏前行？他们会回答：是飘扬的警旗，是头顶的警徽，更是心中不变的誓言，忠诚无悔。

当你问，警察也是普通人，会受伤，会流血，他们每次都能逆流而上吗？他们会回答：拼尽全力。

杀人现场的一枚指纹，他苦苦追寻 30 年

张彪，黄浦分局刑事科学研究所的一名技术员，作为一名从警 38 年、年近退休的老警察，在他心里始终有一个解不开的心结，那是一起他追寻了 30 年仍未得到答案的杀人案。

1991 年 8 月的一个夜晚，一名 67 岁的独居老伯被邻居发现倒在自己家的一摊血泊之中。案发地是黄浦区九江路一栋石库门房屋二楼的亭子间，整间房面积不足 10 平方米，尸体仰面躺在床边，水槽里有一把清洗过的菜刀。

当年，张彪负责案件的现场勘察。他发现，房间内五斗柜的第一个抽屉呈开启状态并有明显被翻动过的痕迹，在这个抽屉的把手处，提取到了一枚不属于被害人的指纹，除此之外，地面上还留有几枚血足印。

现场留下的不属于死者的指纹与足印是谁的？当时，民警们根据社会关系调查发现，死者张某平时就在自己家出售外烟，经常有拿货的人出入这个 10 平方米的小屋，这给排查比对工作带来了巨大难度。

依据现场留下的足印，警方框定了嫌疑人的身高特征。经过大量走访，包括被害人的儿子在内，材料中的嫌疑人一个个被排除了，只留下一个叫许某红的青年男子。

许某红当时是云南路美食街的一名小工，警方在摸排工作中注意到他的表现有些紧张。然而，就在警方即将找他谈话时，许某红突然离开了上海。许

某红的不辞而别加大了警方对他的怀疑，专案组通过各种方式四处搜寻，连续几年的春节都在他的老家蹲守。但是，许某红仿佛人间蒸发一般彻底消失了，留给专案组的只有几张照片。

这起悬而未决的命案就此成了张彪解不开的心结。30年间，他的头发变得稀疏花白，脸上也长出了皱纹，原本帅气的小伙成了同事们口里的"老张"。但不变的是他每一年都要把现场采集到的这枚指纹录入到上海市公安局的指纹库里进行比对查询，追寻许某红的踪迹，哪怕一次次的希望换来的都是失望。

功夫不负有心人，30年的坚持，终于给案件带来了重大转机。

自2020年开展"云剑"命案积案攻坚行动以来，刑侦总队一支队加大了对积欠命案的人力物力投入，使用了大量新技术新手段对积案进行全方位的查验。刑侦总队一支队的侦查员们每天都会将未破命案嫌疑人的相关信息再次输入公安部数据库进行信息比对。2021年4月底，一支队民警马瑞阳和曹勐有

曹勐

了极其重要的发现：有一个叫陈某的人，他的信息与一起多年未破的命案犯罪嫌疑人许某红高度匹配。

刑侦总队一支队及黄浦分局刑侦支队对这一线索高度重视，立即重启了专案组，翻开了那本尘封了30年的卷宗。

曹勐汇报，陈某与许某红的相似度高达99%以上，更引人注意的是，围绕陈某的调查发现，他的儿子女儿都叫"陈许×"，这很难不让人猜想，是否因为陈某其实本姓许，所以他在自己孩子的名字中都加上了"许"字。原本毫无交集的两个人，就此发生了联系。

诸多迹象表明，这个陈某极有可能就是30年前消失的许某红，但他们到底是不是同一个人？又是不是当年的杀人凶手？答案必须要等见到陈某才能揭晓。

5月12日，黄浦分局刑侦支队重案队队长陆庆带队，专案组抵达陈某居住地江西省鄱阳县。这次行动，即将退休的张彪也随队一起出发，他能不能找到自己期待了30年的答案呢？

根据公安机关异地办案协作机制的相关要求，专案组首先与当地公安取得了联系。随后，专案组兵分两路，一路在当地公安分局的协助下排查陈某近期的行动规律，另一路则前往陈某家附近观察地形。

负责勘察地形的民警们很快找到了一栋陈某家附近的楼房，他们希望能够就此自上而下观察到陈某家屋内的情形。爬上制高点的马瑞阳立刻就发现了不寻常——陈某的家坐落在山根处，前有水后有山，甚至可以说后院直接就连着山。这个地形非常利于逃跑，如果警方贸然前往，就有可能打草惊蛇。一旦嫌疑人再次潜逃，追寻了30年的线索又将断掉。

为了准确掌握地形，民警们除了利用夜深人静时进行近距离观察外，还想到了一个巧妙的办法。他们找到了陈某儿子的抖音号，尝试通过其发布的视频了解更多信息。令人惊喜的是，在陈某儿子发布的内容中竟

看公共视频锁定嫌疑人踪迹

然有一副当地的3D立体地图，专案组就此迅速地摸清了陈某家及周围的全部地形和道路。

此时，另一边排查行动规律的民警也有了发现：陈某最近几天频繁出入一家棋牌室。棋牌室距陈某家约四公里，陈某每次都是驾驶电瓶车前往，单程耗时大约20分钟。

掌握了陈某行动规律的专案组决定，就选在棋牌室对其进行传唤。

当晚，专案组守在公共视频屏幕前，耐心地等候陈某的出现，这一等就是近10个小时。

终于，陈某驾驶着电瓶车出现了。确认他进了棋牌室之后，专案组和江西省鄱阳县公安局刑警大队的民警们当即展开行动，冲进棋牌室控制住了现场。几名民警直奔陈某，一边将他按住并戴上手铐，一边开始询问："你叫什么名字？"陈某先是一

抓获嫌疑人

民警现场比对指纹

言不发，被连问数遍之后才开了口，令人有些意想不到的是，他竟直接报出了民警们等待已久的那个名字："许某红"。

民警们很清楚，许某红交代的是自己的真实姓名，这说明他的心理防线在此刻已经完全溃败了。

打铁趁热，民警们立刻对许某红展开了问询：

"做了什么事情？"

"杀人了。"

"哪里杀人了，在哪里？"

"上海。"

"杀了谁？"

"一个老人家。"

"他是干什么的？"

"卖烟的。"

"几个人做的？"

"一个人做的。"

"你一个人做的，确定吗？"

"确定。"

5 月 13 日凌晨，在江西省鄱阳县公安局的信息采集室里，当年负责现场勘察的张彪总算见到了这个他日夜追寻的犯罪嫌疑人，并亲自提取了许某红的指纹。这场会面，张彪足足等了 30 年。

看着提取的指纹，张彪对陆庆说："是这个人，百分之百不会错。"陆庆拍了拍张彪的肩膀，给这位 30 年来从未放弃追凶的老大哥竖起了个大拇指。

在后续采访中，张彪也告诉节目组，捺手印完许某红的指纹后，"我一看，基本上断定就是他"。说着，张彪脸上露出了淡淡的笑容，那是终于找到答案、了结心头牵挂的欣慰。

此时，专案组对许某红的审讯，揭开了这起尘封案件的全部面纱。

30 年前的这起血案，起源于许某红想要赚外快的想法。他说，当年

他知道卖外烟容易赚钱，也想做外烟生意，就找到了被害人，想询问进货的渠道。结果被害人不但拒绝向他透露，而且还对他加以谩骂。许某红生了气，就对被害人动了手，最终导致了命案的发生。

案发后，许某红发现民警排查到了自己打工的地方，立即逃离了上海，就此开始隐姓埋名的日子。后来，他在深圳打工时结识了现在的妻子，便刻意隐瞒了自己的过往，恋爱、结婚、生儿育女。因为许某红没有户口，便冒用了妻子弟弟的身份，摇身一变成了陈某，从此在江西开始了新的生活。

30年间，许某红从未向包括妻儿在内的任何人透露过半点内心的隐秘，但他显然很清楚，总有事发的一日。这或许就是他在被捕时直接报出真实姓名的原因，也是他在民警面前将案发经过和盘托出，再无狡赖的缘故。

当民警问他心里是怎么想的时，许某红看了民警一眼，沉默片刻后，他说自己一直睡不好，也吃不下，而现在的感受是——"解脱了。"不过，虽然许某红看起来仿佛如释重负，弹幕对他却是毫不客气地大加嘲讽："睡不好吃不下，但是牌可以打。""所以是用打牌来缓解焦虑吗？"网友们看得很清楚，如果他真的有心悔过，又怎么会始终隐藏身份而不去自首呢？

许某红企图用一个新的身份掩盖自己30年前犯下的罪行，而这颗30年前被他亲手埋下的罪恶种子，生根，发芽，最终却伤害了他身边的每一个人。

许某红的岳父向专案组讲述了女儿跟许某红恋爱结婚的过程，提到当时女儿坚称"非他不嫁"，许某红一摊手："那就算了。"看似轻松的语气之下，是难掩的阵阵悔意。对于父亲曾经犯下的罪行，许某红的儿子虽然自称与父亲"关系微妙"，也说着"结果已经不重要了""不管什么情况，起码每个人都得为自己做的事负责"，却还是为父亲的所作所为流下了痛苦的泪水。

法网恢恢，疏而不漏，30年间，许某红建立了家庭，生育了子女，仿佛什么都没有发生过那样平静地生活着，但30年前的罪恶不会因为一个新的身份而就此翻篇。2021年8月18日，犯罪嫌疑人许某红因涉嫌故意杀人罪被黄浦区人民检察院依法批准逮捕，等待他的将是法律的严惩。

每一个命案积案的背后，都是一代代刑侦民警的坚持，他们矢志不渝，为的就是让真相重见天日。马瑞阳说："命案积案其实是前辈们累积了很多东西、承载了很多东西的一个案子。稍微疏忽一点的话，就可能不知道多少年后才有答案，甚至可能就再也没有答案了。"正因如此，在命案积案攻坚行动中，刑侦民警的决心始终不变，人民至上、生命至上的承诺始终不变。

罪恶不会因为时间的流逝而永远被掩盖，每一个犯罪现场都有物证在无声地诉说真相，可能是一枚指纹、一个脚印，甚至是一粒尘埃。

近年来，随着平安建设水平的不断提升，各类恶性案件发案率大大下降，公安机关同时也在不断提升刑事技术水平，各类案件的侦破都呈现了更多的可能性与突破口。

案件就像答卷，真相就是答案，每一个民警都在用自己的方式追寻答案。

道阻且长，行则将至，在永不言弃的坚持下，他们触摸到的将是真相与正义。

打击制假售假，边境小城里的千万大案

随着信息技术的不断进步，网购逐渐成为现代人习惯的消费方式之一。由于虚拟世界存在着物理和信息两方面的双重阻隔，网络上的无形市场成了不少假冒注册品牌及伪劣产品的藏身处。在经济犯罪侦查民警中有一支侦查力量，他们的工作就是打击食药环知类违法犯罪。这类案件往往涉及侵权及食品药品安全，对社会民生造成了极大的侵害。

近年来，上海公安食药环侦部门侦办的知识产权侵权类的案件，逐渐呈现网络化、产业化和链条化的特征。经侦民警通过循线深挖，追根溯源，对食药资产类侵权案件实施全链条的严厉打击，从而有效保护了消费者的合法权益。

2021年4月1日，青浦分局经侦支队食药环侦大队部署了90余名警力，对一个制售假冒奢侈品牌包袋的犯罪团伙进行收网打击。这是一个涉及多家制假工厂和下游批发商的制售假团伙，规模巨大，上千平方米的厂房里，30余名工人流水线作业，其产量可想而知。现场共查获假冒某奢侈品牌包袋800余只，此外还有随处可见的打标皮料、五金配件，几乎都是该奢侈品牌的最新款纹样。经警方调查，该团伙累计售假金额高达2.3亿元。最终，37名涉案人员因涉嫌假冒注册商标罪被移送检察机关审查起诉。

在市区的另一边，节目组的镜头在一辆警车内捕捉到了这样的画面：

"我昨天值班回家胡子都没刮，看我这个胡子就是加班胡子。"

"帅得不得了！"

"这肯定比不上你。"

几句"商业互吹"之后，两人对视一眼，一起开怀大笑，警车内洋溢着欢乐的气氛。

对话的是黄浦分局经侦支队的两位青年民警钱伟浩和姚一桑，两

民警查获制假工厂

人日常承担着大量的外勤工作，执行任务的路上是他们能够短暂放松的空当，这样的"斗嘴"也正是这对好搭档互相解压的方式。更多的时候，他们要将精力投入到高强度的工作中去，在虚拟的网络世界里，在浩如烟海的网络信息中，梳理出违法犯罪的关键线索。

2021年3月，钱伟浩与同事锁定了一个利用社交网站销售假冒奢侈品包袋的制售假团伙，作为这次行动的前哨侦查员，钱伟浩与黄浦分局经侦支队情报技术室民警安歆一起启程赶往该团伙的所在地。

飞机落地后，在这座号称有着"中国最长边境线"的南方小城，钱伟浩和安歆就发现了侦办这起案件的困难之处：当地人都有明显的地域及语言特征，他们俩一看就是外地人，各方面都与当地人格格不入，想要深

入摸排，将遇到极大的阻力和困难。

经过前期研判，侦查员已经掌握了制假工厂的地点，这一次他们需要调查的是工厂的作业规律及人员情况。

第二天一早，摸排工作在大雨中展开。

当地的房屋造型有着非常独特的风格，"造得像墙一样"，一栋栋小楼看上去像一个个巨大的扁平盒子，间距拉得很开，楼体只有窄的一面有窗户，宽大的两边却是垂直的整面墙壁。

侦查员们要调查的制假工厂也是这样的一栋六层小楼，不仅从外面观察里面非常困难，而且在如此开阔的环境里，哪怕稍微靠近都会变得非常显眼。制假团伙的人又非常警觉，专门有人负责监视周边的动静。于是，民警们远远地找了个既不容易暴露又便于观察的位置，开始研究工厂的作业规律。

蹲守的前两天，骑电瓶车的工人们都是从早上 9 点开始陆续上班，工厂一直要运行到晚上 10 点。到了第三天，意外的情况出现了。才刚傍晚 6 点，工厂的卷帘门拉开，工人们提前四个小时就下班了。这一突发状况让侦查员们紧张起来，会不会是自己暴露了？制假团伙是不是被惊动了？钱伟浩不禁有些担心。

为了确认情况，两位前哨侦查员放弃了原先在车上的蹲守摸排，住进了距离工厂 20 米的一家宾馆，近距离进行 24 小时观察。

第二天，工厂正常开工，上下班时间也恢复如常，从宾馆房间的窗口可以看到对面小楼里有很多人在忙碌着。钱伟浩悬着的心这才放了下来。后来他才知道，其实制假团伙对他们的监视毫无察觉，工厂前一天提前下班只是因为当天的订单全部完成了。

通过近距离观察，侦查员摸清了工厂工人大约 20 人。由于这个制假团伙警惕性十分高，为了防止夜长梦多走漏风声，民警们决定立即实施抓捕。

4 月 27 日一早，毫无察觉的工人们和往常一样上班开工。在当地公安机关的配合下，收网工作正式开始。

民警们在对方毫无防备的情况下进入工厂，控制住了所有涉案人员。六层小楼内，大量打标的成品包袋被找到，现场还堆放着用于制假的皮料及带有品牌标识的五金配件。

面对民警的讯问，两个工厂老板一会儿说自己不知道这是什么包，一会儿又说自己不懂什么品牌，试图蒙混过关。不过，民警们已经掌握了大量信息，又在现场找到了标注着品牌型号的相关账目及裁制皮具的模板，在这种情况下，不管犯罪嫌疑人耍什么花样，都注定是徒劳的。

当天，从工厂负责人到各个工种，共 23 名涉案人员被带往当地派出所进一步审讯。经第三方相关鉴定，此次行动中查获的假冒品牌包袋涉案金额共一千余万元。最终，19 名涉案人员因涉嫌销售假冒注册商标的商品罪，被黄浦区人民检察院依法批准逮捕。

钱伟浩在跟姚一桑聊天的时候曾开玩笑地说，儿子见到自己都要喊叔叔了，因为"我从事这份工作，家里的事都照顾不上"。这些身着制服，在工作中果敢坚毅的人，每当聊到家人，表情都会变得柔和，而柔和之下藏着的是他们对家人的一丝愧疚。因为工作的特殊性，"钱伟浩们"将精力与时间更多地放在了打击

涉案人员被带回上海

违法犯罪上，他们所保护的，是这个城市中无数陌生的小家。

与钱伟浩一样，上海的五万公安民警都在为保护社会民生竭尽全力，他们在各自不同的岗位上书写着答案。每一起案件成功侦破的背后，都凝聚着他们的智慧。

就像一位民警所说的："我们是唯一在警察前冠以'人民'二字的，是叫'人民警察'，我们的出发点都是'为了人民'。"

以民生为本，从细微之处入手，保护知识产权，维护食药安全，保护每一个消费者的合法权益，维护每一个老百姓的健康。民生之上，他们帮百姓紧紧捂住钱袋子，严厉打击电信网络诈骗。在不同岗位上，同着蓝色制服的他们，共同铸就了维护社会稳定，保护人民群众生命财产安全的城市守护网。

面包车神秘自燃，
原来是他偷梁换柱

2021年3月22日早上7点，浦东新区川沙地区一处工地附近冒起了滚滚浓烟，一辆面包车发生了自燃，孙桥派出所民警与消防队同时赶到了现场。所幸，事发地位于一块空地上，这次的失火并没有造成人员伤害，周围也没有其他受到连带损害的物体。随后赶到现场的车主居某表示，车上的货物都是他的一位快递员朋友小梅暂时存放的，这批货物是大量名贵手表及购物卡等物品。

表面上看起来，这似乎只是一场意外事件，然而货物所属电商平台却认为事有蹊跷。案发空地并没有安装监控设施，但根据物流轨迹，电商平台发现快递员从配送站把货物拉到

案发现场

了空地，之后发生了面包车自燃事故。而且，这批货物基本都是货到付款订单，初步统计下来价值上千万元。两方面因素结合起来，电商平台怀疑，这起事故不是那么简单。

与此同时，浦东分局刑侦支队刑事科学技术研究所的勘查员们在进行现场复勘时也发现了端倪。

勘查员朱昌盛在现场发现了一个基本完好的名牌手表包装盒，打开一看，盒子内部并没有燃烧痕迹，但却是空的，手表不见了！实际上，这并不是个例——虽然面包车被烧得只剩下一个空壳子，但勘查员在车里发现了大量没有被完全烧毁的货品外包装，无一例外的是，这些包装内部的商品全都凭空消失了，不要说残骸了，甚至连一点烧毁后的痕迹都没有留下。更令人意外的是，勘查员在车内还发现了一大桶未被引燃的医用酒精。

刑科所勘查员们据此判断，这辆面包车很可能是有人蓄意要烧毁

的，而所谓被烧毁的货物也很可能根本就不在车内。

被人刻意焚毁的车辆，在火灾前就已消失的巨额货物，这显然不是一起简单的汽车自燃事件。车主居某与快递员小梅都具有作案嫌疑，孙桥派出所首先对快递员小梅进行了传唤。

小梅告诉警方，他负责的是张江区域的货物配送。由于每天需要派送大量快递，他的电瓶车又装不了太多货物，就向居某借面包车拉货，并向居某支付油费作为报酬。在此过程中，居某劝说小梅把货物囤积在面包车上，这样就不用频繁往返仓库装货了。本来，按照公司的规定，送不掉的货物必须在当天送回公司仓库，但小梅为了节约时间，还是在明知违反公司规定的情况下，将居某的面包车当成了第二天继续派送货物的中转站。

引起警方重视的是小梅提供的另一个情况。他说，事发前三天，突然多了很多货到付款的订单，更蹊跷的是，在送货时他根本联系不上下单人，"地址是有的，确实有的，然后就是打电话都是空号，或者是打电话那个人明确说不是他的快递，他也不认识下单人"。而这些送不出去的货物，就是囤积在面包车上并在火灾中不翼而飞的那一批。

警方随即传唤了车主居某，但他坚持声称对于消失的货物并不知情。这样一来，查明这些货物是如何失踪的，现在又在哪里，就成了解开谜底的关键。

浦东分局刑侦支队侦查员立即展开了调查，他们首先调取了案发前这辆面包车的行动轨迹。公共视频显示，3月20日上午8点左右，居某将面包车停放在案发地，10分钟后，快递员小梅开着电瓶车来到了居某停车的空地，半小时后，小梅又载着部分货物驶出了这一路口。民警们从视频中可以看到，小梅一直在反复地进出空地，电瓶车每次出来的时候都装了新的货物。浦东分局刑侦支队三大队大队长姜述飞说，这说明小梅一直处于派送货物的状态，也说明他对案件不知情。

综合快递员小梅的供述与公共视频，民警基本排除了其参与作案的可能。而对于那些突然增多的订单，民警的调查有了实质性的进展。

"经过调查，他是同一个人，通过不同的手机号码注册了账号来下单，而

民警看公共视频锁定嫌疑人

这个人就是面包车的司机——居某。"三大队副大队长戴亮量说。

这些联系不上的下单人，真实身份全部指向了居某一个人，毫无疑问，他存在重大作案嫌疑。

在审讯居某的同时，侦查员们也在继续追踪消失的货物。从火灾发生前一晚的公共视频中，警方找到了面包车最后的行车轨迹，彻底还原了案发前两天的经过：3月20日，居某第一次将面包车停在了案发空地，此后的两天里，快递员小梅将送不掉的货物陆续囤积在面包车上。3月21日下午，居某将车开到华益路附近停留四小时后，开车至单位上夜班。3月22日早上6点，下夜班的居某将车停放在空地，直至案发。

从视频中可以看到，在开往华益路附近的时候面包车上装载有一定的货物。民警推断，3月21日下午

的那四个小时里，居某极有可能在华益路附近将货物转移了。于是，警方立即赶往华益路，展开地毯式搜索。经过连夜细致入微的搜寻，终于在一处绿地的隐蔽角落里找到了被藏匿起来的几包货物。民警们在现场打开了一个盒子，里面赫然正是一摞摞"在面包车里被烧毁了"的购物卡。

在物证面前，一直拒不交代实情的居某再也没有辩解的余地。他向警方供述，自己曾经在网购时发现，可以从包装有破损的快递包裹中偷取一部分货物，高价值的订单尤其有赚头，这样的做法让他尝到了甜头，他无法自控地越拿越多。最后，他干脆产生了大批量盗取贵重货物的念头，并制定了作案计划。他利用小梅的职务便利，先是使用货到付款功能在电商平台上大量制造虚拟订单，等快件到达配送站却难以找到收件人时，再说服小梅将货物留置于自己车上，然后避开小梅，将这些贵重物品一一取出并藏匿，最后再将面包车停回空地，利用搭接线路造成汽车电路短路，伪装成一起自燃事故。经过清点，这批货物共有奢侈品手表18块，各类购物卡480余张，以及无线耳机、

名牌衣物等，总价值1050余万元。

　　若要人不知，除非己莫为，居某自以为这起伪装的自燃事故设计巧妙，天衣无缝，然而自3月22日早上案发至3月23日他被抓获归案，前后不到两天时间，这起案值千万余元的案件就被成功侦破。

查获的赃物

　　最终，居某因涉嫌诈骗罪被检察机关移送起诉，截至节目播出，案件正在进一步审理中。

　　上海，这座国际化的现代大都市，像是一个巨大的有机体，它高速运转，却又稳定平和，仿佛有着自己的呼吸节奏般永不止息。在这个有机体中，公安民警就像融入大海的水珠，难以分辨，却又无处不在。

　　每一天，甚至每时每刻，他们都在不知疲倦地清理这座城市中那些阴暗的角落，为它梳理脉络，除去隐疾。

　　案件无论大小，人民警察不遗漏任何一个疑点，不忽略任何一个细节，抽丝剥茧，顺藤摸瓜，从细微之处发掘案件的真相，誓将每一个犯罪分子绳之以法。

　　对于五万名上海公安民警来说，选择成为人民警察，就是选择了一份沉甸甸的责任。他们将自己铸造成和平年代的剑与盾，日复一日地守护着这座城市的正义与安全，守护着日常而美好的生活，也守护着人们心中的光明。

尾声

人民警察

以年华赴使命

以热血铸忠诚

城市奔忙的白昼，逐渐归于夜晚的沉寂，夜幕之下，在我们未曾得知的一座座城市角落，他们依旧奔忙。

你问他们为什么从警？什么又是正义？

上海五万名公安民警，各自奔忙在不同的工作领域，他们直面罪恶，用一个个案件的成功侦破书写着自己的答案。

他们严厉打击毒品犯罪，在与毒贩的暗战中，他们化身在黑夜中行走的使者，却将警服穿在心里；他们打击拐卖人口犯罪，助力失散的亲人团圆，对于那些失去亲人十几年的离散家庭，他们可能是唯一的希望；他们聚力攻坚，全力践行命案必破的承诺，还被害人公道，用真相告慰死者家属；他们护航经济发展，全力打击经济犯罪，守护市场经济秩序，捍卫国家经济金融安全；他们先手制敌，主动防控，动态防控，建设更高水平的平安上海，做到动态隐患清零，维护社会稳定，保障人民安宁。

2020年，上海公众安全感、公安工作满意度指数实现双提升，并创历史新高。对普通百姓而言，安全感或许就是看得见摸得着的那身蓝色制服，以及穿梭于城市街头的红蓝警灯。

更多的时候，他们可能没有身着警服，在执行任务的路上，他们与无数普通的你我毫无差别。在面对一个个案件时，他们书写答案的方式不尽相同，但五万个答案全部一样。

他们承担着捍卫国家安全，维护社会稳定的重任。他们脚踏黑暗，肩负光明，以年华赴使命，以热血铸忠诚，初心不改，使命在肩。

也许，当他们好不容易有一次正点下班，只身汇入熙熙攘攘的人群时；

当他们熬了一个通宵，拖着疲惫的身体喝上一口早点摊的豆浆时；当他们在外忙了大半年，终于回到了阔别已久的家，面对或嗔或喜的家人时，这些平常的、琐碎的幸福安康，就是回答一切的答案，是他们共同的答案。

最后，回到那个问题，为什么从警？

当你把问题抛给他们每一个人的时候，他们却有着各色各样或质朴或铿锵的答案：

"选择警察是一种情怀吧，只不过是把儿时的梦想穿在身上。"

"心里总会有这种行侠仗义的情结在里面，侠之大者，为国为民。"

"我就是要做光明的事，在阳光下行走，和黑暗对抗。"

"我们警察是黑白之间的那一堵墙，我们正面面对黑暗，打击罪犯，而我们背后则是我们的人民群众。"

"警察是这个城市的光，我们是照亮黑暗的人。"

"你是一个驱逐黑暗的人，那是你职业赋予你的使命。你这一生能对这身制服负责，那就是你的成就感。"

那么，什么是英雄？

"当我为上海这个城市守护了平安，做出了贡献，然后帮助市民，又维护了正义，我觉得我就是自己的英雄。"

"是一个守护者的角色，默默地在背后守护着你们，即使你们不知道我们在做什么。"

"平常的时候，他可能是个平凡人，但是到了真正危难的时候，他却是冲在最前面的人。"

"当人民群众需要你的时候，你能义无反顾地主动去承担这一份责任，这就是我对于英雄的定义。"

"英雄并不一定是你真的是有超能力，或者有很强的能力，而是说你承担了你应该承担的责任。"

"是盾！就屹立在危险前沿，寸步不离。是剑！就像面对邪恶扬眉出鞘，绝不姑息。"

"平凡中我想干出一些不平凡的事情。我认为这就是英雄。"

大家其实都能做英雄，英雄其实在我们身边。

大城无小事，平凡亦英雄。

导演手记

DIRECTOR'S NOTES

正能量是最大的力量

　　《刑警803》广播剧是我们一代人的集体记忆。守着广播"追剧"的儿时情景仿佛还在昨天，转眼已经站在了中山北一路803号的门前。在这个大院里，上海市公安局刑事侦查总队和经济犯罪侦查总队两座"双子塔"高楼双剑合璧，擎起这座城市安宁祥和的蓝天。

　　有机会在"803大院"驻扎下来拍摄纪录片是一次非常珍贵的体验。全程"沉浸式"跟拍，忠实记录刑事和经济案件的侦察与抓捕过程，上海最"神秘"的部分向我们"敞开了心扉"。

　　都说《大城无小事——城市真英雄2021》是《大城无小事》警务纪录片三部曲中最辛苦的一部，平均拍摄11个小时才能得到1分钟素材，废片比高达1：657。这是由我们的工作方式所决定的——24小时待命、凌晨3点说走就走的出差、20多个小时抓捕和审讯连轴转、一天一夜不关摄像机也不能合眼……因为罪案侦破没有预演，没人知道下一秒会发生什么，我们能做的就是拍多些、再多些。

　　20多人的"803小分队"，历时逾半年，拍摄了100多个案件。在案发现场、在审讯室、在抓捕路上，我都仿佛披上了一件隐形斗篷。导演的身份消失了，甚至"我"也消失了，只剩一位旁观者、记录者、思考者，在一次次的跟拍中感受警察群体的"平凡人、英雄心"，记录下他们"八仙过海、各显神通"的本领：

昏黄的路灯下，民警抱着小女孩把她护送回家。小女孩的父母因涉嫌吸毒被带走调查，深夜的街头，民警就是她"遮风挡雨"的家人（第二集《缉毒先锋——以贩养吸，年幼的女儿成了他们的"挡箭牌"》）。

一位文雅女警忽然展示出不逊于赛车手的驾驶技术，在午夜12点的马路上，她紧跟疯狂逃逸的假币犯罪嫌疑人车辆，让我们完成了全程记录（第三集《先手制敌——深夜飞车追逐战，假币贩子自作聪明》）。

闯入窝点发现，功夫茶还是温热的，整幢楼却已人去楼空。冒着高温蹲守了五昼夜，眼看前功尽弃。不放弃、不认输的行动组立即调整方案，兵分五路，将诈骗团伙一网打尽（第五集《反诈路上——千里追踪"美女主播"，收网前却横生意外？》）。

寒冬的清晨，四个多小时地毯式搜索之后，关键物证枪支依然没能找到。一位即将退休的老民警用他专业细致的观察、周密的推理，给侦破带来了转机（第六集《插翅难逃——兵分十路！猎枪行动从崇明岛的凌晨开始》）。

春节前夕排摸假酒窝点时，行动组长根据案情走向当机立断，决定将排摸升级为抓捕。支援的民警和摄制组横跨整个上海火速赶往现场，行动组长展现了他的果决和勇气，却也承担着巨大的压力。（第十集《假日征程——没有一种"瞒天过海"能躲得过"火眼金睛"》）。

半年摄制中，民警们的专业素养让我折服，他们那种坚守初心、以职业为傲的精气神更让我感动——"警服很帅，但穿上就意味着你要承担一定的责任，你得担当。"

上海市反诈中心里，96110的劝阻电话永不停歇。面对深陷骗术无法自拔的老百姓，不论是50元的游戏充值，还是370万元的财务诈骗，民警一样苦口婆心、耐心劝阻。经侦民警们面对动辄几十亿的案值，看不见的对手是一群高智商的犯罪分子。公章、发票、U盾、银行卡……要从表面的合规里发现漏洞；"变票虚开、洗票过票、配货配票、票货分离"……要从眼花缭乱的作案手法中抓住犯罪之手。经侦烧脑，经侦更考验意志的坚定；反诈组合"今有豪

从"803"楼顶往下拍

杰"，为大众重新给出了"偶像"的定义，他们点燃了大家对"英雄"的追求和对热血正义的激赏。

《城市真英雄》让我有机会从另一个视角去看见上海的 24 小时，有心酸，有紧张，有温暖，有悲伤，有疲惫，更有昂扬。

感谢同事和伙伴们辛勤的工作，更要感谢镜头内外信任我们的可爱的警察。这一年，让我重拾了严谨的纪录片创作方式，重现了千里奔走的瞬移，重温了饱满的创作热情，重燃了对电视这份职业的激情。

杀青前一天，我们登上 803 "双子塔"的楼顶拍摄最后的画面。夕阳西下，一边是高架上滚滚不息的晚高峰车流，另一边是轻轨不断进站又驶离的三号线大柏树站。这个再平常不过的傍晚，无数人下班，无数人在路上，这个平凡的画面永远定格在我的记忆里。

这座城市，是被一群专业又可爱的警察守护的。在这个时代里，最大的力量、最高的流量，依然是正能量。

殷海博

2022 年 6 月

风雨之后的一道彩虹

如果有人让我用一句话来形容完成《大城无小事——城市真英雄2021》的心情，我会不假思索地回答："这一年的经历，于我而言是经历风雨之后看到彩虹时的兴奋、满足和惊喜，在那一刻，大概也就忘记所经历的风风雨雨了。"

2020年是我做电视编导的第十年，从实习编导、撰稿到导演，从棚内节目、大型晚会到户外综艺，这十年来我参与的几乎每一档节目，对我来说都并不是完全陌生的领域，直到2020年的岁末，我站在中山北一路803号的大门口，我职业生涯中才第一次有种"赴考"的忐忑，因为我知道当我选择加入这档节目时，我就要承担起一份责任，这份责任里有团队协作，也有单打独斗，需要我拿出百分之百的努力去接受这份挑战。

从开拍的第一天开始，我最担心的就是在拍摄中会不会错过什么，因为在此之前，我所有的工作经验都是在有计划的框架中拍摄，而这一次，其实是需要我有"随机应变"的能力，而摄制组中的每一个人都是一颗"螺丝钉"，都需要紧紧地守住自己的责任，牵一发而动全身，我当然不想成为那颗松了的"螺丝钉"。

在拍摄的整个半年时间里，"随警拍摄"四个字刻在我们每天的工作里，这段时间里，最多的时候是手机里一条信息亮起或者一个电话打来，我们就马上收拾好设备出发，一边开机拍摄，一边手机记着场记，一切都是行进中的真实。因为在我们开拍之初，收到的第一条规定就是：不能影响民警的正常办案程序，你们只能跟拍记录。所以，每一次拍摄回来，我们都要根据场记整理案情逻辑，然后再想自己有没有漏掉什么信息和画面，拍摄和文字整理，是那段时间一直压在我们每个导演工作天平两端的重点。

在拍摄时，我见过凌晨三点半的派出所大门，听过整整六个小时的税案审讯过程，在刑科所值过通宵的夜班，也扛着三脚架爬过大火扑灭后的高楼……在后期编辑时，我曾为了一个"执念"从近千分钟的素材里找出五分钟的内容，也曾为了厘清案件的逻辑而不停叨扰民警和前辈老师……在走完这一整年的风风雨雨，看到最后的彩虹时，我最想说的一句话是："谢谢这些日子里大家的信任。"

信任是什么？我想应该是在细微之处体现出来的包容——是接到警情之后的告知；是现场勘查时没有被"扔下"的体贴；是一遍遍讲解你们习以为常但我却一无所知的知识；是那些你们愿意我靠近、同意我靠近的准许……

我串编的三期节目里最头疼的是《法医图鉴》，同事们笑称是因为我对法医们"爱得深沉"，但其实我想说的是，因为这群人在拍摄时给了我最大信任。要取得法医们的信任并不容易，但是也可能是因为我们的真诚和专业，他们愿意以自己的专业回应我的真诚吧。我开拍的第一个人物是女法医吴瑕，杀青前最后一个驻点是浦东刑科所，有始有终，犹如一个机缘的闭环。

十二集节目浓缩了我们全组工作人员将近一年的心血，也凝聚了那些日子里公安民警给予我们的支持、包容和帮助。回首时光，这是一段"不疯魔，不成活"的日子，这是一个把细节做到极致的节目，极致的理性、克制和表达。我们所有的至情至性、用情用心也都体现在节目的每一个画面和字字句句中了。

这一路走来，感谢相遇，让我们不畏风雨，向阳奋进；所见彩虹，不负同行。

羊一梵

2022 年 6 月

平凡亦不凡

如果有人问我，除了导演以外最想从事什么职业，我的答案一定是"警察"。对警察的职业崇拜并不是与生俱来的，而是在对这个职业逐渐了解的过程中建立的。2017 年，作为上海电视台法制节目部的编导，我第一次参与拍摄了警务纪录片《巡逻现场实录 2017》。那一年，新入职的我对警察感觉有些陌生，甚至还有一丝畏惧，而当开始和他们一起出警后，我发现，警察也是平凡人，他们的日常工作也是一地鸡毛。在之后东方卫视《巡逻现场实录 2018》与《大城无小事——派出所的故事 2019》的拍摄过程中，随着拍摄视角的不断深入，我们的团队从拍摄派出所日常接收处理警务到拍摄派出所的执法办案和社区、窗口工作，让我看到了在城市平稳运转的背后，这个群体所付出的努力。

《大城无小事——城市真英雄 2021》将镜头深入公安工作最核心的刑侦及经侦，这领域对我们来说是既熟悉又陌生的。在跟拍过程中，我们每一位导演都是晚上睡觉不关机，随时待命，家里一直都有一只已经收拾好的行李箱准备随时出发，让我们十足体验了一把当警察的感觉，也让我真切感受到了警察工作的辛苦。在为期八个月的拍摄过程中，令我印象最深的一幕，是一起发案 13 年的命案积案侦破后，被害人家属热泪盈眶地握住办案民警的手说："谢谢你们这么多年一直没有忘记这个案子。"我们记录下的这一个握手背后，是被害人家属苦苦等待 13 年的真相，也是专案组民警 13 年的不懈努力，更是他们对正义的诠释。

四年的拍摄，我们随警作战，记录着公安这个"平凡人、英雄心"的群体，也记录着他们用他们的专业精神和严肃态度，守护着城市的每个生命与每个角落。"和平时期，国家安危公安系于一半"，我们镜头下记录的不仅是刑侦经侦民警的办案日常，更是全市五万公安干警为国之安危而奔忙的缩影。通过记录，我们触摸到了上海这座城市平稳律动的心脏脉搏，更触摸到了法治中国的稳步建设。

这些年的相处，使那些我曾经敬畏的警察叔叔，从一个个拍摄对象变成了朋友。镜头前的他们永远意气风发，但更多的时候，备勤室里的他们疲惫不堪。我们的镜头记录下的，是他们警察工作的全部，但我们无法记录的，是他们作为一个个普通人的全部。警察这个职业，充斥着危险、诱惑，也夹杂着平凡与鸡毛蒜皮，这个职业需要从业者有加倍地付出，也需要有加倍的舍弃，更需要有加倍地坚守，坚守自己从警的初心。

在此，"坚守初心"，给各位公安民警，给各位观众读者，也给自己，共勉！

彭菁菁

2022 年 6 月